LE DIPLOMATE

ZAHRA OWENS

LE DIPLOMATE

ZAHRA OWENS

Dreamspinner Press

Publié par

DREAMSPINNER PRESS

5032 Capital Circle SW, Suite 2, PMB# 279, Tallahassee, FL 32305-7886 USA
http://www.dreamspinnerpress.com/

Le diplomate
Titre original: Diplomacy
© 2007 Zahra Owens.
Traduit de l'anglais par Cassie Black.

Illustration de la couverture :
© 2007 Mara McKennen.
Les éléments de la couverture ne sont utilisés qu'à des fins d'illustration et toute personne qui y est représentée est un modèle

Édition imprimée en français : 978-1-63216-803-0
Première édition française en version papier : mars 2015
Édition e-book en français : 978-1-62380-683-5
Première édition française : septembre 2013
Première édition : Décembre 2007

Édité aux Etats-Unis d'Amérique.

NOTE DE L'AUTEUR

Un écrivain ne vit pas en Hermite.

Bien que nous ayons tendance à être solitaires et aimer passer du temps seuls avec nous-mêmes, nous ne pouvons vivre sans être en contact avec les gens. Nous avons besoin des autres pour ainsi leur copier un aspect physique, leur voler un trait de caractère, leur emprunter une particularité. Ce sont les autres personnes qui nous aident à étoffer nos personnages et à les rendre intéressants, ainsi qu'à créer des intrigues passionnantes. Ces interactions commencent tôt dans la vie. Sans les autres personnes dans nos vies, notre imagination en serait tristement limitée.

Certaines personnes sont plus importantes que d'autres dans ce processus.

Ma mère a élevé une fille ouverte d'esprit et lui a montré, de manière neutre en exposant les faits, que les relations amoureuses étaient toutes différentes et que certaines impliquaient également deux personnes du même sexe. Merci maman, d'être l'une de mes plus ferventes lectrices et de ne même pas broncher quand une scène se fait un peu explicite. Et aussi, merci de me dire que mes livres sont tout aussi bien écrits que les romans sentimentaux que tu lis par trois chaque semaine, même si je sais que tu es subjective.

Sur Internet, j'ai rencontré bon nombre d'âmes sœurs et l'une d'entre elles est devenue ma relectrice attitrée. Silv, merci de corriger mes tournures européennes bizarres, mon orthographe bancale, mes structures de phrases étranges et ma manière très américaine de présenter les choses. Merci aussi d'avoir le cran de me dire quand les choses ne fonctionnent pas, et d'avoir assez de tact pour me le signaler de manière à ce que ça ne blesse pas mon ego fragile d'écrivain.

Nancy, tu m'as convaincue d'envoyer cette histoire à un éditeur et me voilà !

À tous mes lecteurs sur Internet, merci de m'encourager à écrire toujours plus. Chacun de vos commentaires a été dévoré et apprécié. Vos impressions permettent de garder un écrivain sur ses pieds et motivé.

Elizabeth et toutes les personnes adorables de Dreamspinner Press, mes correctrices professionnelles, Lynn West et Willa Canter, et l'artiste Mara McKennen qui a fait la couverture, merci de m'avoir laissé mon mot à dire.

Depuis mon bureau,
Zahra Owens

PROLOGUE

JACK PRIT une profonde inspiration. Il détestait son travail.

Enfin, pas vraiment son travail, mais plutôt tout ce qui l'entourait, des galas en grandes pompes aux mondanités. Si on ne comptait pas ces formalités officielles, il l'adorait. Il faisait ce dont il avait toujours rêvé de faire depuis son enfance. Il faisait ce que son père avait fait, et dès son entrée au lycée il savait déjà qu'il voulait suivre les pas de celui-ci et devenir un diplomate. Comme il avait grandi en voyageant partout dans le monde, il parlait plusieurs langues et il en apprenait une autre maintenant qu'il était dans un nouveau pays. Toute sa vie il l'avait désiré, et maintenant il l'avait.

Sauf que ce soir-là était une de ces nuits où il détestait ce qu'il faisait. Il aidait son Président à organiser un banquet en l'honneur de sa visite ; il était donc sur son trente et un dans un costume Armani taillé sur mesure, avec une chemise de grand couturier et des boutons de manchette en or que Maria, sa femme depuis plus de quinze ans, l'aidait à accrocher.

— Tu voudrais bien... rester tranquille une seconde ?

Elle ne souriait pas en disant cela. Il supposait qu'elle était aussi nerveuse que lui, sinon plus. Durant les banquets, il était le représentant du Président, mais tous les regards étaient inévitablement portés sur 'la femme de l'Ambassadeur', car tout le monde savait qu'elle était celle qui prenait les principales dispositions. Il sourit en réalisant à quel point il était chanceux de l'avoir à ses côtés.

Maria était également fille de diplomate de carrière et avait une éducation similaire à la sienne.

S'il avait pu obtenir son premier poste d'ambassadeur avant l'âge de quarante ans, c'était sans le moindre doute dû au fait qu'elle était particulièrement douée pour organiser les choses à la perfection. Ce soir-là ne serait pas différent. Elle avait préparé un banquet pour cent douze dignitaires,

1

avec cinq plats différents pour le repas, quelques discours, et tout se déroulerait sans la moindre fausse note, à ne pas en douter. Ce serait lui qui recevrait tous les compliments ce soir, et notamment sur la beauté radieuse de sa femme. Et elle était effectivement une beauté, avec ses cheveux blonds mi-longs qu'elle relevait sur sa tête et attachait avec une épingle à cheveux ornée d'un diamant – il lui avait acheté cette épingle à Anvers, pour leur anniversaire de mariage qu'ils venaient de fêter – son corps fin et sa poitrine délicate moulés dans une robe rouge bordeaux sans manches qui semblait avoir été faite sur mesure et qui faisait ressortir sa peau douce et blanche comme le lys. Alors qu'elle levait la main pour enlever quelques cheveux tombés sur les épaules de son mari, il posa les siennes sur la taille de Maria et se pencha pour murmurer à son oreille.

— Tu es belle à en tomber à la renverse, ce soir. Tu vas tous les achever là-bas.

Maria eut son habituel sourire de connivence. Elle savait parfaitement qu'elle allait faire tourner quelques têtes.

Un des hommes des Services Secrets passa sa tête dans la pièce.

— Monsieur Christensen, madame, le PDR est prêt à entrer.

Ils connaissaient tous deux le jargon. PDR était l'abréviation pour Président de la République et désignait là celui des États-Unis d'Amérique. Ils devraient être à ses côtés à son arrivée.

Pendant que Maria redressait une nouvelle fois sa cravate, il se pencha et lui déposa un rapide baiser sur les lèvres.

— Oh, Jack.

Elle passa un doigt sur ses lèvres pour effacer la légère trace de rouge à lèvres qu'elle lui avait laissé. Jack pouvait voir aux plis sur son front qu'elle était inquiète.

— Souris, Maire, tu es plus belle quand tu souris.

C'était leur petit rituel avant ce genre d'événement, leur façon de se préparer à faire face aux invités. Maria aimait que Jack l'appelle par son surnom, qui était la version Irlandaise de son prénom. Son père l'appelait ainsi et après sa mort, Jack avait adopté cette habitude. Cela la faisait se détendre immédiatement, et un sourire timide et affectueux apparut sur son visage.

Jack lui prit la main alors qu'ils se dirigeaient vers la salle où ils devaient rejoindre leur Président.

NÉGOCIATIONS
PRÉLIMINAIRES

I

EN TANT qu'ambassadeur, Jack Christensen était le représentant du Chef d'État dans le pays où il était assigné. Cela ne voulait pas dire qu'il était toujours d'accord avec cet homme, mais simplement qu'il prétendait l'être. En réalité, il ne faisait pas partie du fan club du Président actuel. En fait, il avait toujours été ouvertement Démocrate, alors il fut particulièrement surpris quand on le désigna pour remplacer l'ambassadeur en Belgique après le départ en retraite de celui-ci.

Bien que la plus grande partie de son travail ne consistait qu'à traduire les politiques de son Président dans ce pays, cette mutation l'excitait beaucoup. Le pays était petit mais bénéficiait d'une grande confiance de la part de tous. Sans parler du fait qu'il était aussi intéressant au niveau diplomatique, puisque la capitale abritait non seulement le Quartier Général de l'OTAN, mais aussi le siège de la Commission Européenne, et était de ce fait considéré comme la capitale de l'Union Européenne. Le nord de la Belgique disposait également d'un port maritime international qui était souvent utilisé pour les transports militaires des États-Unis, aussi le pays était un allié à bichonner.

D'un autre côté, la Belgique était aussi connue pour être un pays volontaire et obstiné qui ne suivait pas aveuglément le troupeau. À plus d'une occasion, l'ancien ambassadeur avait eu à apaiser les relations transatlantiques, aussi Jack savait-t-il qu'il avait du pain sur la planche.

Ce soir-là était son baptême du feu. Il n'avait pas encore eu l'occasion de montrer patte blanche auprès du Roi Albert II comme il était coutume pour chaque nouvel ambassadeur, et maintenant son Président était en visite et il avait une maison pleine de hauts fonctionnaires et de personnel des Services Secrets.

4

La visite devait durer trois jours, et Jack savait qu'avec les réceptions et les banquets organisés, ce serait les trois jours les plus longs de sa vie.

Le banquet se déroula parfaitement bien, bien que l'ambassadeur du Royaume-Uni dut rentrer tôt chez lui à cause de son rhume. Du moins, ça serait là l'explication officielle. Juste après le plat principal, Maria avait remarqué qu'il était plutôt enivré et, après en avoir alerté Jack, il fut discrètement mis à l'écart et renvoyé chez lui dans son véhicule avec chauffeur.

PUISQUE LE Président et la Première Dame étaient invités à l'Ambassade, Jack et Maria devaient obligatoirement rester dans les quartiers privés de l'Ambassade plutôt que de rentrer chez eux, en dehors de la ville.

— Cette soirée a été parfaite.

Jack était en bas de pyjamas, appuyé contre l'encadrement de la porte, et regardait Maria se démaquiller. Il savait qu'elle prendrait ça comme un 'merci pour le super travail que tu as effectué'.

Elle leva les yeux au ciel.

— Nous avons frôlé l'incident diplomatique ceci dit. Heureusement que notre Britannique n'a pas objecté au fait d'être renvoyé chez lui.

Jack passa derrière elle et posa ses mains sur ses hanches fines.

— À en juger par sa réaction, son assistant n'a pas été surpris.

Il regardait son élégante silhouette dans le large miroir de la salle de bain.

Pendant qu'ils accueillaient leurs invités avant le banquet, il avait remarqué que certains hommes laissaient leur regard s'attarder sur le corps de sa femme. Certains d'entre eux l'avaient même regardée avec désir, sans prendre la peine de le cacher alors qu'il leur parlait. Alors pourquoi n'avait-elle jamais éveillé ces sentiments en lui ? Il l'aimait, bien sûr. Elle était belle, et ça aussi il pouvait le voir, mais il n'avait jamais senti le désir incontrôlable de la prendre sur une table. Même au début de leur relation, il lui faisait l'amour avec tendresse et affection, mais jamais avec une passion dévorante.

Il lui embrassa tendrement le cou. Heureusement qu'ils étaient très amis.

— Ce sera aussi une longue journée demain, on commence dès l'aube par un petit déjeuner privé avec les invités d'honneur.

Elle se tourna et fit glisser un doigt le long de sa joue.

5

— Oui, on ferait mieux d'aller se coucher.

IL Y aurait le soir suivant une réception où les Américains vivant en Belgique auraient non seulement l'occasion de rencontrer leur Président, mais aussi leur nouvel Ambassadeur. Même si ça serait bien plus détendu que le banquet, Jack et Maria auraient à faire le tour des invités et serrer pas mal de mains, ce qui leur laisserait bien peu de temps pour avoir une réelle conversation avec qui que ce soit.

JACK PARLAIT au pasteur d'un Presbytère et sa femme qui vivaient en Belgique depuis plus de vingt ans. Comme toujours, il gardait un œil sur l'entrée où les invités étaient reçus par sa Chargée du Protocole. Alors que Jack refusait cordialement une invitation à dîner du pasteur, son regard fut attiré par un jeune homme qui faisait son entrée. Il était grand, vêtu tout de noir et portait une cravate en soie plutôt qu'un nœud papillon, portée lâche autour de son cou. Ses cheveux étaient longs et ondulés, et Jack réalisa qu'il était probablement le seul dans toute la salle à pouvoir se permettre cette allure vestimentaire sans avoir l'air trop désinvolte pour l'occasion. À son bras se trouvait une belle jeune femme blonde, qui souriait nerveusement et s'accrochait à lui comme à une bouée.

— Oh, mais vous et votre adorable femme devez venir à notre église, monsieur Christensen. Anvers n'est qu'à quarante-cinq minutes en voiture, vous savez, entendit-il vaguement raconter la femme du pasteur.

Comme sortant d'un état d'hébétude, il s'excusa.

— Monsieur et madame... Wallace, je suis désolé mais j'ai une petite urgence à résoudre.

Il traversa rapidement la salle jusqu'aux portes latérales.

Une seconde plus tard, Maria arrivait à son tour.

— J'ai presque failli venir à ta rescousse.

— Hein ? Quoi ?

— J'ai vu ton regard se perdre dans le vide. Elle *est* un peu insistante, pas vrai ? Maintenant retournons-y avant que nos invités ne commencent à se demander pourquoi leur nouvel Ambassadeur et sa femme ont disparu ensemble.

Elle sourit tout en poussant gentiment Jack dans la salle.

6

Le Président et la Première Dame, tous deux surveillés de près par les Services Secrets, arpentaient la pièce tels des professionnels accomplis, tentant de rencontrer le plus de personnes possible en peu de temps. Jack et Maria étaient également habitués à agir de même, mais alors qu'il revenait, Jack réalisa qu'il scannait la foule à la recherche d'un jeune homme aux cheveux sombres. Malgré le monde, il le retrouva rapidement, toujours avec sa radieuse compagne, qui parlait avec animation à une Première Dame clairement impressionnée par l'assurance de ce jeune homme. Jack pouvait voir qu'il n'était pas du tout intimidé par la notoriété de la Première Dame et semblait même parfaitement à l'aise, chose que Jack n'avait jamais réussi à accomplir malgré toutes ces années dans la diplomatie. Alors qu'il s'apprêtait à avancer vers lui, sentant que la Première Dame était prête à passer à quelqu'un d'autre, il fut abordé par un homme d'affaires d'un certain âge, nouvel arrivant au pays et clairement pressé de rencontrer son Ambassadeur. Ils échangèrent quelques politesses, mais Jack fut soulagé quand un couple de personnes âgées se joignit à la conversation, lui laissant l'occasion de partir.

— Votre Excellence ?

Une voix basse, assurée et très britannique le fit se retourner et son regard plongea dans les yeux brun chocolat les plus magnifiques qu'il n'ait jamais vus. Il y eut un silence gêné entre eux qui sembla durer une éternité. Jack savait qu'il devait répondre, mais son esprit était désespérément vide.

— Votre Excellence, mon nom est Lucas Carlton, je suis l'assistant de gestion de l'information du très honorable Marcus Boyles, et voici ma fiancée, Lucy Marsh.

Il indiqua la jeune femme qui se décrocha de son bras pour lui serrer la main.

— Ravie de vous rencontrer, monsieur.

Heureux de l'audace du jeune homme, il serra d'abord la main de la jeune femme, puis la sienne. La poigne de Lucas était ferme, sa main douce et sèche. Le protocole familier aida Jack à se reprendre un peu.

— Ah, oui, notre très estimé Ambassadeur du Royaume-Uni. Comment se sent-il aujourd'hui ?

Ils échangèrent un regard entendu.

— Toujours un peu mal, mais rien d'irrémédiable, répondit le jeune homme avec un sourire complice.

Jack détourna difficilement son regard de celui de Lucas, mais la politesse voulait qu'il discute également avec la jeune femme.

— Miss Marsh, vous êtes Américaine je présume ?

Lucy lui sourit, toujours mal à l'aise.

— Oui, de Boston.

— Et vous avez décidé que seul un Britannique serait suffisamment bien pour vous ?

À peine les mots franchirent-ils ses lèvres que Jack les regretta. C'était une question incroyablement directe à ce stade de la discussion.

Lucy sourit, un peu incertaine quant à la manière dont elle devait répondre, mais Lucas vint à son secours.

— Nous nous sommes rencontrés à Stanford, où j'étudiais les relations internationales. Elle a su donner à l'étranger que j'étais le sentiment d'être le bienvenu.

Il sourit à la jeune femme d'un air rassurant.

— Est-ce à vous que j'ai parlé hier soir ? demanda Jack à Lucas, libérant Lucy du centre d'attention.

Lucas haussa ses sourcils.

— Ah, oui, nous attendions un appel, alors je suis resté pour coordonner. Son Excellence était déjà... 'malade' quand il est parti, mais il était déterminé à participer à la soirée. Je ne pouvais qu'espérer que vous ou votre femme réussiriez à l'empêcher de se mettre dans l'embarras, et vous avez réussi.

Le regard plein de compréhension que Lucas et Jack échangèrent passa totalement inaperçu aux yeux de Lucy, qui n'avait très clairement aucune idée du fait que l'Ambassadeur britannique n'était pas vraiment malade.

— Eh bien, nous n'allons pas vous retenir plus longtemps, votre Excellence. Je désirais simplement me présenter, puisque les États-Unis et le Royaume-Uni ont toujours été alliés, et je ne doute pas que nous nous reverrons très bientôt. Mon patron m'a appris que j'allais être son officier de liaison avec votre Ambassade, puisque j'éprouve un très fort intérêt pour celle-ci.

Jack s'attendait à ce que Lucas ne regarde sa petite amie pour montrer quelle était exactement la nature de ce 'fort intérêt', mais il ne le fit pas, au lieu de cela il captura Jack de son regard pendant une éternité.

Lucas hocha finalement la tête et fit un pas en arrière puis guida Lucy à travers la salle.

Jack soupira, relâchant son souffle qu'il n'avait pas eu conscience de retenir. Puis il inspira profondément plusieurs fois pour tenter de calmer son cœur qui battait la chamade.

CE NE fut que plus tard cette nuit-là, quand il se retrouva seul dans la salle de bain de ses quartiers privés à l'Ambassade, qu'il eut la possibilité de repenser à tout ça. Qu'est-ce qui rendait Lucas si spécial ? Pourquoi ce jeune homme avait-il réveillé des sentiments qu'il avait enterrés depuis si longtemps ? Il prit sa tête entre ses mains et tenta de bannir les pensées qui ne cessaient d'envahir son esprit quand il songeait au jeune Britannique, à ses yeux chocolat et à son sourire charmeur, à sa poignée de main ferme qui envoyait des étincelles jusqu'à son aine.

Il se leva et se rinça le visage à l'eau froide tout en se regardant dans le miroir. *Oublie ça, Jack, il a une petite amie et tu as une femme. Vous êtes deux hommes hétérosexuels avec une brillante carrière. Cela ne sert à rien de laisser ton sexe penser à ta place.*

Après avoir séché son visage, il retourna dans la chambre plongée dans le noir, tentant de ne pas réveiller Maria.

— Ce n'est pas la peine de marcher sur la pointe des pieds, l'entendit-il dire juste avant qu'il ne se glisse sous les couvertures.

Elle l'enlaça alors qu'il se couchait sur le dos et elle posa sa tête sur son épaule.

— Eh bien, tu as l'air heureux de me voir.

II

L'UNE DES fonctions de Jack était de coordonner son équipe et de les faire travailler au maximum de leur potentiel, pour qu'ils puissent être au service des Américains vivant en Belgique, mais l'Ambassade était bien plus que ça. Jack et son équipe étaient considérés comme des 'espions légitimes', puisque leur tâche consistait aussi à rester informé de toutes les politiques et réglementations de leur pays d'accueil, et de savoir parfaitement ce que celles-ci représentaient pour l'Amérique en tant que pays et pour les Américains vivant ici.

Comme à chaque fois qu'un nouvel Ambassadeur était désigné, Jack avait beaucoup à apprendre et il savait que chaque pays était différent des autres. Son équipe l'informa de manière détaillée sur toutes les communautés et régions de ce petit état et les difficultés résultant du fait que, non seulement le nord et le sud parlaient des langues différentes, mais également que leurs cultures étaient aussi très disparates. Jack savait qu'il n'aurait pas de problème à parler Français, mais quand sa secrétaire lui apprit très clairement que presque soixante pour cent des Belges parlaient Flamand, il lui demanda de lui trouver des cours pour apprendre la langue. C'était une Belge à l'esprit pratique, d'une cinquantaine d'années, et elle rougit presque quand il lui fit cette requête alors qu'elle venait de s'énerver à ce sujet. Jack réalisa qu'il avait gagné son respect inconditionnel et prit une note mentale pour se rappeler de ne jamais présumer que tout le monde parlait Français par ici.

Leur vie personnelle était désormais revenue à la normale et les Christensen n'avaient plus à vivre à l'Ambassade. Une maison confortable et spacieuse avait été mise à leur disposition à Tervuren, dans la ceinture verte autour de la capitale. Maria était parfaitement habituée à faire ses valises, partir, et s'installer dans une nouvelle partie du monde sans avoir eu un long préavis. Elle avait donc décidé qu'elle ferait à chaque fois en sorte qu'ils se sentent 'chez eux' dans leur nouvelle maison.

— Tu sais, Jack, tu devrais demander à ce jeune Britannique qui a une petite amie Américaine de venir dîner un de ces soirs, déclara Maria tout en beurrant un toast dans leur cuisine.

Jack leva le regard de son journal.

— Pourquoi ?

Maria lui lança un regard qui disait qu'elle ne comprenait vraiment pas comment il avait pu aussi bien réussir dans sa carrière avec ce genre d'attitude.

— Il est plein de charme ! Même la Première Dame ne pouvait s'empêcher de parler de lui après leur rencontre à la réception et ils ont pourtant parlé, quoi, trois minutes ? Je me dis que c'est un garçon plein d'allant et sa petite amie aurait besoin d'un peu d'aide.

Jack haussa les sourcils.

— Je veux dire que c'est une très gentille fille, mais si elle veut une chance d'aider son futur mari dans sa carrière, elle va avoir besoin d'être un peu éduquée. Savais-tu que c'est la première fois qu'elle quitte les États-Unis ?

Maria tenait dans ses mains une tasse de café et s'installa près de Jack, prenant le *New York Times* dans la pile de journaux de son mari.

— Eh bien, il m'a appris qu'il allait être notre officier de liaison à l'Ambassade, alors on devrait peut-être faire mieux connaissance en effet. Tu penses bien, nous allons parler affaires toute la nuit, alors ça risque d'être ennuyeux pour les femmes, répondit Jack sans regarder sa femme.

Maria roula son *Times* et le frappa avec, joueuse.

— Je suis sûre que nous autres 'femmes' pourrons nous réfugier à l'étage et nous peindre les ongles de pied pendant que les hommes parleront affaires.

Jack leva les yeux et réalisa qu'il venait de vexer sa femme hautement éduquée.

PLUS TARD ce matin-là, la secrétaire de Jack passa sa tête par l'encadrement de la porte alors qu'il était dans son bureau à étudier les nouvelles sanctions financières que les Belges imposaient aux importations en dehors de l'UE.

11

— Monsieur Christensen, monsieur Lucas Carlton est au poste de sécurité en bas. Il est l'agent de liaison de...

— Je sais de qui il s'agit, madame Claessens, faites-le monter et...

Il la rappela alors qu'elle allait partir.

— Dites au poste de sécurité de le laisser monter directement la prochaine fois, d'accord ? Il fait partie du corps diplomatique, comme nous tous, la seule différence c'est qu'il est Britannique et non Américain.

Elle acquiesça tout en refermant la porte derrière elle et alla transmettre les ordres de son chef.

Quelques minutes plus tard, Lucas entra dans le bureau de Jack d'une démarche confiante, un petit classeur sous le bras, portant pratiquement les mêmes vêtements qu'à la réception. Son éternel sourire sur le visage, il se pencha par-dessus le bureau couvert de documents pour serrer la main de Jack.

— Monsieur Christensen, je suis heureux...

Lucas s'interrompit quand Jack leva la main.

— S'il vous plaît, appelez-moi Jack. Si nous devons travailler ensemble sur tout ce qui concerne nos deux pays, vous allez me rendre fou à force de dire 'monsieur'. Donc, juste Jack.

Le sourire de Lucas s'élargit.

— D'accord, Jack. Mais c'était tout de même très généreux de votre part de m'accueillir sans rendez-vous. En général, je suis plus fidèle que cela au protocole, mais j'avais besoin d'air frais et je devais amener ces documents, donc...

— Vous êtes donc venu à pieds depuis votre Ambassade ? Avec...

Jack jeta un rapide coup d'œil au dossier.

— Trois pages résumant le point de vue du Royaume-Uni sur les tarifs des importations ?

Il réalisa que la situation l'amusait et il regarda le jeune homme enlever son écharpe tout en s'installant sur une chaise en face de lui.

— Ce n'est qu'à cinq minutes et comme je l'ai dit, j'avais besoin de prendre l'air. Prendre une voiture aurait été totalement inutile.

Sa voix baissait progressivement à mesure qu'il regardait la décoration chargée du bureau.

— Alors, comment va ce bon vieux Boyles ? demanda Jack, comprenant que le jeune homme n'allait pas lui donner une réponse franche.

Lucas regardait toujours les gravures entrelacées sur le plafond, laissant à Jack l'occasion de fixer le jeune homme.

— Il a fait une petite... rechute, donc nous pensons qu'il va rentrer en Angleterre pour se... reposer longuement, très bientôt.

Jack gloussa. Il avait rencontré une seule fois l'Ambassadeur du Royaume-Uni et tous deux avaient rapidement développé une antipathie mutuelle. Il était de notoriété publique que l'homme était incapable de modérer sa consommation d'alcool, et il arrivait toujours à insulter une ou deux personnes avant de devoir être escorté à l'extérieur. Ce n'était pas du tout le genre de diplomate que Jack appréciait.

— Puis-je vous proposer quelque chose à boire ? Puisque vous avez marché... je me dis que vous avez peut-être soif, demanda Jack, un peu hésitant et pas très à l'aise.

Lucas se leva d'un bond.

— Et si j'allais nous chercher quelque chose ? Du thé, du café, de l'eau ?

— Lucas, asseyez-vous, vous êtes mon invité ici, madame Claessens va nous apporter quelque chose.

Le jeune homme se retourna.

— Quel est son prénom ?

— À qui ?

— Votre secrétaire bien sûr, répondit Lucas.

— Oh, hum... Gurdy ou un truc comme ça. Un nom que je suis bien incapable de prononcer, j'en ai peur.

Jack regarda le jeune homme alors que celui-ci pouffait de rire et sortait du bureau comme s'il était chez lui. Alors qu'il baissait son regard sur ses documents, il réalisa qu'il était incapable de se concentrer. Il décida que travailler en présence de ce pétillant Britannique serait bien plus difficile qu'il ne l'avait d'abord pensé, parce que le regarder assis en face de lui de l'autre côté de son bureau lui donnait énormément d'idées, et aucune n'était liée au travail, sans compter qu'elles le mettaient mal à l'aise. Alors il commença à ranger, faisant des piles de papiers, tentant de remettre de l'ordre dans ses pensées et...

— C'est Gertje.

Lucas le prononça lentement, laissant Jack entendre au moins trois sons avec lesquels il n'était pas familier.

— Mais elle a dit que ça ne la dérangeait pas d'être appelée madame Claessens. Comme ça, vous ne vous rendez pas ridicule et ça reste respectueux.

Jack ne l'avait même pas entendu revenir dans le bureau.

— Je n'arrive pas à croire qu'elle ait dit ça, réfuta Jack avec un sourire, tentant de cacher son malaise derrière un peu d'humour.

Lucas posa deux tasses sur la table et leva ses mains comme pour se rendre.

— Je ne vous connais pas encore assez pour vous mentir, et puis j'y gagnerais quoi ? C'est une dame fougueuse, et elle m'a dit que vous souhaitiez prendre des cours de Flamand, alors je lui ai répondu que je pouvais vous emmener là où je prends des cours d'Allemand. Alors elle m'a embrassé et je préfère appeler les gens que j'ai embrassés par leur prénom.

— Vous êtes parti, quoi, deux ou trois minutes ? Et vous avez parlé de tout ça ?

Jack était assez impressionné.

Lucas acquiesça et s'assit tout en prenant une gorgée de sa tasse de thé.

— Oh, et elle aime les chats.

Jack pouffa.

— Non, désolé, je n'y crois pas.

— Sérieusement, répondit Lucas, ne se démontant pas facilement. Vous devriez aller chercher vous-même votre café plus souvent. Il y a une photo d'elle et de deux chats tabbies dans un petit cadre près de la machine à café et son presse-papiers a la forme d'un siamois.

Il pointa la tasse du doigt.

— Maintenant buvez votre café, parce qu'elle n'a pas l'air d'être le genre de femme qui aimerait que son patron gâche un très bon café.

Jack ne put s'empêcher de sourire alors qu'il se penchait sur son bureau pour récupérer la tasse fumante avant de s'asseoir à nouveau, évitant soigneusement Lucas du regard, et prit une gorgée.

— J'imagine qu'elle vous a également dit comment j'aimais mon café ?

Lucas secoua la tête et avala une gorgée de son thé brûlant.

— Non, en réalité elle l'a fait elle-même. Elle ne m'a pas laissé m'en charger. Elle est très protectrice envers vous, vous savez. Elle dit que vous êtes le meilleur patron qu'elle n'ait jamais eu.

— Une femme intelligente, murmura Jack tout en se disant que Lucas était incroyablement irrésistible.

14

Ils continuèrent à siroter leur boisson, parlant un peu de l'importance dans leur travail d'apprendre la langue locale, et Jack se détendit alors qu'il appréciait la facilité avec laquelle ils discutaient.

— Bon, je ferais mieux de partir, déclara tout à coup Lucas en se levant. Ils risquent de se demander où je suis passé, et comme je ne leur ai pas dit que j'allais à la rencontre de mon Ambassadeur américain... Enfin, ils ne se doutent de rien... dans pas mal de domaines.

Une fois Lucas parti, Jack s'enfonça dans sa chaise, encore un peu sous le coup de cette visite éclair. *Mon Ambassadeur américain.* Il haussa les épaules. *MON Ambassadeur américain ? Tu deviens fou, Christensen. Tu lis entre les lignes alors qu'il n'y a rien à y lire. Ce n'est qu'une façon de parler.* Il avait malgré tout l'impression que Lucas avait flirté, comme si le beau Britannique s'était totalement ouvert à lui. *Prends-moi, je suis tien.*

Jack secoua la tête. *Tu es marié et lui l'est presque. Ramène ton cerveau dans ta tête plutôt que dans ton pantalon.* Oh, Seigneur, et il devait l'inviter à dîner.

— Madame Claessens ? Pourriez-vous contacter Lucas Carlton, s'il vous plaît ? Ambassade du Royau... Oui, je sais qu'il vient de partir. Non, ça ne presse pas, mais faites ça dans la journée s'il vous plaît ?

Il posa son téléphone et regarda l'horloge. Mme Claessens avait raison. Lucas n'était certainement pas encore arrivé à son bureau. Ce jeune homme lui avait fait une réelle impression.

Merde.

III

ALORS QUE Lucas sortait de l'Ambassade des États-Unis, il resserra son écharpe et plongea ses mains dans les poches de son pantalon. C'était le début de l'été, mais les saisons européennes étaient étranges et l'air était frais. Au moins il ne pleuvait pas.

Il avait environ dix minutes de marche pour rentrer à l'Ambassade du Royaume-Uni s'il prenait son temps. Ce qui était le plus agaçant, c'était qu'il devait marcher assez longtemps avant de trouver un passage piéton, mais il n'était pas prêt à risquer sa vie en traversant une avenue qui était probablement la plus utilisée à Bruxelles. Marcher ne le dérangeait pas vraiment, cela l'aider à s'éclaircir les idées.

Pourquoi s'était-il mis dans cette situation ? Pourquoi s'était-il une nouvelle fois laissé séduire par un homme ? Un homme marié en plus. Même s'il y avait la moindre petite chance pour que Jack soit intéressé, l'homme avait bien plus à perdre que Lucas. Il avait atteint le plus haut niveau de la diplomatie. Un Ambassadeur des États-Unis. Et Lucas avait vu sa femme : elle était la femme parfaite pour un Ambassadeur. Il devait même admettre qu'il l'appréciait assez. C'était de toute évidence une femme forte, et il n'y avait aucun doute que même si Jack était un diplomate de premier ordre, il n'était pas celui qui portait la culotte dans leur relation. Il se sentait presque désolé pour Jack, mais il reconnaissait l'importance d'avoir une femme forte sur laquelle compter. Sa propre mère avait été ainsi, bien que quand ses parents étaient jeunes, la femme d'un diplomate n'était qu'un trophée. Elle devait être belle et bonne organisatrice, mais elle devait aussi être silencieuse et ne jamais laisser qui que ce soit reconnaître sa force.

Ces dernières années, il était devenu évident pour Lucas que, s'il n'avait pas la bonne femme à son bras, il pouvait renoncer à une carrière de diplomate. Même au bas de l'échelle, ceux qui sont invisibles ont également besoin d'une vie privée parfaite pour avancer. Durant les trois ans où il avait travaillé pour le service des affaires étrangères, il était passé d'une mission ingrate à une autre, chaque supérieur lui assurant que son pedigree lui promettait de grandes promotions alors qu'il n'en voyait aucune.

Jusqu'à ce qu'il vienne à une réception de l'Ambassade avec une jeune femme. Ils ne sortaient pas vraiment ensemble, mais elle était la fille d'un nouveau conseiller économique et elle le lui avait demandé.

Il n'avait jamais réalisé qu'une simple cavalière lui permettrait d'être remarqué. Puis, en rentrant d'un voyage en Californie duquel il était revenu avec une petite amie américaine au bras, il fut promu assistant de gestion de l'information. Et maintenant, cette même petite amie semblait avoir été le détonateur pour sa promotion en tant qu'agent de liaison avec les Américains. Et elle était pourtant loin d'être la femme parfaite pour un diplomate.

Aussi, recommencer à sortir avec des hommes était hors de question. Il allait devoir se sortir l'Ambassadeur des États-Unis de la tête. Et vite.

Il prit une dernière inspiration d'air froid et entra dans l'Ambassade du Royaume-Uni, rejoignant son service grâce au lecteur de badge de sécurité. Il alla directement dans le placard à balai qui lui servait de bureau et eut à peine le temps de pendre son manteau que le téléphone sonna.

— Monsieur Carlton, c'est Gertje, l'assistante de monsieur Christensen. Puis-je vous le passer ?

Lucas sentit le sang monter dans son visage. *Je suis parti depuis un quart d'heure et il m'appelle déjà ? Calme-toi, mec, et réponds à la dame.*

— Bien sûr, Gertje. Merci.

Il entendit le clic caractéristique du transfert d'appel, puis une voix légèrement rauque.

— Oui, ici Jack.

Lucas déglutit en entendant Jack éclaircir sa gorge.

— Oui, je sais, gloussa-t-il. Votre secrétaire est très efficace, vous vous souvenez ?

— Vous êtes bien arrivé ?

Lucas sourit devant la tentative de discussion de Jack, mais il devait admettre qu'il aimait écouter sa voix.

— Oui, le trafic est terrible à l'heure du déjeuner, mais je suis arrivé sain et sauf.

Il entendit l'homme s'éclaircit une nouvelle fois la gorge. Était-ce là un tic nerveux ou quelque chose du style ?

— J'ai oublié de vous le dire, enfin, de vous le demander... Maria a proposé que je vous invite, Lucy et vous, chez nous pour dîner. Samedi, si vous êtes libre. Sinon, peut-être jeudi prochain, parce que le samedi suivant nous avons une cérémonie à laquelle nous devons assister...

Il entendit Jack soupirer et ne savait pas trop ce qu'il devait penser de tout ça.

— Je vais devoir demander à Lucy, mais en ce qui me concerne, je suis libre. Puis-je vous rappeler demain pour vous le faire savoir ?

— Oui, bien sûr, je suis sûr que ça ne dérangera pas Maria de changer le programme à la dernière minute, répondit Jack en soupirant encore. Ce n'est pas ce que je voulais dire. Ce que je veux dire c'est que, bien entendu, demain c'est parfait et si jamais vous avez besoin de plus de temps pour y réfléchir, après-demain c'est très bien aussi. Maria est douée pour improviser.

Lucas sourit. Que pouvait-il poser comme question pour continuer à entendre la voix de Jack ?

— Est-ce que nous serons juste nous quatre ou y aura-t-il d'autres invités ? Que je sache comment nous devons nous habiller.

Il pouvait entendre Jack sourire.

— Non, juste nous quatre et s'il vous plaît, portez quelque chose de décontracté. Pour des occasions comme celles-ci, je refuse de porter une cravate, veste de costume, pantalon à pinces ni quoi que ce soit qui ressemble à ce que je porte au travail. Cela m'a pris quelques années, mais j'ai finalement réussi à convaincre Maria que ça ne fait rien de porter des jeans devant nos amis.

Pourquoi cet homme éloquent et réfléchi divaguait-il ainsi ? Oui, il s'agissait d'un appel informel, mais quel problème y avait-il à inviter quelqu'un à dîner ? Absolument aucun, à moins que sa première impression ne fut vraie. Il y avait une raison pour que Jack soit mal à l'aise avec lui, et Lucas était déterminé à découvrir si son attirance était mutuelle.

— Je suis sûr que je peux persuader Lucy de venir, mais je vous appellerai demain pour confirmer. À quelle heure devrons-nous être là ?

— Pourquoi ne pas commencer à une heure allant à l'encontre de la mode, disons, vers dix-sept heures ? Nous avons un magnifique jardin et si la météo belge nous le permet, nous pourrons en profiter un peu avant le dîner. Oh, et vous aurez peut-être besoin de notre adresse ?

Lucas nota l'adresse de l'Ambassadeur sur un bloc de papiers appartenant au service des affaires étrangères.

— Alors nous en reparlerons demain, d'accord ?

— Oui, demain, entendit-il dire de l'autre côté du combiné avant qu'un clic ne signale la fin de la conversation.

Lucas resta assis, tenant le téléphone et souriant.

Cet homme était une véritable énigme, et ce qu'il ressentait pour lui compliquait les choses d'une manière dont il se serait bien passé pour le moment. Sa carrière était finalement lancée, et Lucy en était en grande partie responsable. Elle le rendait... normal. Il n'était plus un garçon secret sans vie privée, mais un gars normal avec une belle blonde à son bras.

Ce n'était pas comme s'il simulait totalement. Il aimait Lucy, elle était gentille, pleine de vie, un peu naïve et sans grande ambition pour elle-même. Ils se connaissaient depuis les six mois qu'il avait passés à l'université en Amérique, et bien qu'il ait eu un petit ami à cette époque-là, ils étaient devenus amis. Ils avaient couché ensemble pour la première fois environ deux mois avant qu'il ne doive partir à Bruxelles prendre son poste, et quand le moment arriva, elle partit avec lui, juste pour être loin de sa famille trop autoritaire.

Ils vivaient parfaitement bien dans leur deux-pièces dans le quartier Européen ; Lucas pouvait marcher jusqu'à son travail et Lucy pouvait prendre le métro pour rejoindre le Vesalius College où elle prenait des cours de communication et d'affaires internationales. Lucas trouvait Lucy facile à vivre et pas trop demandeuse, et même leur vie sexuelle était satisfaisante.

Malgré tout, Lucas n'avait jamais cessé de désirer les caresses d'un autre homme.

Cela faisait presque un an qu'il gardait ces désirs à l'écart et jusqu'à la semaine précédente, il avait trouvé que c'était facile. Les bénéfices qu'il en tirait étaient bien plus importants que les occasionnels rêves érotiques et il n'avait pas à trop penser à autre chose quand il faisait l'amour à Lucy, surtout que son corps ne présentait pas beaucoup de courbes féminines.

Ce soir-là, après qu'elle soit venue à lui pendant qu'ils regardaient la télévision, ils firent l'amour dans le noir dans leur chambre. Si Lucas réussit à tenir assez longtemps pour qu'elle jouisse, ce fut parce qu'il faisait de son mieux pour ne pas penser à Jack. Une fois qu'il l'entendit crier son nom et sentit ses spasmes sous lui, il ne put plus retenir ses pensées et, imaginant comment il aimerait toucher et embrasser l'homme et comment il aimerait se mouvoir en lui jusqu'à ce que Jack hurle lui aussi son nom, il jouit un instant plus tard.

Il roula sur son dos, haletant avec force et tentant de retrouver sa respiration, et sentit Lucy se coller à lui.

Elle le regarda, les yeux dans le vague.

— Seigneur, Lucas, je ne sais pas ce qui t'est arrivé ce soir, mais c'était incroyable.

Lucas embrassa ses cheveux et ferma les yeux, se sentant coupable de cette trahison.

— Ils veulent qu'on aille dîner chez eux samedi, dit-il doucement.

— Qui ? demanda Lucy, un peu plus réveillée.

— Les Christensen. L'Ambassadeur des États-Unis et sa femme, tu te souviens ?

— Oh, j'espère que tu as dit oui ! s'exclama Lucy, maintenant assise à côté de Lucas. Oh mon Dieu, Lucas, qu'est-ce que je vais mettre !

IV

IL AVAIT fait un froid qui n'était pas de saison cette semaine-là, pourtant le samedi s'avéra être une journée magnifique. La plupart du personnel de l'Ambassade vivait dans le quartier Européen près du Parlement Européen et des Ambassades, alors peu de gens avaient une voiture de fonction, mais Lucas s'était débrouillé pour emprunter une des Smart que l'Ambassade gardait en cas de besoin, au plus grand plaisir de Lucy.

— Ne me dis pas que tu vas porter *ça* ? demanda Lucy en croisant Lucas dans la salle de bain où il se regardait dans le miroir. Lucas, on va dîner dans la maison de l'Ambassadeur des États-Unis. Tu ne porterais même pas *ça* si on allait manger chez mes parents.

Elle lui lança un coup d'œil rapide et se réfugia dans la chambre.

— Eh bien, Jack a dit de ne pas mettre de cravate, de veste de costume ni de pantalon à pinces, alors...

Il semblait heureux dans son jean délavé et sa chemise verte.

Lucy lui lança un regard amusé pendant qu'elle enfilait un pull jaune.

— Oh, tu l'appelles Jack, maintenant ?

— Oui, répondit Lucas, un peu agacé par le fait qu'il avait dit ce nom aussi naturellement. Tu ne penses quand même pas que je vais l'appeler monsieur Christensen tout le temps alors que nous travaillons ensemble, pas vrai ?

— Oh, je ne sais pas. Tu es un nouvel assistant et lui est un Ambassadeur, c'est logique que vous vous appeliez par vos prénoms. Tiens, essaie ça.

Elle lui lança une chemise bleu nuit en soie et un jean noir.

Il soupira et s'assit à côté d'elle sur le lit après avoir enlevé son pantalon préféré.

— Il m'a demandé de l'appeler Jack, d'accord ?

Elle se leva et lui embrassa le front.

— Ne sois pas sur la défensive... et je veux juste que tu sois le plus présentable possible. Ce n'est pas comme si ces vêtements étaient inconfortables.

Elle se détourna et entra dans la salle de bain.

Lucas se laissa tomber dos sur le lit. Elle ne méritait pas qu'il l'agresse ainsi mais, malheureusement, elle l'agaçait pas mal ces derniers jours. Il savait pourquoi bien sûr. L'année avait été facile mais maintenant qu'il avait un article de choix sous les yeux, il n'arrivait plus à se contenter d'un second choix.

Ce soir-là ne serait cependant pas facile. Il allait probablement être confronté à la vision de Jack faisant des tonnes de compliments à sa femme si parfaite et Lucy allait tenter de son mieux d'impressionner tout le monde. Il ne savait pas laquelle de ces perspectives le dérangeait le plus.

LE TRAFIC routier à Bruxelles était toujours difficile à prévoir, ils arrivèrent donc dans la villa de Tervuren suivant la coutume locale : avec dix minutes de retard.

Lucas ne vit pas l'entrée cachée la première fois qu'il passa devant et il dut faire demi-tour un peu plus haut dans la rue. Une fois entré dans l'allée privée, ils prirent un virage serré à droite et furent stoppés par deux agents des Services Secrets.

— Auriez-vous des papiers d'identité, s'il vous plaît ? demanda l'homme du côté conducteur.

Lucas lui tendit son passeport, son laissez-passer diplomatique et la carte d'identité de Lucy.

— Lucas Carlton, Lucy Marsh, nous venons voir monsieur et madame Christensen.

— Très bien, monsieur. Je crains que nous n'ayons à vérifier votre véhicule. Pourriez-vous sortir et ouvrir le coffre, s'il vous plaît.

Ce n'était pas une question, alors Lucas obéit. L'agent de sécurité alluma sa lampe torche et vérifia le coffre vide. Il fit un signe de la tête à Lucas, lui permettant de le refermer. L'autre homme était en train de vérifier l'intérieur de la voiture.

Une fois Lucas de retour derrière le volant, l'agent lui rendit ses papiers.

22

— Monsieur Carlton, mademoiselle Marsh, merci d'avoir coopéré à nos règles de sécurité. Vous pouvez aller directement à la maison en suivant ce chemin et vous garer à gauche du bâtiment principal. Nous allons informer la maisonnée de votre arrivée. Passez un agréable moment avec l'Ambassadeur.

Lucy était agacée qu'ils soient en retard, mais Lucas se dit qu'au moins il aurait quelque chose à raconter à leurs hôtes – il pourrait leur expliquer qu'ils avaient été retenus – mais alors qu'ils arrivaient près de la maison, leur crainte que tout ceci ne provoque un malaise se retrouva injustifiée. Maria venait du jardin, tenant quelques hortensias dans ses bras, et elle était absolument radieuse dans sa robe blanche toute simple. Elle leur sourit d'un air avenant.

— Conduisez jusqu'à la maison, vous pourrez vous garer sur le côté, et je vous ferai entrer.

La maison semblait tout droit sortie d'un magazine de *Maison et Jardin*, mais l'intérieur était confortable et chaleureux, propre et rangé sans que ça ne rende un visiteur mal à l'aise. Une table croulait sous les magazines et les journaux, et il y avait des fleurs un peu partout.

— Venez par ici, les invita Maria alors qu'elle passait devant eux pour les diriger à travers la maison. Je veux juste mettre ces fleurs dans un vase. Avez-vous trouvé facilement notre maison ?

— Oui, Jack nous avait très bien indiqué le chemin. Mais il y avait bien plus de circulation que ce que je pensais, répondit Lucas en regardant Lucy. Je pense donc que nous avons honoré la tradition belge en arrivant en retard.

Maria eut un sourire chaleureux.

— Ne vous inquiétez pas, Lucas. Tout dans notre vie est si méticuleusement planifié, alors nous essayons de garder un côté chaotique chargé d'imprévus dans notre maison. Je m'excuse donc par avance si quoi que ce soit semble un peu trop spontané ce soir. Nous aimons rester détendus quand nous avons des amis à la maison. Jack est en plein préparatifs pour le repas, venez donc le saluer dans la cuisine et je vous servirai quelque chose à boire.

Lucas et Lucy échangèrent un regard en apprenant qu'ils étaient considérés comme des 'amis' alors qu'ils venaient à peine de se rencontrer, mais suivirent Maria.

Elle ne plaisantait pas en disant que Jack était en pleins préparatifs. Il avait remonté les manches de sa chemise et portait un tablier, ce qui était une bonne chose car il était en train de pétrir une pâte.

— Lucy, Lucas, vous avez trouvé ! s'exclama Jack en souriant largement. Bienvenus ! Comme vous pouvez le voir, Maria prend soin de la maison, mais la cuisine est mon domaine, pardonnez-moi donc pour cet accueil si informel.

— Oh, c'est l'homme qui se charge de la cuisine ici. Lucas, tu pourrais prendre quelques leçons avec Jack, alors, le taquina Lucy.

— Ouais, eh bien, je crains que de grandir avec un cuisinier à la maison n'ait pas fait beaucoup de bien à mes talents de cuisinière, j'étais donc obligée de me trouver un mari avec des talents cachés, répondit rapidement Maria en passant un bras autour de Jack pour lui voler un baiser.

Lucas se sentit pâlir et espéra que ça ne se voyait pas trop sur son visage. À quoi pensait-il ? Cet homme était de toute évidence très amoureux de sa femme, et comment pourrait-il en être autrement ? Elle était parfaite, une hôtesse charmante, et avait même le sens de l'humour. Il l'observa alors qu'elle prenait des verres pour les remplir de thé glacé fait maison, mais son regard fut surtout attiré par la manière dont Jack la regardait, laissant son regard s'attarder sur son corps de femme parfaite.

LUCY ET Maria se retirèrent dans le jardin, laissant Lucas dans la cuisine avec Jack.

— Vous êtes étrangement silencieux, fit remarquer Jack à voix basse pour briser le silence gênant.

— Alors vous faites votre propre pain ? répondit Lucas, qui ne voulait pas répondre à la question.

Jack sourit.

— Oui, c'est comme ça que je brille en soirée, répondit-il en haussant les épaules. Maria aime se vanter auprès des invités du fait que je sache faire du pain, alors elle me demande à chaque fois de le faire.

— Ça doit être un vrai calvaire. Être obligé de se donner en spectacle comme ça... répondit Lucas, tentant de faire de l'humour.

— Eh bien, que puis-je dire, je suis un pauvre mari dominé par sa femme, ironisa Jack, souriant encore. Au travail, elle me soutient, donc à la maison je suis un gentil garçon et je fais ce qu'elle me dit.

Lucas pouvait presque les imaginer au lit ensemble, Jack allongé sur le dos et... Il se détourna quand il réalisa que Maria n'aurait jamais de place dans ses fantasmes sur Jack.

— Alors, Lucas, j'aurais bien besoin d'un coup de main, si ça ne vous dérange pas ?

Le jeune homme regarda à nouveau son hôte.

— Hum, bien sûr, mais comme l'a dit Lucy je ne suis pas un grand cuisinier.

— Eh bien, lavez-vous les mains et je vous expliquerai quoi faire.

Jack voyait bien que Lucas était nerveux, mais il était bien loin d'être aussi nerveux que lui. Alors s'occuper rendait les choses plus faciles. N'importe quoi qui permettrait d'empêcher son regard de s'égarer sur la chemise en soie un peu large que Lucas portait. Ça l'aidait aussi, de garder ses mains occupées – et sales – comme ça il ne fut pas tenté d'attraper le jeune homme quand il passa derrière lui pour se laver les mains dans l'évier. *Reprends-toi, Christensen*, s'ordonna-t-il en pétrissant une nouvelle fois la pâte avant qu'elle ne soit prête pour le four.

Lucas le regarda en revenant vers le plan de travail où Jack cuisinait, attendant les ordres.

— D'accord, nous devons couper cette pâte en plusieurs bouts pour en faire des rouleaux individuels, puis les rouler en boule. Pouvez-vous faire ça ?

Jack sentit la chaleur du jeune homme près de son bras alors qu'ils se tenaient côte à côte.

— Hum ?

Jack lui donna un morceau de pâte.

— Pétrissez-la doucement, sans l'écraser. Comme si c'était la poitrine d'une femme.

Lucas gloussa.

— Dans mon cas, on se retrouverait avec une minuscule boulette.

Jack lui donna un coup de coude taquin dans les côtes et ils rirent tous deux tout en faisant les boules de pâte.

Jack regarda à travers la fenêtre de la cuisine qui donnait sur le jardin, où les deux femmes se promenaient à travers les rosiers, discutant avec animation.

— Elles ont l'air de bien s'entendre, tenta Jack alors que le silence s'était à nouveau installé entre eux.

— Oui, vous avez vu ça... nos femmes.

25

Jack se demanda s'il n'avait pas rêvé le ton de Lucas quand il avait dit cela. Il réalisa qu'il avait vu Lucy s'accrocher à Lucas mais qu'en dehors de ce geste, ils n'étaient pas très proches physiquement. On aurait dit une relation à sens unique, mais il était mal placé pour faire une remarque à ce sujet.

— Les choses sont difficiles entre vous ? tenta Jack, mais seul le regard effrayé de Lucas lui répondit. Je suis désolé, je ne voulais pas me mêler de ce qui ne me regarde pas, ce ne sont pas mes affaires.

Il détourna rapidement le regard.

— Pouvez-vous ouvrir ça pour moi ? demanda-t-il à Lucas en montrant le grand four à gaz sous la gazinière.

Une fois fait, il mit le pain au four et retourna vers le plan de travail.

— Ce n'est pas facile, Jack, chuchota finalement Lucas.

Sentant la tension revenue dans l'air, Jack tenta d'apaiser la situation.

— Ça doit être difficile pour elle, elle a quitté sa famille pour emménager dans un pays étranger.

— Ouais, acquiesça Lucas, pas totalement convaincu.

Et mince, il avait raté l'occasion. Mais que pouvait-il faire ? Ce n'était pas comme s'il pouvait poser franchement la question à Lucas.

— Maintenant, j'ai vraiment besoin d'un coup de main, déclara Jack pour détendre l'atmosphère.

— Bien sûr, répondit Lucas. Une main, deux mains, deux bras, deux épaules, tout ce que vous voulez, Jack.

Ce dernier sentit le regard de Lucas sur lui et pendant un instant il retrouva le jeune homme franc et impétueux qu'il avait vu dans son bureau. Il perdit la parole un moment, mais se reprit vite.

— Je dois envelopper le saumon dans la pâte phyllo et l'attacher avec une ficelle, j'ai donc besoin d'une troisième main pour m'aider à faire le nœud.

Ils travaillèrent ensemble en silence et Jack sentit Lucas voler quelques contacts. Imaginait-il simplement le fait que Lucas se tenait très près de lui, que leurs bras se frôlaient et que leurs mains se touchaient plus que nécessaire alors qu'ils attachaient les ficelles ? Le jeune homme s'attardait-il plus que nécessaire ?

— Voilà, dit Jack quand la troisième papillote de saumon fut prête et déposée sur le plateau.

Tout à coup, il sentit la main de Lucas sur la sienne, les doigts à peine refermés sur sa main. Il leva les yeux et Lucas le fixait, le regard doux, plein d'espoir et un peu effrayé. Il ne voulait pas bouger sa main, il ne voulait pas perdre la chaleur qui se répandait à travers son corps ni le nœud étrange qui se formait dans son estomac.

V

LE DÎNER fut absolument délicieux et les deux femmes s'entendirent immédiatement comme larrons en foire et étaient passées au tutoiement – les hommes les avaient imité – si bien qu'il était presque impossible de remarquer que les deux hommes ne parlaient que si Lucy ou Maria les impliquaient dans leur discussion.

Lucas le remarqua cependant. Il sentait une tension à couper au couteau. Et il était sûr que Jack l'avait également ressenti, car il évitait soigneusement de croiser son regard.

Pourquoi avait-il touché la main de Jack de cette façon ?

Ils étaient dans la cuisine, l'atmosphère s'était détendue tandis que Jack lui apprenait différentes astuces de cuisine. Des choses simples qu'il pourrait reproduire seul, si jamais l'envie lui prenait de s'aventurer à faire autre chose que des œufs au plat ou une pizza surgelée.

Lucas s'était rapproché de Jack, volant quelques caresses, son coude effleurant le bras nu de Jack, la soie de sa chemise capturant la chaleur de sa peau. Il avait observé les mains de Jack pendant qu'ils refermaient les papillotes de saumons avec des herbes, et il l'avait aidé en posant un doigt sur les nœuds. Ils faisaient une bonne équipe, Jack l'avait dit lui-même.

Et alors, tout à coup, ces petits contacts ne furent plus suffisants pour Lucas. Il voulait passer ses bras autour du corps de l'autre homme, le serrer, l'embrasser, sentir leurs deux corps pressés l'un contre l'autre.

Il avait donc posé sa main sur celle de Jack. Quand ce dernier avait négligemment posé sa main sur le plan de travail, Lucas l'avait couverte de la sienne et y avait refermé les doigts, le cœur battant à cent à l'heure.

Il s'attendait à ce que Jack ôte sa main. L'autre homme n'avait rien fait qui laissait entendre que Lucas était trop familier, même si la cuisine était large et qu'ils se tenaient trop proches. Mais cette fois-là, il laissa sa main s'attarder un peu plus longtemps et il regarda Jack, qui le regardait également. Lucas lut dans son regard qu'il savait parfaitement que ce contact physique était délibéré.

Et, à la grande surprise de Lucas, il ne retira pas sa main. Son regard par contre, c'était une autre histoire. Qu'est-ce que c'était ? De la surprise ? Du dégoût ? La respiration de Jack s'était accélérée, s'était faite plus forte et Lucas vit alors un mélange de regret et de quelque chose d'autre qui ressemblait à de la peur. Avait-il peur que Maria n'entre ? Lui disait-il que lui aussi voulait ça, mais pas maintenant ? Ou était-il trop gentil pour péter un plomb ?

Lucas avait enlevé sa main et détourné le regard. À ce moment précis, Maria était entrée dans la cuisine, Lucy sur les talons, toutes deux portant des roses qu'elles avaient coupées dans le jardin. Lucas s'était reculé pour laisser une certaine distance entre eux.

— Alors, comment s'annonce ce dîner ? avait demandé Maria en remplissant un vase d'eau pour y mettre les fleurs.

— J'aime sentir l'odeur du pain frais dans les cuisines. Ça me rappelle la cuisine de ma mère, avait commenté Lucy avec bonne humeur. Ne me dis pas que vous faites votre pain vous-même ? avait-elle demandé à Maria.

— Si, avait répondu Lucas en regardant l'autre homme. Jack est un homme aux multiples talents.

Jack n'avait pas répondu, allant simplement vers le four pour vérifier le pain. Puis il avait eu un petit sourire pour Lucy.

— Il est presque prêt, ça ne sera plus long.

ET MAINTENANT, ils étaient là tous les quatre, autour d'une table légèrement chaotique mais confortable, l'estomac rempli, le vin bien entamé, les deux femmes parlant avec animation et les deux hommes restant assis en silence, regardant la tapisserie ou les beaux arrangements floraux de Maria.

Lucas voulait rompre la glace, mais il ne savait pas comment le faire sans attirer l'attention sur leur comportement, et il devrait alors expliquer ce qui s'était passé dans la cuisine. Le plus étrange restait que Lucas n'était même pas sûr de le savoir lui-même. Les choses auraient été plus simples si Jack avait simplement enlevé sa main et continué comme si de rien n'était. Ce n'était pas comme s'il l'avait embrassé ! Malgré tout, Jack semblait lui aussi incapable d'expliquer ses sentiments, ou tout du moins semblait-il que la situation lui échappait.

Lucas savait qu'il devrait faire amende honorable. Après tout, ils devraient encore travailler ensemble après ça, et s'ils ne pouvaient pas communiquer, comment pourraient-ils travailler ensemble pour leur pays ? Il devait faire le premier pas et montrer à l'autre homme qu'il pouvait mettre ses sentiments personnels de côté pour rester professionnel. Il ferait ce qu'il était attendu du comportement d'un diplomate.

Lucas fut tiré de ses rêveries quand Maria quitta la table. Il l'entendit dire à son mari :

— Jack, pourquoi ne conduirais-tu pas Lucy et Lucas dans le salon, je vais nettoyer ici.

Lucy se leva d'un bond.

— Je vais t'aider, Maria.

— Oh, non, je ne peux pas te laisser faire ça, lui dit Maria. Tu es notre invitée. Ça fait partie des règles quand nous avons des invités : Jack cuisine, je nettoie.

Lucy l'aida malgré tout, alors quand Jack s'excusa pour sortir de table, Lucas resta seul. Il prit quelques plats vides et les emmena à la cuisine où il croisa Maria.

Elle lui sourit avec chaleur.

— Oh, non, je ne veux pas de vous deux dans cette cuisine ! Est-ce que Jack t'a laissé seul ? demanda-t-elle en levant les yeux au ciel. Typique ! Écoute, Lucas, je te parie qu'il est sous le porche en train de fumer une cigarette. Je suis sûre qu'il apprécierait de la compagnie, si tu supportes l'odeur de la cigarette bien sûr.

Lucas acquiesça et lui sourit. Elle lui tendit deux verres de brandy.

— Pourquoi ne lui amènerais-tu pas ceci ?

— C'est drôle de voir la chaleur qu'il fait, après la semaine froide qu'on a eue, remarqua Lucas une fois qu'il eut trouvé son hôte assis sur un banc contre le mur de pierres brunes de la maison.

Jack prit une longue bouffée de sa cigarette et répondit simplement 'oui' sans regarder le jeune homme.

— Je pensais que tous les Américains avaient abandonné la cigarette de nos jours, dit Lucas, tentant de faire de l'humour tout en tendant à Jack l'un des verres qu'il portait.

Jack haussa les épaules, son regard perdu devant lui dans le jardin.

30

— Eh bien, je peux arrêter quand je veux, mais je ne tiens pas longtemps. Maria n'arrête pas de me demander d'arrêter, mais ce n'est pas une motivation suffisante on dirait.

Lucas s'assit de l'autre côté du banc en bois, restant prudemment à l'écart de l'autre homme. Il se pencha en avant, posa ses coudes sur ses genoux.

— Joli jardin.

— Ouais, la femme de l'ancien Ambassadeur avait la main verte.

— Eh bien, Maria semble également savoir y faire avec un sécateur.

— Oui.

Ça recommençait. Lucas avait le sentiment que, à chaque fois que le nom de Maria ressortait dans la conversation, Jack se faisait silencieux. Ou était-ce juste son imagination ?

— Je suis désolé, Jack.

— Non, tu ne l'es pas, répliqua Jack sans hésitation.

— Tu ne sais même pas de quoi je m'excuse.

Lucas se redressa et regarda Jack qui était toujours dans son coin, fixant l'horizon vers le soleil qui se couchait.

— Tu t'excusais du fait que nous avons failli être surpris.

Lucas fixa longuement son compagnon, cherchant confirmation, cherchant à savoir si Jack avait raison, mais son regard ne lui fut pas rendu.

— En fait... je ne suis pas désolé, dit-il malgré lui, décidant qu'il était temps d'être courageux.

— C'est ce que je pensais, répondit Jack, et un petit sourire commença à étirer ses lèvres.

Il prit une gorgée de brandy, se leva de son banc et contourna Lucas pour retourner à l'intérieur.

Alors qu'il passait devant le jeune homme, il laissa son index frôler doucement la mâchoire de Lucas puis serra son épaule, avant de disparaître dans le salon.

Ce geste rendit Lucas tout abasourdi et il pencha sa tête sur le côté, tentant de retrouver la sensation de la main de l'homme contre son visage.

Il repensa aux événements de la soirée, encore et encore, et arrivait à chaque fois à la même conclusion. Un homme n'agirait pas ainsi s'il n'était pas intéressé.

31

Jack entra dans la maison, un sourire aux lèvres, et il porta sa main à son nez pour sentir le léger résidu de l'après-rasage de Lucas qui s'était déposé sur ses doigts après la caresse.

Malgré sa résolution de ne pas s'emballer, le jeune homme avait envahi son cœur, et il savait qu'il leur serait bien difficile de travailler ensemble désormais. Même s'il n'était pas du tout question de répondre à ces sentiments, une partie de lui les savourait malgré tout. Et pourquoi ne se le permettrait-il pas ? Beaucoup d'hommes avaient des aventures extraconjugales dans le dos de leur femme.

Depuis le salon faiblement éclairé, il pouvait voir Maria dans la cuisine en compagnie de Lucy. Pourrait-il être infidèle à sa femme ? Lucas voulait de toute évidence plus, Jack voyait presque le désir brûler dans les yeux du jeune homme quand celui-ci le regardait. Il savait que la balle était dans son camp. Il ne pensait pas que Lucas aurait le cran de faire le premier pas, parce que le jeune homme savait que Jack avait assez de pouvoir pour le faire renvoyer. Et là, au revoir rêves de diplomatie. Mais quand il y pensait, Lucas avait le même pouvoir sur lui. S'il laissait leur relation s'approfondir, ils devraient être constamment sur leurs gardes et vivre dans la peur d'être découverts. Tromper sa femme était presque considéré comme quelque chose de normal. On s'excusait, on s'embrassait, on se réconciliait et on promettait de ne jamais recommencer. Mais avoir une liaison avec un homme pourrait lui coûter son poste, il le savait et l'avait toujours su. Sa crédibilité serait mise en pièces. Il serait mis à nu et ses adversaires riraient de lui dans son dos.

Jack secoua la tête pour chasser ses pensées et prit une profonde inspiration avant d'entrer dans la cuisine.

— Le dessert sera bientôt prêt, Maire ? demanda-t-il affectueusement à sa femme.

Maria le regarda, les yeux pleins d'amour, puis se tourna vers Lucy.

— Il ne me fait pas confiance quand je suis dans une cuisine, dit-elle en posant un bras autour de ses épaules et en le rapprochant d'elle. Mais nous faisons ma spécialité, n'est-ce pas ? ajouta-t-elle avant de se tourner vers Lucy. Une tarte aux myrtilles avec de la glace.

— Ça a l'air délicieux ! s'exclama Lucy.

— Et surtout facile à faire, même Lucas y arriverait, lui dit Jack après avoir taquiné sa femme en frottant son nez dans son cou.

Jack relâcha Maria quand il vit Lucas entrer dans la cuisine. Il pouvait voir que le jeune homme s'efforçait de paraître de bonne humeur.

— J'arriverais à quoi ? demanda le jeune homme.

Jack lui fit signe du doigt d'approcher.

— Viens ici.

Alors que Lucas s'approchait de lui, il attrapa son tablier, se mit dans le dos de Lucas et le lui fit passer par-dessus la tête, faisant de grands gestes tel un magicien à l'anniversaire d'un enfant. Il pouvait voir Lucas sourire, un peu incertain quant à l'attitude à adopter, mais les femmes appréciaient clairement le spectacle.

Jack naviguait à chaque coin de la cuisine, attrapant différents objets pour les montrer un à un à Lucas puis aux femmes.

— Nous aurons besoin... d'un œuf... un petit et un grand bol pour le séparer le jaune du blanc. Peux-tu faire ça, Lucas ? Casser un œuf ?

Lucas prit l'œuf, les bols et lui fit un sourire pas très convaincu.

— Enfin, je peux au moins essayer.

Jack acquiesça.

— Nous aurons aussi besoin d'une boite de myrtilles fraîches qui sont de saison désormais. De sucre. Maria, ma chérie, serais-tu assez gentille...

Il désigna le placard derrière sa femme, d'où elle sortit ce que son mari désirait et le lui donna.

— Lucas, je vois que tu as réussi à séparer le blanc du jaune. Jeune homme, tu as des talents cachés ! Tu vas préparer cette tarte pour moi pendant que je bas les blancs en neige, dit Jack en se dirigeant vers le frigo. Mais d'abord, mes chers spectateurs, voici quelque chose que j'ai préparé un peu plus tôt.

Il enleva le film transparent sur une pâte soigneusement emballée, qui attendait sur le papier de cuisson.

— Lucas, prends les myrtilles, mets-les dans un bol, ajoute trois cuillères à soupe de sucre et un zeste de citron.

Maria était déjà en train de donner à Lucas le citron et le zesteur. Il haussa un sourcil et regarda le jeune Britannique.

— Ne me dis pas que je dois te montrer comment utiliser un zesteur ?

Lucas lui lança un regard désespéré.

— D'accord, tu mélanges les ingrédients et je zeste le citron. Lucy ? Pourrais-tu monter le blanc en neige, s'il te plaît ?

D'une main clairement plus expérimentée que celle de Lucas, Jack entreprit d'utiliser le curieux instrument pour peler de fines tranches de peau de citron.

33

Jack se tourna pour vérifier si le four était chaud, puis frappa dans ses mains et regarda Lucas, qui s'amusait clairement même s'il ne semblait pas totalement à l'aise.

— D'accord, chef, montons cette tarte. Plaque de cuisson, pâte à tarte. Prends une fourchette pour faire plein de petits trous à la pâte.

Lucas suivit les instructions, puis Jack se tourna vers Lucy.

— Il faut mettre une première couche de blanc en neige, puis ajouter les myrtilles.

Il attendit que Lucas ait vidé son bol.

— Et maintenant, la partie la plus difficile.

Il fit un clin d'œil à Lucas, se tenant près de lui comme ils l'étaient plus tôt dans cette cuisine, pour passer un bras autour des épaules du Britannique tout en lui montrant la plaque de cuisson.

— Nous devons faire un rebord autour des myrtilles. Fais comme un sac.

Jack regarda les deux femmes et leur air amusé pendant que Lucas était en train de remonter les bords de la pâte sur les myrtilles pour les y enfermer. Il sentit à quel point Lucas était tendu et, se disant que le regard des femmes était plongé dans ce que Lucas faisait, il baissa la main et, doucement, caressa le dos de Lucas. Jack vit le regard plein d'espoir que Lucas lui lança et sourit. Puis il montra la tarte une nouvelle fois.

— Assure-toi qu'il n'y ait aucun trou, sinon le jus de myrtille va ressortir et ça serait du gâchis.

Lucas tapota la pâte ici et là, amusé, pour s'en assurer.

— Et maintenant, le Moment Suprême. Pour donner une jolie couleur, nous allons étaler le jaune de l'œuf sur le dessus et mettre le tout au four. Dans environ vingt-cinq minutes, nous allons manger la meilleure tarte aux myrtilles que Lucas n'ait jamais faite.

VI

LA SEMAINE fut particulièrement remplie niveau travail, et lorsque le vendredi après-midi arriva, Jack fut heureux de pouvoir enfin s'occuper de sa correspondance dans le calme et la tranquillité de son propre bureau. En fait, c'était la première fois durant cette semaine qu'il avait enfin l'occasion de s'asseoir derrière son bureau. Il devrait participer à l'ouverture d'une exposition artistique ce soir-là, mais pour le moment il était satisfaisant de pouvoir s'asseoir et de s'occuper de son courrier et des documents dont il avait la charge.

Sa secrétaire entra silencieusement dans le bureau, portant un plateau avec du café et du gâteau, un porte-documents coincé sous le bras.

— Voilà pour vous, monsieur Christensen. Heureuse de vous voir enfin au bureau.

Elle lui sourit avec une pointe d'insolence. Elle était celle qui tenait son agenda à jour, elle savait parfaitement ce qu'il avait fait toute la semaine, et elle savait qu'il avait passé la plus grande partie de celle-ci à l'arrière de sa voiture, se faisant conduire d'un rendez-vous à l'autre par son chauffeur.

Elle lui tendit le dossier après avoir posé le plateau.

— Voilà l'ébauche de la législation qu'ils essaient de faire approuver par l'Assemblée Nationale et le Sénat, au sujet du mariage pour les personnes de même sexe, ainsi qu'une vue d'ensemble des débats à ce sujet. J'y ai aussi ajouté tous les sondages que j'ai pu trouver sur le ressenti des Belges à ce sujet. Sincèrement, je ne comprends même pas pourquoi on en fait de telles histoires, mais mon avis n'a probablement aucun intérêt à ce niveau-là.

Jack était amusé. C'était une secrétaire incroyablement efficace et parfois, il avait le sentiment qu'elle pouvait lire dans ses pensées. Et c'était le cas ici. Il avait demandé à son équipe de juristes de lui communiquer cette ébauche de la législation, mais madame Claessens avait elle-même pris l'initiative d'ajouter les débats et les sondages à ce dossier, sachant très bien que Jack serait surtout intéressé par eux plutôt que par la future loi. Son professionnalisme l'empêchait de donner son opinion, mais elle était Belge et donc citoyenne du second pays dans le monde entier qui considérait l'éventualité de permettre aux couples de même sexe d'accéder au mariage. Il était donc curieux de son avis sur le sujet, qui était une question extrêmement délicate dans son propre pays.

— Allons, madame Claessens, je suis certain que vous pouvez vous permettre de me donner votre avis dans l'intimité de ce bureau. Je promets que je ne le retiendrai pas contre vous.

Il lui sourit et prit une gorgée de son café.

Elle le fixa d'un air suspicieux.

— Vous ne serez peut-être pas d'accord avec moi, mais je pense que c'est une loi très bien pensée, intelligente. Je ne comprends pas pourquoi ils ont mis tant de temps.

Jack posa les documents sur son bureau, sirota à nouveau son café, semblant toujours amusé, alors elle continua :

— Je suis sûre qu'en tant qu'Américain, vous ne comprenez pas ce que je veux dire, mais... ces gens vivent ensemble, partagent tout : maison, enfants, voiture, tout ce que vous voulez. Mais si jamais c'est le mauvais d'entre eux qui meurt, l'autre peut tout à fait finir sous les ponts, ou voir son enfant lui être enlevé parce qu'aucun lien légal ne lui est reconnu. C'est barbare. Et vous pouvez le dire à votre Président.

Jack rit en la voyant tirer sur le devant de sa veste pour insister ce point.

— Je suis totalement d'accord avec vous, répondit-il.

— Vraiment ?

Elle sembla tout à coup au septième ciel.

— Oui. Ne le dites pas à mon Président, car les États-Unis ne partagent pas cet avis, mais ici dans l'intimité de mon bureau, je peux vous avouer que je suis d'accord avec vous. Il faudrait juste expliquer à nos citoyens homosexuels vivant ici en Belgique pourquoi leur mariage ne serait pas légal aux États-Unis.

Madame Claessens soupira.

— Et j'imagine que ce n'est pas près de changer ?

Jack lui fit un sourire peiné.

— Hmm, je m'en doutais. Puis-je récupérer ces documents, maintenant ?

Elle lui indiqua la pile qu'il avait déjà étudiée.

— Bien sûr, merci, répondit Jack alors qu'elle franchissait la porte.

Au tout dernier moment, elle se retourna.

— Monsieur Christensen, j'ai failli oublier. Monsieur Carlton a tenté de vous joindre à plusieurs reprises. J'ai reçu trois appels, mais il n'a jamais voulu me laisser de message ni n'a voulu que je transmette l'appel sur votre portable. Bien sûr, je ne lui aurais pas donné votre numéro... et il est venu deux fois au bureau. J'ai son numéro de téléphone portable, voulez-vous que je vous l'appelle ?

Le cœur de Jack fit un bond quand il entendit le nom de Lucas. Ils n'avaient toujours pas parlé de ce qui s'était passé entre eux le samedi. En fait, ils ne s'étaient pas vus depuis presque une semaine.

Il pense probablement que j'essaie de l'éviter.

— Monsieur Christensen ? C'est peut-être important. Il n'a jamais dit que c'était urgent, mais quand même, cinq tentatives... ?

Cela tira Jack de ses pensées. Il redressa la tête et la regarda qui l'observait depuis la porte, le visage compatissant. Le jeune Britannique semblait l'avoir mise dans sa poche.

— Pourquoi ne me donneriez-vous pas son numéro de portable, et je l'appellerai moi-même.

Un instant plus tard, elle lui remettait un Post-it avec le numéro de Lucas.

Une fois à nouveau seul dans son bureau, il prit la note et regarda les chiffres. Devrait-il l'appeler ? Si Lucas avait tenté de le contacter pour raison professionnelle, il aurait laissé un message. C'était donc personnel.

Ce n'était pas comme s'il n'avait pas pensé à Lucas durant cette semaine, mais il avait été bien trop occupé durant les journées. Les nuits étaient une autre affaire cependant. Il s'était réveillé plus d'une fois au milieu de la nuit, réalisant qu'il avait encore rêvé qu'il passait ses mains sur le bas du dos du magnifique Britannique. Et les rêves ne s'arrêtaient pas là. Il se réveillait avec une érection tenace qui ne demandait que son attention. La troisième fois que cela lui arriva, il s'était levé et était descendu, ne tenant pas à réveiller Maria. Devant la télévision, regardant la vingtième rediffusion d'une quelconque série télé des années 80, il s'était installé sur le canapé et avait fermé les yeux. Il lui avait été facile d'invoquer une image mentale de

Lucas, et il avait glissé sa main sur le bas de son large pyjama. Il n'avait eu qu'à imaginer le sourire radieux du jeune homme, la chemise noire qu'il portait tout le temps et qui dessinait si bien sa silhouette, la sensation de la main de Lucas sur son...

Il lui avait été facile de s'imaginer embrasser les lèvres si parfaitement proportionnées de Lucas, de presser leurs deux corps ensemble. Jack s'était masturbé et avait presque pu sentir les mains de Lucas partout sur son corps, caressant son ventre, ses lèvres sur ses hanches, ses cuisses, ou suçant ses tétons. Il aurait presque pu voir la bouche de Lucas engouffrer son membre turgescent jusqu'à... jusqu'à...

Jack s'était furieusement masturbé et avait joui en murmurant le nom de Lucas. Suite à ça, tremblant encore de tous ses membres, il s'était affalé sur le canapé. Réalisant qu'il avait dit le nom du jeune homme à voix haute dans le silence de la maison, il s'était demandé si le bruit n'avait pas réveillé Maria, mais tout était silencieux.

Derrière son bureau, au travail, Jack savait qu'il ne pouvait nier ses sentiments pour le jeune homme. Il devrait parler à Lucas. Il pouvait simplement espérer qu'il avait mal interprété les intentions de Lucas et que le jeune homme l'admirait simplement de manière professionnelle. C'était peut-être juste ça, peut-être que Lucas ne voyait en Jack qu'un exemple, un modèle à suivre. Seul le temps le dirait.

DERRIÈRE SON bureau, hors du bureau de l'Ambassadeur, Gertje Claessens triait les nombreux documents qu'elle avait pris du bureau de son patron et se posait des questions sur la conversation qu'ils venaient juste d'avoir. Avait-elle eu raison de donner le numéro de Lucas ? Bien sûr, la raison pour laquelle Lucas semblait si désespéré de joindre monsieur Christensen ne la regardait pas. Elle aimait le jeune Britannique. C'était un jeune homme charmant, très poli sans être timide, et elle voyait très bien la chaleur dans son regard quand elle le conduisait dans le bureau de son patron.

Elle aussi appréciait son patron. Il était chaleureux et généreux et ne lui donnait jamais d'ordre avec condescendance. Durant tous ces mois depuis qu'il avait pris son poste, il l'avait toujours traitée avec respect et plus d'une fois il lui avait non seulement demandé son opinion, mais l'avait également pris en compte. Elle commençait à peine à s'y habituer.

Elle ne comprendrait jamais ce qu'il faisait avec sa femme, madame La Parfaite Épouse De Tout Ambassadeur Qui Se Respecte. Elle présentait peut-être très bien à son bras, mais Gertje la catalogua immédiatement quand elle entendit Maria dire à son mari qu'elle ne comprenait pas pourquoi il avait obtenu une assistante avec une telle 'aura maternelle'. Bien entendu, elle était toujours polie avec Maria, mais pas plus que nécessaire.

Elle en conclut alors qu'elle avait eu raison de donner le numéro personnel de Lucas à Jack, quelles que soient les intentions du jeune homme. D'autant plus que Jack Christensen était un adulte. Il n'était pas arrivé à un tel poste à un si jeune âge en prenant de mauvaises décisions. Elle referma le tiroir des dossiers d'un geste déterminé, et au même moment, Jack sortit de son bureau et lui tendit une nouvelle pile de dossiers.

— Je crois que ce sont les derniers. Je dois aller célébrer le vingtième anniversaire de notre rencontre, à ma femme et moi, alors vous savez comment me joindre en cas de nécessité.

Il alla vers la sortie et se retourna.

— Quand je serai au vernissage, n'hésitez pas à m'appeler pour une urgence nationale.

Ils rirent tous deux.

— Allons, Votre Excellence, c'est juste de l'art, se moqua Gertje.

— Ce n'est pas tant que l'Art est ennuyeux, c'est surtout les politiciens qui se sentent obligés de donner leur avis sur l'art qui rendent ça infernal !

Jack leva les yeux au ciel, lui fit un signe de la main et s'éloigna à nouveau.

LUCAS ÉTAIT assis dans le placard à balai qui lui servait de bureau à l'Ambassade du Royaume-Uni, son portable à la main. Il voulait appeler Jack, entendre sa voix apaisante et lui donner rendez-vous quelque part pour pouvoir parler, pour reprendre les choses là où ils les avaient laissées ce soir-là au dîner. Mais il était particulièrement évident que Jack faisait de son mieux pour l'éviter. Sa secrétaire lui avait donné des excuses assez pitoyables chaque fois qu'il avait appelé et, quand il s'y était rendu à pieds durant sa pause-déjeuner, il n'avait pas pu le voir non plus. De toute évidence, il lui avait donné pour consigne de ne pas le laisser entrer. Et puisqu'il n'avait pas le numéro personnel de Jack, il devrait à nouveau affronter le chien de garde.

Il savait qu'il était allé trop loin, mais il était tellement persuadé que l'homme avait compris ses sentiments et qu'ils étaient réciproques. Seulement, maintenant qu'il était reconnecté avec la réalité et qu'ils n'étaient plus ensemble, c'était probablement plus facile pour Jack de nier ses sentiments et de rester dans sa vie tranquille et facile avec Maria.

Mais Lucas ne pouvait pas oublier la manière donc Jack avait passé lentement sa main dans son dos, prenant soin de toucher chaque os, chaque muscle. Il avait lentement torturé Lucas qui ne pouvait même pas admettre à quel point la chaleur de la main de Jack qui le caressait était agréable, tout simplement parce que le regard des deux femmes était sur eux.

Lucas s'était masturbé chaque matin sous la douche en pensant à l'effet que ça ferait de pouvoir réellement toucher Jack, de l'embrasser, de lui faire l'amour. Ce matin-là, il avait failli être surpris par Lucy qui était entrée dans leur petite salle de bain sans faire de bruit. De toute évidence, lui n'avait pas été silencieux en jouissant, car elle lui avait demandé s'il allait bien. Il avait balbutié il ne savait trop quoi, craignant qu'elle ne voit ses joues rouges s'il passait sa tête entre les rideaux de la douche.

— Merde !

Lucas se releva prestement et saisit sa veste sur la patère de la porte. Une fois encore. Une fois encore, il allait se rendre au bureau de Jack pour tenter de le voir.

— IL N'EST pas là, Lucas, je suis désolée.

Gertje Claessens compatissait, voyant la déception envahir le visage de Lucas.

— Écoutez, asseyez-vous là un instant, je vous prépare une tasse de café. Ou de thé, vous buvez du thé non ?

Lucas secoua la tête.

— Vous lui avez donné mon numéro de téléphone ?

— Oui, bouchon, je lui ai donné.

Il tenta un sourire.

— Merci, Gertje.

Puis il se détourna pour partir.

— Lucas...

Il se tourna à nouveau et vit qu'elle hésitait.

40

— Allez au Palais des Beaux-Arts ce soir. Il y a un gala pour l'ouverture d'une exposition sur les Indiens d'Amériques. Tenez... dit-elle en fouillant dans son tiroir. Voilà une invitation qui restait. J'en demande toujours une à Jack, dans le cas où lui et madame Christensen ne pourraient arriver en même temps.

Un grand sourire s'afficha sur son visage et il fit deux pas en avant, attrapa son visage entre ses mains et lui colla un léger baiser sur les lèvres.

— Ne faites rien que je ne ferais ! l'entendit-il dire pendant qu'il quittait rapidement le bureau.

MARIA AVAIT passé sa journée dans un spa à Grimbergen. Cela avait été son cadeau de bienvenue dans le club des femmes Américaines vivant en Belgique. Et bien que son but dans la vie n'était pas vraiment de passer son temps de la même manière que le faisait la plupart des femmes expatriées, elle avait apprécié l'attention tout autant que n'importe qui.

Elle portait un caraco en coton de couleur crème, une culotte échancrée et pas de soutien-gorge, et elle s'admirait dans l'immense miroir de la salle de bain qui tenait presque sur tout le mur. Elle ne semblait pas différente de quand elle s'était levée. Toujours assez osseuse, manquant des courbes qui font les vraies femmes, sa poitrine trop petite pour remplir correctement un soutien-gorge. Dieu merci, il existait les Wonderbra. Ceci dit, elle avait du muscle là où il fallait en avoir, et c'était ce que Jack aimait. Sa peau était belle et douce après une journée passée à recevoir divers peeling et soins à base de boue.

Alors qu'elle caressait doucement son ventre plat, elle remarqua Jack à sa place habituelle, contre le cadre de la porte.

— Alors cher mari... tu aimes ce que tu vois ? lui demanda-t-elle sur un ton séducteur.

Elle le vit lentement enlever sa chemise et venir derrière elle. Il passa ses bras autour d'elle et gémit, appréciateur.

— Salut, Maire. Tu sens la rose, et ta peau est douce comme de la soie.

Sa main était légère, et la peau de Marie la picota rapidement, et elle s'appuya contre lui pour les rapprocher. Il embrassa sa nuque et frotta doucement son érection grandissante contre ses fesses tout en faisant glisser sa main le long de son ventre jusque dans sa culotte. Maria aimait beaucoup cette

41

nouvelle facette de Jack. Il n'avait jamais été très aventureux au lit, mais il avait toujours été un époux sur lequel on pouvait compter. Et pourtant elle était là, à se regarder dans le miroir pendant qu'il embrassait son épaule et faisait des petits cercles lents autour de son clitoris qui la faisaient mouiller.

Elle passa ses mains derrière elle pour défaire son pantalon. Sentir ses doigts sur elle était incroyable, mais le voir faire faisait battre son cœur. Elle voulait le sentir en elle, elle voulait se pencher sur le lavabo et le sentir la pistonner tout en le regardant faire.

— Allez Jack, montre-moi ce que tu as.

À ces paroles, il regarda dans le miroir, son regard bleu céruléen un peu vitreux, ses lèvres rougies et humides d'avoir embrassé sa nuque. Les cheveux de Maria étaient en train de se détacher, et il sourit quand elle les rattacha pour qu'ils ne tombent pas sur son visage. Il laissa son pantalon et son boxer tomber sur le sol et s'en dégagea avant de s'accroupir pour lui baisser sa culotte.

— Je veux te voir me baiser, Jack, ici devant le miroir. Tu aimerais ça ?

Elle inspira vivement quand il la poussa sur le lavabo et inséra brutalement deux doigts en elle.

Quand elle le regarda, il souriait largement.

— Tu es tellement mouillée, Maire.

— Eh bien, tu t'attendais à quoi ?

Elle gémit quand elle le sentit la pénétrer juste après avoir retiré ses doigts. C'était bon de l'avoir en elle, et elle ne savait que trop bien qu'il était l'amant le moins égoïste qu'elle n'avait jamais eu. Elle espérait juste que la vision intoxicante de leurs deux corps joints qui se reflétait dans le miroir ne le ferait pas jouir trop vite ; elle voulait qu'il tienne longtemps. Mais au final, il ne regarda pas vraiment. Elle pouvait sentir ses mains sur ses hanches et son souffle lourd sur sa nuque.

Il commença lentement à bouger et elle réalisa qu'elle voulait plus, elle voulait avoir le contrôle, ce qui était bien moins inhabituel que leur impulsion aventureuse de baiser devant le miroir de la salle de bain, ce même miroir qu'ils avaient immédiatement détesté en entrant dans la maison. Tout à coup, celui-ci devenait un atout.

Maria les fit tous deux reculer du lavabo jusqu'aux toilettes où elle les fit s'asseoir sur le siège fermé. Il s'accrocha à elle et aspira brutalement quand son corps entra en contact avec la surface dure. Elle réalisa que, de là où ils étaient assis, elle avait une vue d'ensemble sur eux deux entre les deux lavabos. Elle écarta lentement les jambes et se pencha en arrière, et elle put ainsi le voir profondément caché en elle, sa queue brillante et humide de ses fluides. Avec les bras de Jack qui entouraient sa taille, elle se pencha en avant pour poser ses mains sur les genoux de Jack et s'en servit comme support pour commencer à le chevaucher. D'abord lentement, elle varia facilement les angles de pénétration jusqu'à ce qu'elle trouve le bon angle, la bonne dose de friction, pour la faire gémir et haleter.

— Oh, Jack, c'est trop bon, Jack.

Il remonta ses mains jusqu'à ses côtes pour l'aider à conserver son équilibre pendant qu'elle accélérait et qu'il commençait à bouger ses propres hanches. La vue dans le miroir était exaltante, elle se voyait chevaucher sa queue magnifique, dure comme du bois. Elle sentait la tension monter dans son bas-ventre et savait qu'elle allait jouir comme elle n'avait pas joui depuis longtemps. Jack écarta lui aussi ses jambes, lui faisant encore plus écarter les siennes. Cela lui fit perdre l'équilibre mais quand elle leva les yeux, elle vit son regard assombri par la passion qui les regardait à travers la surface brillante du miroir et cette vision la fit jouir, la faisant convulser autour de son sexe. Elle le sentit enfouir son visage dans sa nuque, murmurant quelque chose qui ressemblait à 'oui, oui, oui, vas-y' alors que ses mouvements devenaient erratiques et saccadés.

Elle se laissa glisser sur le corps de Jack, maintenant repue, et réalisa, à travers son esprit embrumé, qu'ils ne s'étaient même pas embrassés. Son corps était chaud et humide sous elle.

— Ça va ? murmura-t-elle.

— Oui, dit-il d'une voix rauque. Donne-moi juste une seconde.

Quand elle se leva, quittant leur position inconfortable et le sentant glisser hors d'elle, elle décida qu'ils auraient tous deux besoin d'une bonne douche avant de pouvoir aller où que ce soit.

Et ils devaient aller à un vernissage.

VII

JACK ET Maria arrivèrent en retard au restaurant Argentin où ils avaient réservé pour dîner et, à cause du trafic du vendredi soir, ils allaient très certainement arriver en retard au vernissage également.

Jack était clairement de très bonne humeur, et durant le dîner ils se remémorèrent leur rencontre lors d'une soirée de l'Ambassade en Argentine où le père de Maria était responsable des systèmes informatiques et où Jack avait été envoyé pour sa première affectation à l'étranger. C'était il y avait vingt ans et Maria était heureuse de toujours pouvoir regarder son mari et dire que l'épouser avant été la meilleure décision qu'elle avait prise de toute sa vie.

— Alors dis-moi encore, pourquoi ça t'a pris presque un an et demi pour coucher avec moi ? le taquina-t-elle.

Jack s'essuya le coin des lèvres avec sa serviette et déblatéra les excuses qu'il savait qu'elle croirait.

— J'étais un gentleman, que puis-je dire ? Et puis, je ne savais pas où ma vie me conduisait. Je savais que je pouvais être envoyé n'importe où sans préavis, alors je pense que je voulais être sûr que tu serais la bonne personne pour moi. Et je voulais d'abord obtenir ma maîtrise pour que, si jamais je devais t'emmener à l'étranger avec moi, nous puissions vivre avec mon simple salaire.

— Enfin, c'était gentil de ta part de faire si bonne impression à mes parents. Je crois que c'est l'unique argument que je leur ai donné et qui m'a permis de les convaincre quand je leur ai dit que je voulais emménager au Danemark avec toi avant qu'on se marie.

Elle posa sa main sur la sienne et joua avec l'alliance de son mari.

— Je dois avouer que cet après-midi a parfaitement compensé les dix-huit mois que j'ai passés à t'attendre.

— Je croyais m'être rattrapé il y a bien longtemps, Maire, répondit Jack un peu timidement.

— Et bien, je ne sais pas *ce que* tu as compensé tout à l'heure, mais par tous les saints, recommence !

Elle leva les yeux au ciel tout en prenant une nouvelle gorgée de son vin.

Jack resta silencieux jusqu'à ce qu'il réalise que ça lui donnait peut-être l'air coupable.

— Alors, tu veux un dessert ? demanda-t-il pitoyablement.

LUCAS ENTRA dans le Palais des Beaux-Arts avec Lucy à son bras. Il avait tenté d'y aller sans elle, mais après avoir vu son regard s'éclairer quand il lui avait dit où il allait passer sa soirée, il n'avait pas eu le cœur de lui dire qu'elle ne pouvait pas venir.

Même si le musée était grand, la réception était dans l'un des halls les plus petits et, par conséquent, l'endroit était surchargé de monde. La plupart des invités étaient des hommes âgés d'aspect rigide, accompagnés de leurs femmes qui semblaient s'ennuyer, et très peu de gens regardaient réellement les objets exposés.

Lucas scanna la pièce à la recherche de Jack mais ne le vit pas, alors il guida Lucy vers une large tapisserie qui couvrait la plus grande partie d'un mur près d'eux. Il ne voulait pas s'aventurer trop profondément dans la foule pour ne pas rater Jack si jamais celui-ci arrivait.

Des jeunes hommes grands et élégants mais à l'air sévère, portant des queues-de-pie traversaient la salle en portant des plateaux avec des boissons, et Lucas attrapa rapidement deux verres de champagne pour en donner un à Lucy.

— On devrait se mêler à la foule, Lucy, il y a beaucoup de personnes importantes ici, suggéra Lucas jusqu'à ce qu'il voit la panique s'afficher sur le visage de sa petite amie. Ne t'inquiète pas, je serai là.

Il lui fit un sourire, mais il savait qu'il lui serait pratiquement impossible de parler seul à seul avec Jack ce soir-là.

Au même moment, des flashs fusèrent vers l'entrée et tous les regards se posèrent sur le couple qui venait d'arriver.

Jack portait un costume noir élégant avec une cravate et Maria était époustouflante dans son deux pièces bleu pastel. Ils furent accueillis par le conservateur du musée et quelques autres invités se dirigèrent vers l'entrée pour leur serrer la main.

Lucas savait que Lucy et lui devraient attendre leur heure avant de pouvoir aller les voir. Cette fonction était très protocolaire et leur amitié personnelle n'entrait pas en ligne de compte dans cette situation. Jack allait probablement ouvrir l'exposition ou tout du moins y participer, et tous les hauts fonctionnaires de 'rang plus élevé' voudraient lui parler avant que Lucas et Lucy ne puissent le saluer.

Même si Lucas le savait, il voulait quand même que Jack sache qu'il était ici, alors mine de rien il conduisit Lucy dans son champ de vision. Il avait toujours ce sentiment que Jack l'avait ignoré toute cette semaine et il voulait découvrir la vérité ce soir, d'une manière ou d'une autre.

— Pourquoi ne pourrions-nous pas faire la queue avec tout le monde et dire bonjour ? demanda Lucy.

— Parce qu'il y a d'autres personnes qu'il doit voir avant, Lucy, répliqua-t-il avant de soupirer. Pardon, mais on ne peut pas juste...

Lucas ne termina pas sa phrase car Jack le fixait droit dans les yeux, le visage neutre. Après un hochement de la tête presque imperceptible, le regard de Jack se détourna vers la dame âgée portant un costume Indien traditionnel qui était en train de se présenter à lui. Le surréalisme de la situation était tel que Lucas se demanda si le signe de la tête lui était destiné ou s'il l'avait imaginé.

Quand un serveur passa avec un nouveau plateau de boissons, Lucas remplaça sa flûte vide par une nouvelle. Jack était acculé vers le couloir conduisant à l'exposition où il devrait couper le ruban pour l'ouvrir officiellement, alors Lucas suivit le flux des invités dans le couloir, Lucy toujours à son bras. Il fit son chemin jusqu'au-devant de la foule qui formait un large demi-cercle pour écouter les courts discours et les mots officiels de bienvenue.

Lucas ne pouvait qu'admirer l'aisance naturelle avec laquelle Jack remplissait ses obligations et la grâce avec laquelle il détournait l'attention générale de lui-même pour la diriger vers la détresse d'une ancienne civilisation noyée dans la société actuelle, et l'importance de préserver la culture et l'art indigène. Son discours court et concis contenait même quelques traces d'humour quand il ajouta que les Belges étaient particulièrement en mesure de comprendre ça, puisqu'ils avaient été conquis par tant de nations différentes avant que leur pays ne devienne indépendant.

Lucas se demandait si Jack écrivait lui-même ses textes quand leurs regards se croisèrent à nouveau. Une fois encore, l'expression de Jack ne laissait rien transparaître et il se détourna presque immédiatement, laissant Lucas avec une sensation de vide au creux de l'estomac. Il ne pouvait pas rester ici comme ça, ça allait le rendre fou. Si Jack ne voulait plus jamais le voir, il voulait l'entendre le dire de sa bouche.

Une fois le ruban coupé, la foule fut autorisée à entrer dans la salle de l'exposition et se dispersa rapidement. Lucas et Lucy furent finalement en mesure d'aller vers Jack et Maria, qui étaient toujours salués par diverses personnes.

— Lucy, Lucas !

Maria accueillit chaleureusement le jeune couple avec une bise sur la joue.

— Quelle surprise de vous voir ici ! Lucas, j'ignorais que tes missions d'officier de liaisons incluaient ta présence obligatoire au vernissage de cette exposition ?

— Ce n'est pas le cas, répondit Lucas, tentant de trouver une excuse mais sans y parvenir. J'étais juste... intéressé.

Mais pas par l'art.

— Lucas, est-ce que ça t'ennuierait si je t'empruntais ta ravissante fiancée pendant un moment ? Il y a certaines personnes ici dont je suis sûre qu'elle sera ravie de rencontrer, et je dois faire d'elle la parfaite femme d'un diplomate juste pour toi, n'est-ce pas ?

La question était de toute évidence rhétorique, parce que Maria conduisit Lucy vers un groupe de dames entre deux âges qui discutaient ensemble de l'autre côté de la pièce avant que Lucas n'ait pu réfléchir à une réponse. Il se retrouva donc seul, à quelques pas de Jack

Lucas n'avait toujours pas eu l'occasion de lui dire bonjour car Jack était encore en train de discuter avec quelques Américains et Belges. Lucas pouvait l'entendre parler en anglais, français, parfois même en espagnol, semblant passer d'une langue à l'autre sans le moindre effort. Lucas savait qu'il devait créer son propre réseau, parler aux gens, se présenter, mais ce dont il avait surtout besoin c'était de parler à Jack. Malheureusement, ce dernier aurait tout aussi bien pu se trouver de l'autre côté de la planète.

Finalement, Lucas alla marcher à travers la salle, admirant des œuvres d'art très diverses, espérant que Jack comprendrait en voyant sa présence continue à ses côtés qu'il agissait ainsi uniquement pour avoir un peu d'attention, de contact.

Les gens commencèrent à partir quand les serveurs cessèrent de naviguer avec les plateaux de boisson, et Lucas se retrouva pratiquement seul dans un coin de la salle. Il avait vu Maria et Lucy parler avec nombre de personnes, et elles étaient maintenant assises ensemble dans l'entrée, à discuter de choses de filles à en juger par l'expression excitée de leur visage.

— Ça m'impressionne toujours de voir à quel point l'art indigène peut être simple, dit une voix familière avec un accent américain. Ils le trouvaient dans les objets de tous les jours, comme ce tapis par exemple, et ils illustrent les événements quotidiens ordinaires.

Lucas ferma les yeux et un sourire se forma sur ses lèvres. Il avait peur de regarder sur le côté, peur de rompre le charme s'il regardait, et la voix continua :

— L'art est aussi quelque chose de collectif. L'ego de l'artiste n'a aucune importance, en réalité, tu as peut-être remarqué que sur beaucoup de ces œuvres, il n'y a aucun artiste mentionné, parce que le ou les noms sont inconnus.

Lucas aurait pu écouter sa voix pendant des heures et chercha la bonne question à lui poser pour qu'il continue de parler.

Il osa finalement regarder sur le côté, mais découvrit simplement qu'il n'y avait plus personne. Jack se dirigeait vers le couloir.

Oh non, il ne va pas partir !

Lucas regarda autour de lui pour vérifier s'il serait suspect qu'il le suive. Réalisant que la salle était quasiment déserte, il se mit presque à courir en direction de l'endroit où Jack avait disparu. Une fois dans le couloir, il eut à peine le temps de voir Jack disparaître dans les toilettes des hommes. La foule était plus importante dans ce coin-là, et il remarqua que certains regardaient dans sa direction. Il tenta d'avoir l'air moins louche et prit une profonde inspiration pour se calmer tout en se dirigeant vers les toilettes.

Quand il entra, Jack était en train de se laver les mains.

— Et maintenant, tu vas me dire pourquoi tu m'évites ?

Jack leva la tête et lança un regard sévère au jeune homme. Il prit du papier, se sécha les mains puis entreprit d'ouvrir toutes les portes des cabines pour vérifier si quelqu'un s'y trouvait. Heureusement, elles étaient toutes vides. Lucas comprit qu'il avait été irréfléchi et ses épaules se voûtèrent.

— Je suis désolé...

— Non, tu ne l'es pas, répondit Jack sur un ton clairement amusé.

Quand Lucas le regarda, il vit que Jack souriait.

— Pourquoi ai-je l'impression que nous avons déjà eu cette conversation avant ?

— Eh bien, si tu arrêtais de t'excuser alors que tu n'es clairement pas désolé du tout, alors nous pourrions arrêter d'avoir cette discussion.

Lucas fit un pas pour s'approcher de lui.

Courage, nous sommes deux adultes, ne peux-tu pas avoir une conversation d'adulte à ce sujet ?

— J'ai essayé de te contacter, pour parler de...

La voix de Lucas fut tout à coup bien moins assurée.

— ... choses et d'autres.

— J'ai eu une semaine très chargée, Lucas. Cet après-midi, c'était bien la première fois que je passais du temps dans mon bureau. Je...

— Tu avais mon numéro de portable. Gertje te l'a donné ?

Jack acquiesça, mais puisque Lucas regardait toujours le mur par-dessus son épaule plutôt que lui, il ajouta :

— Oui, mais je ne l'ai eu qu'il y a quelques heures. J'allais...

— Tu allais m'appeler lundi, n'est-ce pas ?

Lucas soupira et posa alors un regard plein de défi sur Jack.

— Tu as probablement pensé que c'était pour le travail ?

Jack secoua la tête, surpris par l'agressivité de Lucas.

— Bien, voyons ça comme une négociation. Les négociations fonctionnent toujours mieux quand les deux parties sont ouvertes et honnêtes l'une envers l'autre. Appelons donc un chat un chat. Pourquoi ne m'expliquerais-tu pas ce qui s'est passé dans ta cuisine ?

Jack souffla un 'chut'.

— Baisse ta voix, on est dans un lieu public.

— C'est peut-être ça qui vous fait bander, Maria et toi ? répondit Lucas d'une voix bien plus basse. Tu séduis un jeune homme devant elle et elle doit alors te reconquérir ?

— Je ne t'ai jamais séduit ! réfuta Jack, tentant également de ne pas parler trop fort.

Il pointa Lucas du doigt :

— *Tu* as posé ta main sur la mienne. *Tu* as fait le premier pas.

Jack fit un pas en arrière et s'appuya contre la cloison entre deux cabines.

Lucas, retrouvant un peu de son sang-froid, était désormais bien plus calme.

— Je n'ai pas pu m'en empêcher. Je voulais te montrer ce que tu représentes pour moi.

Il détourna le regard et secoua doucement la tête.

— Je voulais te dire que je ne pouvais pas m'empêcher de penser à toi. Je n'espérais pas une seule seconde que tu me retournes ces sentiments. Je veux dire, tu es marié et tout ça... mais alors, quand tu n'as pas enlevé ta main et que tu m'as regardé avec ces yeux là et...

Lucas regarda à nouveau Jack, qui était désormais en train de l'observer le visage doux et les yeux grands ouverts, la main tendue vers lui. Il tenta un pas en avant et lentement, leva la main pour toucher celle de Jack.

Jack s'éclaircit la gorge.

— Pendant que tu terminais le dessert, je ne pouvais pas m'empêcher de te toucher. Tu étais si près de moi, tu sentais la menthe et le vin et... j'étais heureux qu'il y ait le plan de travail devant nous, parce que sinon nos femmes auraient remarqué quelque chose que j'aurais eu bien du mal à expliquer. Ce n'est que plus tard que j'ai réalisé que si tu avais réagi à mon contact, on aurait tous deux eu de gros ennuis.

Lucas pouvait sentir la main de Jack le tirer vers lui. Au lieu de le suivre, il entra dans la cabine et tira Jack avec lui, le poussant dos contre la cloison. De sa main libre, il verrouilla la porte, leur donnant un semblant d'intimité. Il se pencha alors en avant et murmura.

— Je suis heureux moi aussi qu'il y ait eu le plan de travail, parce que ce que tu faisais à mon dos avec cette main...

Il embrassa légèrement la tempe de Jack puis appuya son visage contre lui, pressant son corps contre le sien. Il pouvait sentir la main de Jack bouger avec hésitation dans son dos, exactement comme cette première fois dans la cuisine, et Lucas gémit presque en sentant cette main retracer leur premier réel contact.

La main droite de Lucas et la main gauche de Jack étaient toujours accrochées l'une à l'autre, elles ne s'étaient toujours pas séparées depuis leur premier contact dans les toilettes, mais maintenant Lucas pouvait sentir Jack bouger sa main pour tenir tendrement sa tête. Leurs lèvres se touchaient presque. Il pouvait sentir la chaleur irradiant de Jack et son souffle sur son visage. Ils eurent un instant d'hésitation quand ils se regardèrent dans les yeux, et finalement Lucas se sentit attiré dans un baiser. D'abord chaste, juste un contact des lèvres, il pouvait sentir Jack se laisser aller doucement mais sûrement. Il pouvait sentir le désir grandir chez son compagnon et y répondit en suçant avec empressement sa lèvre inférieure.

À ce moment-là, Jack s'écarta aussi loin qu'il le put, coincé entre Lucas et la cloison, haletant.

Lucas, se sentant confus, perdu entre son sentiment de rejet et son malaise, tenta de lui laisser un peu d'espace, mais Jack passa ses bras autour de sa taille et le tira contre son torse.

— Oh, Seigneur, Lucas, je ne voulais pas te repousser, je suis juste... s'il te plaît, dis-moi que je ne suis pas en train de faire une énorme erreur, que ce que je ressens est réel et que je ne fais pas d'idées.

Le jeune homme frotta son corps contre celui de Jack.

— Est-ce que c'est assez réel pour toi ?

Il sentit la tension quitter un peu le corps de Jack et sa prise se détendre, alors il écarta la tête et sourit.

— Depuis ce soir-là à l'Ambassade... Je n'aurais jamais cru que tu...

Jack l'attira à nouveau dans un baiser désespéré, cette fois-ci affamé et déchaîné. Lucas sentit la langue de son compagnon dans sa bouche et s'oublia totalement en lui, s'écartant après ce qui parut être une éternité, en partie pour reprendre son souffle mais aussi parce qu'il pouvait sentir son corps réagir à l'excitation grandissante de l'autre homme.

— Si on n'arrête pas maintenant, je ne suis pas sûr de pouvoir m'arrêter avant...

Jack libéra le jeune homme en pouffant de rire.

— Oui, je sais.

Ils se tenaient là, s'appuyant contre les cloisons opposées de la cabine, se tenant toujours la main, presque effrayés à l'idée de lâcher l'autre, mais ils s'écartèrent finalement de leur cloison pour sortir.

— J'y vais d'abord, proposa Lucas, pour voir si la voie est libre.

— Ouais... dit doucement Jack, près de lui. J'espère que personne n'est entré ici, parce que je ne pense pas qu'on ait été discrets, là.

D'abord Lucas, puis Jack, ils sortirent de la petite cabine et vérifièrent leur apparence dans les miroirs de l'autre côté des toilettes des hommes.

Lucas regarda Jack.

— Attends...

Il passa derrière lui et tira sur le bas de sa veste, puis lissa les épaules de Jack.

— Merci, Maria...

La boutade de Jack surprit Lucas.

— Elle fait toujours ça elle aussi. Je suis désolé...

— Non, tu ne l'es pas, répondit Lucas, souriant en coin tout en redressant sa cravate et lissant sa propre veste.

Les deux hommes souriaient quand ils retournèrent vers le monde extérieur.

— OH, ET moi qui pensais qu'il n'y avait que nous autres femmes qui allions aux toilettes en groupe.

Les deux hommes se retournèrent en entendant le ton moqueur de Maria et ils virent les deux femmes qui se tenaient contre le mur en face des toilettes des hommes.

— Lucy vous a vus disparaître ici alors on a décidé de vous attendre pour vous annoncer la nouvelle.

— Oui, et vous en avez mis du temps, ajouta Lucy en levant les yeux au ciel.

— Alors, c'est quoi cette nouvelle ? demanda Jack.

— Lucy et moi allons passer le week-end prochain à Amsterdam. Il est grand temps qu'elle visite un peu l'Europe. Ça fait presque un an qu'elle est ici et je n'arrive pas à croire que tu ne l'aies emmenée nulle part, Lucas.

Lucas crut sentir son cœur bondir hors de sa poitrine. Un week-end seul à seul avec Jack. Il regarda vers Jack qui lui rendit son regard avec son visage impassible de joueur de poker.

Maria passa un bras sous celui de son mari.

— Ne sois pas si inquiet, mon amour, je ne vais pas faire exploser ma carte bancaire.

Elle tendit un bras vers Lucy qui s'approcha aussi en prenant la main de Lucas.

— Et je promets que je vais empêcher Lucy de céder à la tentation également. De plus, je suis sûre que vous deux aurez aussi des choses à faire, comment as-tu dit la dernière fois ? 'Des trucs que nous autres femmes trouverions ennuyeuses' ?

Elle avait l'air innocent, mais Jack savait que ce commentaire était tout sauf innocent.

Lucas vit un sourire s'afficher sur le visage de Jack.

— Oui, je suis sûr qu'on trouvera de quoi s'occuper.

VIII

LE PRÉSIDENT venait de déclarer que le pays n'était plus en guerre, aussi le véritable travail à effectuer par l'Ambassade en Belgique ne faisait que commencer. Le gouvernement Belge avait toujours fait entendre son opposition à la guerre, et bien qu'une mission de maintien de la paix ait été organisée pour reconstruire le pays dévasté, il ne se taisait pas pour autant. La Belgique, la France et l'Allemagne avaient catégoriquement refusé d'envoyer des troupes aux Forces Armées Internationales, et Jack avait l'impression de passer son temps à rencontrer le Premier Ministre et le Ministre de la Défense pour parler de cela. La situation ne s'annonçait pas très bien, puisque le quartier général de l'OTAN était situé dans ce pays, et Jack avait reçu des ordres précis : les mettre du côté américain dans ce conflit.

Le fait que Jack n'était pas d'accord avec le point de vue de son gouvernement n'aidait pas. Ce n'était pas la première fois que ça arrivait, et il savait très bien que ses propres sentiments n'avaient absolument aucune importance dans cette affaire.

Il y avait cependant un bon côté. Le Premier Ministre Britannique avait fourré son nez dans l'affaire et avait promis l'aide du Royaume-Uni. Ceci aurait normalement dû être l'affaire de l'Ambassadeur du Royaume-Uni, mais puisque celui-ci était en congé de longue durée, l'Adjoint de l'Ambassadeur était responsable. S'occuper de ces deux postes était un peu trop difficile pour un homme comme Sean Gallagher, et Jack espérait pouvoir demander l'aide de Lucas à ce sujet.

Alors qu'il rentrait de la délégation du Grand quartier général des Puissances Alliées en Europe, et était en chemin pour l'Ambassade, Jack ne put s'empêcher de penser aux documents qu'il voulait étudier. La crise en Union Européenne au sujet de la guerre l'avait gardé occupé tout le week-end, mais malgré tout, sans savoir pourquoi, son esprit ne cessait de revenir à ce qui s'était passé durant le vernissage le vendredi précédent. Embrasser et toucher Lucas avaient été si bon. Mais était-ce la bonne chose à faire ? Le jeune Britannique avait clairement moins de craintes à ce sujet que lui. Lucas était probablement plus expérimenté, ou se sentait moins coupable de tromper sa copine.

Jack se donna une claque mentale, sachant qu'il réfléchissait trop, mais était-ce bon pour lui de désirer un homme ? Il avait renié ces sentiments toute sa vie d'adulte, pourquoi était-ce si difficile d'y arriver maintenant ?

Maria l'aimait à sa manière pragmatique et sans fioriture. Il n'en doutait pas une seule seconde. C'était une femme merveilleuse, une femme forte comme il en avait besoin, quelqu'un qui prenait toutes les décisions dans leur relation quand Jack était trop fatigué pour le faire, affaibli par tous les choix qu'il avait à faire à chaque instant de sa vie professionnelle. Qui ne l'engueulait jamais de rentrer tard ou d'oublier de prendre du temps pour elle, et qui était toujours là pour lui.

La seule chose qui manquait était la passion. Elle n'avait jamais fait battre son sang à toute vitesse, jamais son cœur n'avait raté de battement pour elle. En réalité, il se passerait parfaitement du sexe avec elle, et si elle n'essayait pas de temps en temps de le séduire, ils n'auraient probablement aucune vie sexuelle.

Puis Lucas était entré dans sa vie, et il avait été conquis. Dès la première seconde où son regard s'était posé sur le jeune Britannique, quelque chose s'était passé en lui qu'il ne saurait expliquer. Il se souvenait parfaitement de la poignée de main ferme de Lucas, de son regard vif, de sa confiance en lui qui aurait facilement pu passer pour de l'arrogance s'il n'y avait pas eu son sourire désarmant et sa nonchalance juvénile.

Sans savoir pourquoi, il n'arrivait pas à s'empêcher de vouloir toucher le jeune homme, et bien qu'ils s'étaient juste embrassés – *et quel baiser !* – il désirait vraiment Lucas. Même avant ce premier contact si excitant, Jack s'était imaginé l'effet que ça ferait de l'avoir dans ses bras, de sentir leurs peaux nues se toucher, de lui faire l'amour...

Jack demanda au chauffeur de fermer la cloison de séparation. Il voulait appeler Lucas et il lui fallait un peu d'intimité.

Il décrocha après quelques sonneries.

— Salut toi. On peut parler ? demanda Jack d'une voix basse.

La voix de Lucas était joyeuse, mais un peu étrange.

— Monsieur l'Ambassadeur, comme c'est gentil de m'appeler !

— Lucas ? demanda Jack un peu surpris. Écoute, je vais rappeler si...

— Oh, non monsieur, nous étions justement en train de dire que nos ambassades devront travailler en étroite collaboration sur la situation en Europe et...

Jack sourit, de toute évidence il y avait quelqu'un dans la même pièce que Lucas, quelqu'un qui devait être mis au courant de leur travail de liaison. Ça ne pouvait être que Gallagher. Cela le fit sourire un peu plus, puisqu'il connaissait l'adjoint britannique depuis cette année assez traumatisante où ils avaient travaillé ensemble à leur Ambassade respective à Beyrouth. Jack voulait du coup savoir comment Lucas allait retomber sur ses pieds et gérer la situation.

— Eh bien, je pensais à notre programme pour ce week-end... tenta Jack, la voix douce.

— Oui, bien entendu monsieur, je pensais précisément à la même chose.

Il pouvait presque voir Lucas faire un signe de la tête à son patron et gigoter sur sa chaise.

— As-tu réfléchi à ce que tu allais bien pouvoir me faire durant ces deux nuits où nos femmes seront loin ?

Silence. *Parle-moi, Lucas, je veux entendre ta voix.* La voix de Jack était basse et séductrice.

— Allons, Luke, montre-moi de quoi tu es fait. Tu ne peux pas me dire ce que tu veux dire, hein ?

— Je le ferais si je pouvais... monsieur, répondit Lucas d'une voix forte. Mais cela ne fait pas partie de la politique britannique.

— Parler de sexe ne fait pas partie de la politique britannique, ou est-ce plutôt le fait de dire à ton patron, qui est de toute évidence dans la même pièce que toi, que tu as quelque peu outrepassé tes fonctions d'agent de liaison avec les Américains ?

Il y eut un court silence.

— Je crains, monsieur, de devoir discuter de ceci avec mon supérieur avant de pouvoir vous donner une réponse significative.

Jack pouvait presque entendre Lucas sourire et il était heureux que le jeune homme n'ait pas pris son dernier commentaire trop au sérieux.

— Je n'ai pas le sentiment que nous sommes allés trop loin vendredi, Lucas, j'espère...

— Non, monsieur, je suis d'accord sur le fait que nous ne sommes pas allés plus loin que nos fonctions ne le permettaient. Je pense même que la partie adverse a montré une réponse très appropriée à ma proposition.

— Alors, quels sont tes projets pour ce week-end ? demanda Jack, amusé par le ton professionnel de Lucas.

— Je pense que nous devons relever les enjeux, monsieur. Tester la température avant tout, voir comment réagissent les parties adverses. Y aller un pas à la fois jusqu'à ce qu'il y ait enfin une étincelle, et alors je les ferai tomber à la renverse. Qu'en pensez-vous... monsieur ?

Oh Seigneur, Lucas était doué à ce jeu. Jack n'avait jamais imaginé qu'il pouvait être excité par un jeune homme l'appelant monsieur et parlant de négociations, mais il savait aussi qu'ils ne parlaient pas vraiment de ça.

— Pourquoi ne passerais-tu pas au bureau cet après-midi ? Avec un peu de chance, j'y serai jusqu'à la fin de la journée, demanda Jack avec hésitation.

— Oui, monsieur, je pense que nous devrions élaborer une stratégie aussi vite que possible. Je vous contacterai cet après-midi.

LUCAS REFERMA son téléphone portable et regarda l'homme blond à l'air strict de l'autre côté du bureau.

— Christensen ? demanda Gallagher en regardant Lucas par-dessus ses lunettes sans monture.

— Oui, monsieur, répondit Lucas sans parvenir à cacher son sourire.

— Un type très compétent, reconnut le consul général, mais souvenez-vous de votre place, Carlton. Nous autres Britanniques avons tendance à soutenir, parfois même à guider les Américains, mais pas à les dominer. Vous êtes et restez son subordonné et devez agir en tant que tel. Il est bien plus expérimenté que vous dans ce petit jeu, et vous pouvez apprendre bien des choses à ses côtés.

Je suis sûr que ça va dans les deux sens, pensa Lucas.

Un sourire apparut sur le visage du diplomate chevronné.

— On a une vieille histoire, Christensen et moi. Notre hôtel a été bombardé alors que nous étions en pleines négociations à Beyrouth. On n'est pas passés loin...

Sean Gallagher se remémora ces souvenirs avec une certaine tendresse.

— Maintenant, revenons à nos affaires. Carlton, même si ces négociations avec la Belgique au sujet de la guerre échouent, n'oubliez pas que bien qu'il s'agisse d'un petit pays, nous avons un marché important avec eux et nous ne pouvons pas nous permettre de les perdre, alors assurez-vous de toujours rester sur un ton amical avec eux, d'accord ?

Lucas acquiesça, son esprit déjà loin.

ENVIRON UNE heure plus tard, Lucas passa le portillon de sécurité et monta dans le bureau de l'Ambassadeur Américain.

— Il vous attend, lui dit Gertje avec un clin d'œil tout en contournant son bureau pour lui ouvrir la porte. Dîtes-lui que je vais filtrer ses appels.

Lucas lui embrassa la main, ce qui la fit terriblement rougir, et il entra dans le bureau.

Jack était assis derrière son bureau qui croulait sous les documents de tous les côtés. Son front était plissé et il fronçait les sourcils avec insistance.

— C'est un pays de cons. Ils font partie des plus grands marchands d'armes du monde, mais ils sont contre la guerre.

Lucas déplaça une pile de documents et se pencha par-dessus le bureau de Jack.

— Oui, mais c'est ce qui les rend intéressants, non ?

Jack ne put s'empêcher de sourire. Il ne cessait jamais de s'émerveiller de voir à quel point le jeune homme pouvait être calme et détaché, sauf bien sûr quand Lucas se sentait observé. Il devenait alors un adolescent agité et hésitant qui ne savait pas où poser ses mains. Mais ce n'était pas le cas là. Quand ils étaient seuls, dans l'intimité de son bureau, Lucas n'avait nul effort à faire pour rester calme et cela déteignait sur Jack. Il posa doucement sa main sur la cuisse du jeune homme.

— Tu m'as manqué ce week-end. Je suis heureux que tu sois passé.

Lucas sourit tout en regardant par la fenêtre derrière Jack.

— Eh bien, j'avais une excuse parfaite. Sean pense que nous devrions établir une stratégie, et qui suis-je pour désobéir à mon patron ?

Jack aimait voir la lumière de l'été se refléter sur la peau olive et les boucles châtain de son compagnon. Était-ce réel ? Ce jeune homme devenait-il son compagnon ? Ou ce baiser était-il juste un jeu, une chose triviale qui n'arriverait plus ? Il espéra que non, alors il se leva de son fauteuil confortable et se plaça entre Lucas et la lumière.

57

— Je suis heureux que tu aies pu passer, excuse ou non. Je n'ai pas arrêté de penser à notre baiser.

Lucas sourit simplement, décroisa ses chevilles et écarta ses genoux, invitant Jack à s'approcher. Alors que Lucas passait un bras autour de Jack et touchait le bas de son dos pour l'attirer à lui, il y eut deux coups sur la porte et Jack s'éloigna de Lucas.

Gertje entra, son regard sur les dossiers qu'elle portait.

— J'ai trouvé de nouvelles informations de votre prédécesseur, monsieur Christensen. Des mémos et des comptes rendus sur des meetings qu'il a eus avec l'Ambassade de France et avec notre Ambassadeur en France, au sujet des ventes d'armes au Moyen-Orient.

Jack alla jusqu'à elle, accepta le classeur et lui fit un signe de la tête.

— Merci, madame Claessens.

Puis, espérant qu'elle comprenne le sous-entendu, il ajouta :

— Vous filtrez mes appels, n'est-ce pas ?

— Bien sûr, monsieur, répondit-elle avec un sourire énigmatique tout en quittant le bureau.

Jack retourna près de l'endroit où Lucas attendait patiemment, assis au bord du bureau.

— Alors, où en étions-nous ?

Lucas l'attrapa à nouveau et l'attira à lui, un peu plus fermement cette fois. Leurs lèvres se rencontrèrent sans aucune hésitation. Jack pouvait sentir son cœur s'accélérer, son excitation grandir face à la détermination du jeune homme qu'il embrassait. Lucas attira encore leur corps l'un contre l'autre et Jack put sentir l'excitation du jeune homme contre la sienne qui grandissait. Il savait qu'ils allaient devoir arrêter, qu'ils ne pouvaient pas faire ça dans le bureau où ils risquaient à tout moment d'être surpris, mais c'était si bon qu'il ne voulait pas arrêter. Ce fut finalement Lucas qui recula. Son regard était assombri et, à la surprise de Jack, ses cheveux étaient en pagaille, ce qui ne pouvait venir que de lui. Il retira ses doigts des boucles douces qui s'étaient entortillées autour d'eux et prit une profonde inspiration, fixant toujours les yeux bruns de Lucas alors qu'il posait son front contre celui du jeune homme. Ils gloussèrent doucement.

Au même instant, on frappa à nouveau à la porte. Jack se décala un peu et se laissa tomber sur sa chaise, puis se tourna rapidement et passa ses jambes sous le bureau quand Gertje entra avec un plateau. Lucas tenta de prendre l'air indifférent en ramassant un document à côté de lui.

— Je me suis dit que, puisque vous ne savez pas prendre soin de vous-mêmes, je me devais de faire quelque chose pour vous. Alors j'ai amené du café, du thé et du gâteau. Ça rendra le travail plus plaisant, vous ne pensez pas ?

— Merci, répondirent les deux hommes en même temps.

Ils avaient énormément de mal à ne pas éclater de rire pendant qu'elle posait le plateau sur une petite table contre un mur et s'en allait. Dès qu'elle eut franchi la porte, ils se laissèrent aller.

— On joue avec le feu, mec, déclara Lucas, les mains devant la bouche. Tu es tout rouge et tes lèvres...

Il se pencha et déposa un baiser léger sur les lèvres de Jack

— ... on voit clairement que tu as embrassé quelqu'un.

— Eh bien, ce n'est pas comme si toi-même tu aurais pu te lever sans avoir l'air...

Jack regarda l'entrejambe de Lucas.

— ... à la recherche d'un peu d'attention.

Le visage de Lucas se fit un peu plus sérieux quand il posa sa main sur celle de Jack.

— Et si je nous réservais une chambre d'hôtel pour vendredi ? Tu crois pouvoir semer les Services Secrets ?

Jack cessa à son tour de rire.

— Oui, je suis sûr de pouvoir. Ce n'est pas comme si j'étais le Président. Je peux aller aux toilettes sans qu'ils n'aient à les vérifier avant.

— Encore quatre jours, soupira Lucas.

— Oui, hum, Lucas...

Comment allait-il dire ça au jeune homme ?

— Quoi ? Tu veux tout arrêter là ? demanda Lucas, plein d'appréhension.

— Non ! répliqua rapidement Jack. Non, ce n'est pas ça, je... ce n'est rien. Je suis sûr que tout se passera bien.

Lucas se leva et se pencha pour embrasser encore Jack.

— Oui, amour. J'en suis sûr.

Jack était réticent à l'idée de voir partir le beau Britannique.

— Tu dois partir, pas vrai ?

— Oui, répondit Lucas. Il est évident que nous n'accomplirons aucun travail aujourd'hui.

Jack le regarda s'avancer vers la petite table, prendre deux tasses et revenir pour donner son café à Jack. Il but d'une traite son thé maintenant tiède, reposa sa tasse et lança un clin d'œil avant de faire demi-tour pour attraper la poignée de la porte. Taquin, il envoya un baiser à Jack avant de partir.

Encore quatre jours.

IX

— ALORS, TU as fait tes valises ? s'enquit Jack pendant qu'il buvait son café du matin dans la cuisine.

Maria était en train de lire le *New York Times*.

— Oui, la plupart.

— À quelle heure le train part-il ?

Jack essayait de parler de façon décontractée, sirotant sa tasse de café, espérant ne pas sembler trop empressé.

— Vers onze heures trente. Le chauffeur viendra me récupérer une fois qu'il t'aura déposé et prit Lucy, répondit Maria tout en feuilletant le journal.

— Et tu rentres quand ? Dimanche, c'est ça ?

Jack tenta encore d'avoir l'air naturel, comme si le problème était qu'elle allait lui manquer et non pas qu'il espérait être à la maison à l'heure... seul... et lavé... avant qu'elle ne rentre.

— Dans l'après-midi. Je crois que le train arrivera en gare vers quinze heures trente. Le chauffeur viendra de nouveau me récupérer.

Jack nota mentalement l'heure d'arrivée et tenta de la regarder par-dessus sa tasse d'une façon naturelle pour qu'elle ne remarque rien. Il allait ce soir retrouver Lucas dans une chambre d'hôtel à Anvers, et il se sentait coupable. Que faisait-il ? Maria était la meilleure femme qu'un diplomate pouvait espérer avoir. Peu exigeante et indépendante, intelligente, belle, loyale. Loyale... pas comme lui. Il ne pouvait même pas imaginer ce qui se passerait si elle découvrait le pot aux roses. Si elle découvrait qu'il ne travaillerait pas avec Lucas ce week-end, mais qu'il se ferait Lucas. Comment pourrait-il lui expliquer que Lucas lui faisait ressentir des choses qu'il n'avait jamais ressenties avec elle, alors qu'ils n'avaient même pas encore couché ensemble ?

— Eh, Dormeur. Réveille-toi. Jack ?

61

Il leva la tête pour voir Maria, face à lui. Il s'était perdu dans ses pensées.

— Pardon.

Maria se dirigea vers le couloir et Jack put l'entendre murmurer :

— Je vous jure, cet homme est parfois complètement dans la lune...

Quand il réalisa qu'il était presque l'heure de partir, il se leva d'un bond et la suivit.

— Maire !

Il la rattrapa dans le couloir et la prit dans ses bras par derrière, puis lui déposa un baiser sur la nuque.

— Amuse-toi bien à Amsterdam.

Elle se retourna et lui donna un baiser rapide sur les lèvres.

— Ne travaille pas trop dur ce week-end. Je sais que vous êtes deux drogués du travail, mais assure-toi d'aller au lit, d'accord ?

Il vit l'inquiétude sincère dans son regard et cela fut un nouveau coup de massue. Après ce week-end, il saurait si cela valait la peine de la tromper.

Ce ne fut que lorsqu'elle eut quitté le couloir et rejoint la chambre que ses paroles lui montèrent au cerveau. *Assure-toi d'aller au lit.*

TOUTE LA journée, Jack eut bien du mal à se concentrer. Il avait convenu avec Lucas que ce dernier réserverait les chambres d'hôtel. Une suite haut de gamme au nom de Jack, où ils pourraient improviser un 'bureau', et une plus petite chambre d'hôtel réservée à Lucas. Jack avait été tenté d'appeler Lucas toute la journée, juste pour entendre sa voix, pour voir si elle l'exciterait, pour voir si leur rencontre était toujours prévue. Puis il reçut un sms : *Réser. centre histo. Hilton Antwerp à ton nom. Sois là avant 18h.*

Ça allait vraiment arriver.

LE COUP frappé à la porte fut si discret que Lucas n'était même pas sûr qu'il l'ait vraiment entendu, il attendit donc.

Et une nouvelle fois, un coup, timide, presque hésitant.

Lucas attendait de l'autre côté de la porte donc, quand il l'ouvrit brutalement, Jack attendait toujours, sa main levée pour frapper à nouveau. Il semblait plus vulnérable que jamais, plus petit que ce dont Lucas se souvenait. Peu de choses rappelaient qu'il s'agissait là d'un homme puissant et résolu.

Même son costume, qui semblait d'habitude taillé sur mesures, avait l'air de ne plus lui aller. Le bagagiste avait monté ses valises quelques minutes plus tôt et Lucas, jouant le rôle du parfait assistant, lui avait dit où il devait les mettre et lui avait donné un pourboire généreux.

Ils restèrent ainsi un moment, aucun d'entre eux ne sachant vraiment comment agir, jusqu'à ce que Lucas fasse un pas de côté pour laisser Jack entrer dans la chambre. Il effleura la main de Jack de la sienne quand celui-ci passa, mais l'homme avança jusqu'à la fenêtre sans faire attention à ce contact.

— Je suis heureux que tu aies trouvé. J'ai eu peur que tu ne viennes...

— Tu m'as donné de très bonnes indications, l'interrompit Jack faiblement.

— ... pas, conclut Lucas, baissant la tête, la main toujours sur la porte ouverte.

— Tu devrais peut-être fermer la porte.

— Oui, bien sûr, répondit Lucas comme s'il venait tout à coup de réaliser le ridicule de la situation.

Ils avaient convenu de se retrouver dans cet hôtel pour tromper leur femme. La moindre des choses était de s'assurer que personne ne les remarque. Après avoir doucement fermé la porte, il marcha jusqu'à la fenêtre et se mit à côté de Jack, silencieux.

Ce dernier semblait triste, et peut-être un peu effrayé. Lucas savait que son apparence calme n'était que ça, une apparence, pour masquer sa nervosité. Tout à coup, Jack se tourna et le regarda comme s'il avait pris une décision.

Le regard de Jack était humide quand il prit le visage de Lucas en coupe dans sa main et l'embrassa avec passion. Lucas accepta ce baiser avec plaisir et y répondit en laissant sa langue toucher légèrement les lèvres de Jack, demandant l'accès avec prudence. Il pouvait le sentir se laisser aller à son étreinte, jusqu'à ce qu'il soit repoussé, puis attiré dans une étreinte serrée. Ils cherchaient tous deux leur souffle, et Lucas ne savait pas quoi dire ; il sentait juste le cœur de Jack qui menaçait de s'échapper de sa poitrine.

— Je ne voulais pas te repousser, je suis désolé, dit Jack en posant son front contre celui de Lucas. Pourquoi je fais toujours ça ? J'ai...

Il soupira profondément, cherchant ses mots.

— Ce n'est pas comme si je ne voulais pas, Lucas...

Le jeune homme sentit son amant s'éloigner de lui.

— Mais tu as le sentiment que tu ne devrais pas, et je devrais te laisser en paix, conclut Lucas à la place de Jack.

— Oui... NON !

Jack se laissa tomber sur le lit, ferma brièvement ses yeux et soupira bruyamment. Il prit doucement la main de Lucas.

— S'il te plaît, assieds-toi un instant. Je vais tenter de t'expliquer.

Lucas déglutit mais ne bougea pas.

— Ça ne fait rien, Jack, je comprends. Tu dois penser à ta carrière et à ta femme. Je n'aurais jamais dû m'imaginer que ça serait possible... entre nous.

Jack tira sur son bras et Lucas s'assit finalement à côté de lui, penché en avant, fixant le sol.

— Ce n'est pas ça, Lucas, s'il te plaît... je ne sais pas comment agir dans ce genre de situation, murmura Jack en posant sa main sur le genou de Lucas. Parce que je n'ai jamais été dans cette situation jusque-là.

Lucas se redressa et se tourna lentement vers Jack, la bouche légèrement ouverte de surprise alors qu'il comprenait enfin.

— Est-ce que tu veux dire...

Jack acquiesça, un sourire désolé sur le visage.

— Tu n'as jamais couché avec un homme ?

— Eh bien, merci d'avoir dit ça à voix haute, ironisa Jack en détournant son regard de Lucas, sa main toujours sur le genou du jeune homme.

— Pourquoi tu ne me l'as pas dit ? demanda Lucas en couvrant la main de Jack de la sienne.

— Eh bien, ce n'est pas vraiment le genre de chose que tu peux dire l'air de rien dans la conversation, Lucas.

— Alors je suis le premier homme pour qui tu éprouves de l'attirance ?

Lucas voulait comprendre. Il porta sa main vers le menton de Jack et lui fit lever la tête pour qu'ils puissent se regarder.

— Seigneur, non, soupira Jack en secouant la tête. J'ai toujours su que j'étais attiré par les hommes, depuis que je suis tombé amoureux de mon meilleur ami au lycée. Mais même à cette époque, je savais que je ne devais pas y céder.

— Alors tu as toujours su, mais tu n'as jamais agi dans ce sens ?

— Pourquoi est-ce si difficile à croire ? J'ai grandi dans ce monde, et la seule chose qui importe c'est la façon dont les autres te voient, et la dernière chose qu'ils désirent, c'est bien un diplomate pédé !

Jack était de toute évidence en train de s'énerver, et Lucas lui serra la main pour le réconforter.

— Moi aussi j'ai grandi dans ce monde, Jack.

Cela sembla calmer Jack.

— Je sais. Tu étais juste un peu plus aventurier que moi, c'est tout.

Lucas caressa le côté de la main de Jack avec son pouce.

— On peut y aller doucement, rien ne presse.

Il souleva la main de son compagnon, la retourna et embrassa sa paume.

— Tu as faim ?

Jack haussa les épaules puis sourit.

— Je crois que je suis trop nerveux pour manger, admit-il.

— Eh bien, on devrait faire quelque chose à ce sujet, répondit Lucas en se levant du lit et prenant la main de Jack.

Il s'écarta, obligea Jack à se lever et marcha jusqu'à la baie vitrée. Après l'avoir ouverte, il l'entraîna sur la terrasse.

— Qu'est-ce que tu fais ? demanda Jack, réticent à suivre Lucas à l'extérieur.

Lucas se retourna et attira Jack.

— Viens ici, et je te montrerai.

Il recula encore, jusqu'à ce qu'il soit impossible pour Jack de ne pas suivre sa silhouette élégante.

— C'est une terrasse VIP. Privée, uniquement pour les cinq suites officielles, et nous en occupons une. Et vu que c'est le week-end, les quatre autres sont vides, et libres jusqu'à lundi.

Jack rit et secoua la tête. C'était bien là son Lucas. Il l'imaginait très bien séduire la réceptionniste pour qu'elle lui donne cette information.

— Qu'est-ce que tu as bien pu raconter à l'équipe de cet hôtel pour nous assurer une telle intimité ?

Lucas eut l'air faussement effarouché.

— Pas tant que ça. J'ai juste dit à la fille à l'accueil que mon patron aimait sortir à poils sur sa terrasse.

Jack bascula sa tête en arrière et pouffa de rire.

— Tu es barge ! Si ça se trouve, ça risque d'attirer les voyeurs !

Lucas rit également.

— Elle avait l'air ravi que tu sois naturiste. Non, sérieusement, ils ont juste eu à entendre 'patron' et 'homme d'affaires' et ils en ont conclu 'corpulent', 'vieux' et 'flasque', alors je crois qu'ils passeront leur tour.

Ils se tenaient au bord de la terrasse, et il parut naturel à Jack de faire un pas vers Lucas, passer ses bras autour de sa taille et poser son menton sur son épaule.

— C'est agréable ici. Très apaisant, on n'imaginerait pas que nous sommes au centre-ville.

— Eh bien, on est au cinquième étage et la place n'a pas d'accès voiture, alors ça aide, répondit Lucas, se tournant un peu pour regarder Jack.

Jack désigna le plus haut point dans leur champ visuel.

— C'est une église ?

— La Cathédrale Notre Dame d'Anvers, corrigea Lucas. Il aurait dû y avoir deux tours, mais la seconde a été annulée parce qu'ils n'avaient plus d'argent.

— Tu es un sacré guide touristique.

Jack posa sa joue sur les cheveux de Lucas.

Lucas prit le même ton doux que Jack.

— Ce n'est pas ma première fois à Anvers, et j'aime me renseigner sur les villes où je vais. Tout est écrit dans les guides touristiques.

Il pouvait sentir Jack resserrer son étreinte et ils restèrent un instant ainsi, se berçant l'un l'autre.

— C'est agréable, mais rentrons, tu veux bien ?

Lucas reconduisit Jack dans leur chambre sans jamais lâcher sa main. Une fois à l'intérieur il se tourna pour fermer les rideaux et sentit Jack le reprendre dans ses bras. Lucas commença à jouer avec sa cravate pour tenter de se débarrasser de quelques vêtements. Ils étaient tous deux habitués aux vêtements professionnels, mais Lucas commençait à se sentir prisonnier dans son costume veste-chemise-cravate. Il sentit Jack respirer dans son cou, une sensation très sensuelle, mais ils avaient besoin d'être un peu plus à l'aise. Jack sentit Lucas s'agiter et desserra un peu sa prise, laissant à l'autre homme la liberté de se retourner. Lucas prit le visage de Jack dans ses mains et regarda dans ses yeux bleu-gris. Ils affichaient sa confusion et un peu de peur.

— Dis-moi que tu es sûr de tout ça. Dis-moi que tu le veux autant que moi.

Lucas pensait que Jack avait autant besoin de l'entendre que lui, et il voulait être sûr qu'il ne forçait pas Jack à faire quelque chose qu'il ne voulait pas vraiment.

Jack hocha la tête.

— Je veux te l'entendre dire, Jack. Je veux t'entendre dire ce que tu veux.

— Je te veux. Je veux tout de toi, souffla Jack.

Lucas laissa doucement ses lèvres toucher celles de Jack et permit à ses mains de glisser de ses joues à son menton, puis de son cou jusqu'au col de sa chemise. Il tira doucement sur le nœud de sa cravate pour le défaire. Ses mouvements étaient lents et réfléchis, comme s'il s'attendait à ce que Jack panique et le repousse. Au lieu de ça, il répondit aux gestes en séparant doucement les extrémités de la cravate noire en soie de Lucas, jusqu'à ce que le nœud se défasse. Lucas sentit Jack sourire dans leur baiser pendant que leurs quatre mains se battaient pour réussir leur mission au milieu de leur corps serré.

— On devrait peut-être faire ça chacun notre tour, suggéra Jack contre ses lèvres.

— Ou on pourrait arrêter de s'embrasser ? proposa Lucas.

— Sûrement pas ! protesta Jack un peu plus fort tout en pressant encore plus son corps contre celui de Lucas, puis il couvrit ses lèvres d'une pluie de petits baisers.

Lucas sourit sous l'attaque de son amant et tenta de quitter sa veste en même temps. Il voulut la lancer sur une chaise, mais la manqua.

Jack gloussa en voyant du coin de l'œil la veste voler à travers la pièce. Il se fichait que leurs vêtements atterrissent n'importe où et appréciait même l'idée qu'ils finissent mélangés les uns avec les autres. Alors que Lucas faisait glisser sa veste sur ses épaules, Jack libéra le visage du jeune homme, une main à la fois, pour faire tomber le vêtement.

Quand Lucas commença à déboutonner la chemise de Jack, ce dernier voulut également l'aider.

— S'il te plaît, laisse-moi faire, demanda Lucas, leurs visages toujours proches. Je veux te déshabiller lentement. Tu es d'accord ?

Jack hocha la tête et déboutonna ses manchettes, laissant Lucas se charger des autres boutons. Quelque part dans son esprit, il sentait qu'on testait sa patience, mais il voyait l'innocence presque enfantine du jeune homme qui explorait son corps et il ne voulait pas rompre le charme. Lucas avait, après tout, demandé gentiment et sans qu'il ne sache pourquoi, cela donnait à Jack l'impression que ça n'était pas grave de laisser Lucas prendre l'initiative.

Le jeune homme referma ses bras autour du torse de Jack sous sa chemise et fit voyager ses lèvres sur son cou et sa clavicule.

— Seigneur, ta peau est délicieuse, dit Lucas à personne en particulier tout en continuant de lécher son chemin jusqu'au téton de Jack.

— Moi aussi je veux sentir ta peau, répondit Jack en tentant de ne pas laisser son sentiment d'urgence se faire entendre dans sa voix.

Il passa ses bras autour de Lucas et fit doucement remonter sa chemise, la libérant de son pantalon pour lui laisser un accès libre au dos de Lucas. Il pouvait sentir les muscles fermes rouler sous ses mains à chaque mouvement de Lucas. Son sexe était à moitié dur depuis qu'ils avaient commencé à s'embrasser, mais la bouche chaude de Lucas sur ses tétons et sa peau douce sous ses mains firent en sorte que son sang migre totalement vers le bas.

Comme s'il lisait dans ses pensées, Lucas se redressa à nouveau et dit d'une voix rauque :

— Je t'allume, pas vrai ?

— Non, répondit Jack, sentant qu'il devrait se racler la gorge.

Lucas fit un petit pas en arrière, ouvrit les premiers boutons de sa chemise et la fit passer rapidement par-dessus sa tête, tirant sur les manches quand il n'arriva pas à libérer ses mains, puis se colla à nouveau aux lèvres de Jack dès que le vêtement fut abandonné.

Ils se battirent chacun avec la ceinture de l'autre, jusqu'à ce qu'ils réalisent le comique de la situation. Souriant, ils se séparèrent momentanément, firent voler leurs chaussures et se débarrassèrent de leur pantalon. Jack ne put que remarquer que Lucas était tout aussi dur que lui dans son boxer.

Alors que Jack enlevait ses chaussettes à l'aide de ses orteils, Lucas le plaqua sur le lit avec une force étonnante. Il était coincé sous le jeune homme, les doigts entrelacés, leurs mains au-dessus de sa tête et sa bouche envahie par la langue de Lucas. Jack ne savait pas s'il devait s'abandonner totalement à lui ou un peu se débattre. Alors qu'il tentait de bouger ses bras, Lucas inclina son corps pour trouver un meilleur équilibre et créa ainsi une friction plus que bienvenue entre leurs deux sexes à travers leurs vêtements. Sa prise sur la main de Jack était très lâche et il respirait avec force en cherchant son souffle entre deux baisers. Jack sentit le cœur de Lucas battre à travers sa poitrine. Quand il tenta à nouveau de bouger, Lucas cessa et se redressa un peu.

— Ça va ? Tu veux que j'arrête ?

Jack sourit à la vue glorieuse de Lucas penché sur lui, ses boucles foncées tombant autour de son beau visage et son regard assombri par le désir.

— Non, je ne veux pas que tu arrêtes, jamais. Ça fait trente ans que j'attends ça.

— Ooooh, répondit Lucas, l'air peiné. Je n'étais même pas né, il y a trente ans.

— Ne me le rappelle pas, soupira Jack en souriant.

Lucas regarda Jack dans les yeux et commença à remuer doucement ses hanches.

— C'est ça que tu veux ?

Jack ne put que hocher la tête. La friction entre leurs deux sexes durs et la fine couche de tissu qui les séparait rendait impossible toute pensée logique. Les mouvements de Lucas étaient lents et calculés. Il tenait toujours les mains de Jack dans les siennes et le regardait encore.

— Ouvre les yeux, Jack, je veux voir tes beaux yeux fondre de plaisir.

Jack n'avait même pas réalisé qu'il les avait fermés, mais quand il les ouvrit, sa vision était floue et il n'arrivait pas à se concentrer. Il sentait la tension monter dans son ventre tandis que Lucas continuait à se frotter contre lui et il savait qu'il allait jouir, comme un adolescent, sans même avoir été touché.

— Luke, je... je...

— Laisse-toi aller, Jack, laisse-toi aller, chuchota Lucas. Je te rattraperai.

Jack luttait pour garder ses yeux ouverts comme Lucas le lui avait demandé. Il savait qu'il allait jouir, encore un seul contact... Puis il entendit un grognement sourd et reconnut à peine sa propre voix, pendant qu'un large sourire fendait le visage de son amant.

Lucas se pencha et Jack, à travers les brumes du plaisir, remarqua à peine que leurs fronts se touchaient.

— Tu es beau quand tu jouis, Jack.

Sa respiration était courte. Le soulagement de sa tension était intense et lentement, Jack commença à comprendre ce qui venait de se passer.

— Tu es toujours...

Lucas embrassa sa tempe.

— Ça ne fait rien. On a le temps.

— Je veux te toucher, répondit Jack, se sentant courageux.

Lucas sourit largement et, de sa main gauche, guida la main droite de Jack entre leur corps. Pendant que Jack glissait sa main dans le boxer de Lucas, ce dernier caressait doucement le bras de Jack. Tendrement, Jack referma ses doigts autour du membre dur de Lucas et il sentit le jeune homme frémir sous le contact.

— Seigneur, oui, Jack, ta main, c'est trop bon.

C'était étrange de tenir le sexe d'un autre homme dans sa main, mais en même temps, cela lui semblait si naturel. Jack commença à le masturber lentement mais fermement et il entendit Lucas gémir à chacun de ses mouvements. Il savait que le jeune homme était proche.

— Jouis pour moi, Luke, souffla-t-il, pressant le jeune homme de se laisser aller.

Jack sentit Lucas donner des coups désespérés dans sa main ; le dos du jeune homme se courba sous ses doigts et il jouit finalement dans un long frémissement de satisfaction. Jack fut tout à coup très conscient du liquide chaud et collant dans sa main, tout en entendant Lucas pousser un petit cri.

— Si longtemps, oh Seigneur, ça faisait si longtemps que j'avais envie de ça, Jack.

La voix se tut et le silence se fit, tandis que le corps fin de Lucas se relaxait dans les bras de Jack, tremblant encore de plaisir.

Jack s'assoupit, toujours entrelacé avec Lucas, mais il l'entendit murmurer :

— … et on ne fait que commencer...

X

LUCAS SE réveilla quand il sentit quelque chose bouger sous lui. Il ne voulait pas se lever tout de suite, mais il se souvint alors de ce qui venait de se passer et ses yeux s'ouvrirent immédiatement. Il était dans une suite d'hôtel avec Jack, et ils n'avaient que trente-six heures à passer ensemble, et il n'allait pas les gâcher en dormant.

Il n'y avait presque plus de lumière qui passait à travers les rideaux, mais ses yeux s'adaptèrent à la pénombre et il put voir le visage de Jack tourné vers lui, les yeux ouverts.

— Bonjour toi, dit Jack d'une voix calme. Quelle heure est-il ?

Lucas gigota depuis le corps de son amant jusqu'à la table de nuit et prit sa montre.

— Dix heures quinze.

— Parfait, gloussa Jack. Pendant un instant j'ai cru qu'on avait dormi toute la nuit.

Il s'assit et tendit le bras pour toucher le jeune Britannique.

— Viens par ici, je ne veux pas te laisser t'éloigner avant dimanche après-midi.

Lucas prit sa main et le tira sur pieds.

— Dans ce cas, tu vas devoir prendre une douche avec moi.

Jack tira Lucas à lui et l'embrassa tout en se levant, mais Lucas s'amusa à l'éviter et fit route vers la salle de bain. Il fut un peu surpris quand Jack ne le suivit pas immédiatement.

En fait, il était déjà couvert de savon quand il entendit Jack entrer. Il entendit le bruit de son boxer qui était jeté au sol et le silence se fit. Il était sûr que l'autre homme le regardait, et il prit son temps pour se caresser, pour laisser ses mains glisser sur ses épaules, son ventre et ses cuisses. L'idée même que quelqu'un appréciait le spectacle le faisait doucement durcir. Quand il commença à caresser doucement son sexe, il entendit Jack derrière lui et sentit des bras forts passer autour de son ventre.

— Oooh, tout glissant, lança malicieusement Jack en passant une main approbatrice sur le corps de Lucas.

— Bon sang, pourquoi as-tu été aussi long ? soupira Lucas. Je croyais que tu ne voulais pas me laisser partir ?

Jack rit en serrant Lucas et embrassa sa nuque.

— J'ai commandé de la nourriture. Nous devons garder toute notre énergie, parce que j'ai comme l'impression que tu me réserves tout un tas d'activités exténuantes.

Lucas se retourna et serra Jack.

— Tu penses bien, le vieux.

Il prit l'arrière de la tête de Jack dans sa main et l'embrassa passionnément, laissant son excitation caresser la cuisse de l'autre homme.

— On dirait que tu as aimé ce que tu as vu.

Il attira Jack sous le jet d'eau chaude de la douche et posa sa main sur son torse, caressant doucement la peau glissante tout en admirant le corps de son amant.

— Moi aussi j'aime ce que je vois.

Jack sourit, tout à coup intimidé alors qu'il tirait à nouveau le jeune homme vers lui.

— Ne me dis quand même pas qu'elle ne t'a jamais dit à quel point tu étais beau, Jack ?

Ce dernier repoussa une mèche de cheveux humides du visage de Lucas.

— Ne... ne parlons pas de ça, d'accord ?

Lucas se pencha pour embrasser le cou de Jack.

— En tout cas, tu es beau, tu sais. Tu es si beau dans ton costume d'homme d'affaires, mais la seule chose à laquelle je pouvais penser, la première fois que je t'ai vu, c'était à quelle vitesse je pouvais te déshabiller.

Jack sourit encore timidement.

Lucas s'approcha jusqu'à ce que Jack soit dos au mur de la douche.

— Ce n'est pas trop froid ?

L'eau chaude emplissait la salle de bain de vapeur, Jack secoua donc la tête.

— On n'a pas beaucoup de temps. Ils vont bientôt arriver avec notre dîner.

Lucas le fit taire d'un baiser et Jack le laissa faire. Au diable le service d'étage. Ils étaient des invités, et si cela signifiait que le personnel aurait à laisser le dîner devant la porte, alors tant pis. Sa décision prise, Jack répondit aux baisers de son amant dans un abandon total.

Il ne savait pas ce qu'il voulait toucher en premier. La peau de Lucas était douce et lisse sous ses mains, et le fait qu'ils étaient tous deux mouillés, sous le jet de la douche, était une sensation étrangement érotique. Lucas avait un goût de savon et il aurait ressemblé à un petit garçon, avec ses boucles mouillées qui tombaient sur son visage souriant, s'il n'avait pas été en train de faire ce qu'il faisait à son amant avec ses mains et sa bouche.

La langue de Lucas descendit de son cou à ses épaules, de sa clavicule à son téton. Il lécha doucement le bouton, envoyant des frissons le long de la colonne vertébrale de Jack, puis descendit rapidement jusqu'au nombril.

Le jeune Britannique lança un regard plein de défi à Jack tout en s'agenouillant devant son amant, les jambes écartées. Lucas se caressa, masturbant lentement son sexe en érection. Jack voyait tout comme au ralenti. Lucas le regardait, les yeux noirs de désir, quand il ouvrit la bouche et entoura doucement, un peu taquin, le membre dur de son amant avec ses lèvres. Jack inspira brutalement, se retenant de jouir sur le coup. Alors qu'il regardait son sexe entrer et sortir doucement de la bouche de Lucas, il dut faire appel à toute sa volonté pour ne pas donner un coup de rein, mais ce fut sans succès car il sentit son ventre se tendre.

— Luke, je vais... grimaça Jack juste avant de jouir au fond de la gorge de Lucas avec un gémissement sourd.

Il était contre le mur, la main de Lucas sur sa hanche, quand il sentit ses jambes le lâcher et il se laissa tomber au sol, pantelant.

Lucas s'approcha pour l'embrasser, se caressant toujours. Jack pouvait sentir le goût légèrement acide et salé dans la bouche de Lucas, qui ne pouvait venir que de sa propre jouissance.

— Moi aussi je te veux, dit Jack à son jeune amant quand Lucas rompit le baiser pour le laisser respirer. Je te veux dans ma bouche.

Lucas le regarda, comme s'il jugeait le niveau de sincérité de cette déclaration, puis il se leva lentement pour se mettre debout face à Jack. Il plaça ses mains contre le mur, au-dessus de la tête de son amant, et approcha son bassin pour que Jack soit assez près pour le prendre dans sa bouche.

Les positions ainsi échangées, Lucas put voir que ce n'était pas une si mauvaise vue que ça. L'eau chaude tombait toujours du haut de la douche, leur permettant de rester au chaud même contre les carreaux froids. Lucas plaça une main sur la joue de Jack et caressa sa lèvre inférieure avec son pouce. Alors que Jack suçait le doigt ainsi offert, il entoura le sexe de Lucas de sa main et entendit le jeune homme inspirer brutalement, pendant qu'il alternait entre caresses et frôlements.

Mais il voulait vraiment goûter Lucas, alors il approcha lentement sa bouche de sa main toujours en mouvement. Quand il prit doucement le gland entre ses lèvres, il vit les muscles de Lucas se contracter et comprit qu'il se retenait de s'enfoncer dans sa bouche. Ses yeux fermés et sa tête penchée en arrière, Lucas était proche de la jouissance. Jack laissa sa langue parcourir rapidement la surface douce du gland et explorer la fente, faisant encore haleter son amant. Il regarda vers lui et vit le regard vitreux de Lucas posé sur lui. Il le sentait se mouvoir doucement dans sa bouche, se retenant de toute évidence de toutes ses forces. Puis tout à coup, il sentit la main du jeune homme dans ses cheveux, le guidant avec plus de vigueur.

— Jack, hm, euh ! cria Lucas quand Jack le prit presque entièrement dans sa bouche.

Il pouvait sentir l'acidité salée de Lucas, réalisa qu'ils n'avaient pas tout à fait le même goût, et avala tout ce que le jeune homme libéra.

Lucas commença à fléchir et Jack attrapa son jeune amant pour l'empêcher de tomber. Le jeune Britannique s'écroula sur les jambes de Jack.

— Je suis désolé, gloussa Lucas, sa tête sur l'épaule de Jack.

— Non, tu ne l'es pas, répondit Jack, comme il était devenu coutume entre eux.

— Si, je le suis, sourit Lucas paresseusement. J'aurais dû te prévenir un peu avant de...

— Avant de jouir ? J'ai bien vu que tu y étais presque, Luke. Toi aussi tu es beau quand tu jouis.

Lucas sourit avec coquetterie.

— Eh bien, je n'ai pas eu besoin de beaucoup d'encouragement, dit-il avant d'embrasser son amant avec passion. Tu as une bouche vraiment incroyable.

Ils levèrent tous deux la tête en entendant quelqu'un frapper à la porte et annoncer le service d'étage. Jack regarda Lucas.

— Je ferais mieux d'y aller.

Lucas acquiesça et se leva, tirant Jack sur ses pieds. Ce dernier sortit de la douche et donna un rapide baiser sur les lèvres de son amant.

— Reste ici. Ça risque d'être suspect si on se promène tous les deux tout nus.

Lucas éteignit la douche puis regarda Jack envelopper ses hanches dans une serviette et sortir de la salle de bain, dégoulinant encore d'eau.

LUCAS TENTAIT de son mieux de ne pas glousser. Jack venait de verser de la sauce au soja sur son torse, dans le creux de son sternum, et ça chatouillait.

— Je t'ai dit que c'était l'endroit idéal, vas-y maintenant, goûte.

Jack attrapa avec adresse un sashimi au saumon entre ses baguettes, le trempa dans la sauce sur le torse et le donna à manger à Lucas.

— Et maintenant arrête de bouger ou on va devoir faire changer les draps avant même d'avoir pu y dormir !

Lucas ne put s'empêcher de rire face à la mine sérieuse de Jack.

— Qui a dit qu'on allait dormir ?

Jack prit un sushi et le trempa longuement dans la sauce, prenant son temps, avant de le mettre dans sa bouche.

— Des promesses, toujours des promesses, répondit-il en donnant des petits coups de la pointe de ses baguettes sur Lucas. Tu en veux encore ?

Lucas acquiesça. Ils étaient tous deux au lit, les cheveux encore humides et une serviette autour des hanches. Les serviettes ne couvraient pas grand-chose, mais elles leur permettaient de se concentrer sur le dîner pour le moment.

Jack se pencha par-dessus le corps couché de Lucas pour atteindre le chariot de nourriture à côté du lit. Il choisit soigneusement un sushi et le plaça au centre de la petite marre de sauce sur le torse de Lucas pour le laisser s'imprégner de soja. Il regarda son jeune amant quand il mena le rouleau de riz et de poisson à sa bouche.

— Prends-le entre tes dents.

Lucas ouvrit lentement la bouche et attrapa la nourriture ainsi offerte en souriant.

Jack se pencha et croqua un morceau, embrassant Lucas sur les lèvres au passage. Il l'entendit gémir alors qu'ils avalaient tous deux leur part de sushi. Jack fit courir ses doigts sur ce qui restait de sauce soja et sentit les muscles de Lucas réagir à son toucher. Quand il le regarda à nouveau, il dit simplement :

— Voilà.

Lucas baissa le regard et vit les mots 'à moi' écrits sur son ventre. Il attira Jack dans un nouveau baiser, le faisant s'allonger à ses côtés, puis il les fit rouler jusqu'à ce que le jeune homme soit au-dessus de lui.

— Pas encore. Je ne serai totalement tien que quand je t'aurai senti en moi.

— C'est ce que tu veux ? Tu me veux en toi ? chuchota Jack.

— Seigneur, oui ! Si toi aussi tu veux, je veux dire, je ne veux pas te forcer à faire quelque chose que tu ne veux pas.

Jack fit taire le jeune homme avec un baiser passionné, montrant ainsi qu'il le voulait aussi.

Lucas écarta les jambes pour chevaucher Jack et remua les hanches comme il l'avait fait quelques heures plus tôt, la première fois qu'il avait fait jouir Jack.

Jack se sentit durcir instantanément et savait que, grâce à leurs activités précédentes, il tiendrait bien plus longtemps cette fois-ci. Cela ne calmait en rien la passion qu'il ressentait pour Lucas, son désir de se fondre en lui pour qu'ils ne fassent plus qu'un. Il tenta maladroitement de défaire la serviette qui entourait les hanches de Lucas et se sentit incroyablement déçu quand le jeune homme se leva pour se diriger vers sa valise, de l'autre côté de la chambre.

Jack se redressa, appuyé sur ses coudes, à moitié assis, et son visage exprimait de toute évidence parfaitement ce qu'il pensait car Lucas sourit et s'expliqua.

— On a besoin de quelques accessoires.

Le jeune Britannique revient avec un tas de préservatifs et un petit flacon de lubrifiant. À quatre pattes sur le lit, il reprit sa position précédente et prit le visage de Jack entre ses mains.

— Ne t'inquiète pas, je vais te guider, murmura-t-il avant de l'embrasser.

Jack caressa le long du dos de Lucas puis prit ses fesses entre ses mains pour l'attirer plus près.

— Tu veux me préparer ? demanda Lucas, le regard assombri.

Jack hocha de la tête.

— Si tu me dis comment.

— Ça fait longtemps, alors j'aurai besoin de temps, gémit Lucas contre la bouche de Jack.

76

Il remonta un peu sur Jack pour offrir son cou aux baisers de l'autre homme et attrapa le lubrifiant.

— C'est un muscle, il faut que tu le détendes petit à petit pour que ça se passe bien.

Il prit la main de Jack.

— Comme ça.

Et il fit couler une généreuse portion de gel sur les doigts de Jack.

Lucas remonta encore sur le corps de Jack et passa ses bras autour du cou de son amant. Ils étaient si délicieusement proches, le sexe de Lucas coincé entre leur ventre, quand Jack passa sa main derrière Lucas en tentant de ne pas mettre de lubrifiant partout. En prenant en considération le fait qu'il n'avait jamais fait ça avant, il se débrouillait assez bien, mais Lucas enleva un de ses bras du cou de Jack pour le guider.

— Ici.

Sa main était autour de celle de Jack, et sa tête bascula en arrière quand Jack fit pénétrer la première phalange de son doigt.

Lucas gémit, la bouche ouverte, la tête penchée.

— Encore un peu...

Jack sentait l'anneau de muscle serré autour de son doigt, mais celui-ci se détendit doucement alors qu'il faisait entrer et sortir son doigt.

Lucas bougeait, créant une délicieuse friction entre eux, et Jack devina que son amant devenait impatient.

— Ajoute un autre doigt, Jack, souffla Lucas à son oreille.

Jack réalisa qu'il aimait voir le visage de Lucas quand il était ainsi, coupé du monde, inconscient de tout ce qui se passait autour de lui en dehors de leurs deux corps. Quand il inséra un nouveau doigt, il sentit à nouveau que c'était serré mais le sphincter se détendit encore plus rapidement que la première fois. Le souffle de Lucas était fort, ce qui encouragea Jack à entrer plus profondément.

— Encore un doigt. Oh Seigneur, j'en peux plus, Jack. Je te veux en moi. Putain, Jack !

Jack avait trois doigts en Lucas et le sentait détendu pour lui. Il allait être encore un peu trop serré, mais Jack était de plus en plus impatient lui aussi, sa respiration était rapide alors qu'il anticipait la sensation de la chaleur de Lucas autour de lui.

Jack fut pris par surprise quand Lucas s'éloigna de lui. Le jeune homme regarda Jack, ses yeux assombris par le désir, et prit un préservatif. Voyant la confusion dans les yeux de Jack, il se pencha pour l'embrasser.

— Je suis prêt, et je ne peux plus attendre, expliqua-t-il.

Il ouvrit le paquet avec ses dents et roula le préservatif sur le sexe dur de Jack d'un geste expert. Il ajouta du lubrifiant avec quelques mouvements de la main.

— Seigneur, Jack, j'en peux plus. Tu es toujours d'accord ?

Jack était tellement impatient qu'il ne put que hocher la tête. Lucas comprit et rendit donc les choses plus faciles pour lui. Il posa une main sur l'épaule de Jack pour garder l'équilibre et se leva un peu pour mieux pouvoir s'empaler doucement sur le sexe luisant de Jack.

Se voir ainsi disparaître dans le corps du jeune homme était une vision incroyablement érotique, rendue encore plus délicieuse par la chaleur et l'étroitesse du corps de Lucas autour de lui.

Il regarda le visage de son amant quand il fit une pause, les yeux fermés, la bouche ouverte, s'habituant à la sensation.

Jack posa ses doigts sur un téton de Lucas qui était hors de la portée de sa langue, pendant que le jeune Britannique commençait à monter et descendre sur lui.

Lucas ouvrit légèrement les yeux et sourit.

— Tu as l'air si sérieux, mais tu es si bon, Jack... si bon... je n'arrive même pas à...

Doucement, le jeune homme posa une main sur le visage de Jack et caressa tendrement sa joue et ses lèvres tout en continuant sa chevauchée.

Jack découvrait, émerveillé, avec quelle facilité Lucas se détendait autour de lui. Il était toujours si délicieusement serré, et Jack commença à comprendre à côté de quoi il était passé toutes ces années. À quel point il s'était fourvoyé en se convaincant que faire l'amour à un homme ne serait pas bien différent que de faire l'amour à une femme. Jack n'avait jamais ressenti pour une femme ce qu'il ressentait pour le jeune homme entre ses bras.

Lucas changea l'angle jusqu'à ce que le sexe dur frappe précisément au bon endroit. Il prit le visage de Jack entre ses mains et l'embrassa.

— Oh, Seigneur, Jack, j'y suis presque... s'il te plaît, dis-moi que tu vas jouir avec moi... s'il te plaît ! supplia-t-il, sa bouche contre celle de Jack.

Jack ne put que hocher la tête. Savoir que c'était lui qui donnait tout ce plaisir à son jeune amant fit encore grossir son érection. Il poussa ses hanches vers lui, autant qu'il le pouvait dans cette position, et sentit des vagues de plaisir extatique envahir son corps. Sa tête était légère, son regard lointain, tandis qu'il jouissait, profondément enfoncé dans le corps de Lucas. Il continua à donner des coups de rein, abandonné dans l'intensité de son orgasme et il voulait que ce sentiment ne s'arrête jamais. Lucas se masturba entre leur ventre jusqu'à ce que Jack le sente se contracter, abandonnant tout contrôle. Les mouvements de Lucas étaient mal coordonnés, erratiques, et il se pressa contre Jack, tremblant, la respiration courte, abandonné à son extase.

Ils restèrent ainsi connectés, se serrant l'un l'autre dans leurs bras pendant un long moment jusqu'à ce qu'ils reviennent peu à peu sur terre. Après un moment, Jack remarqua que Lucas tremblait dans ses bras, alors il attrapa une des serviettes abandonnées et l'entoura sur les épaules du jeune homme.

— C'est mieux ?

Lucas acquiesça, le regard brumeux.

— J'avais froid, mais je ne voulais pas te lâcher. Je veux te garder en moi, Jack.

— On va devoir bouger au bout d'un moment.

— Je sais, dit Lucas en l'embrassa gentiment. Je sais.

Jack berça Lucas dans ses bras et glissa hors de lui quand il le fit se coucher sur le dos. Il retira le préservatif et se leva, se sentant un peu bancal sur ses jambes. Il prit un gant chaud et humide dans la salle de bain et revint s'asseoir sur le lit. Il nettoya doucement le ventre de son amant, où il put voir les mots 'à moi' un peu déformés, et il sourit. Lucas lui appartenait, autant qu'il appartenait à Lucas, et il ne languissait pas d'être à dimanche.

XI

JACK FUT réveillé par une main chaude sur son dos, et quelque chose d'encore plus chaud collé à son flanc. Allongé sur le ventre, il lança un petit coup d'œil à travers ses paupières mi-closes et vit que la place à côté de lui était inoccupée. Il tourna son visage sur son oreiller et put encore sentir l'odeur de Lucas sur les draps. Il était même sûr que la chambre entière sentait le sexe. Les souvenirs de la nuit précédente firent frémir son entrejambe et il se décida à ouvrir totalement les yeux. Il put donc plonger son regard dans les yeux bruns si magnifiques et qui lui étaient devenus si familiers.

— Bonjour, Dormeur, dit Lucas, son visage plein de tendresse et d'affection. Il faut se lever, j'ai ramené le petit déjeuner.

Quand Lucas tenta de se lever de l'endroit où il était assis, Jack lui attrapa la main.

— Ne pars pas.

Il roula sur le dos pour laisser de la place à Lucas et vit le jeune homme enlever de justesse une grande tasse de liquide brûlant avant qu'elle ne soit renversée.

— Et moi qui me disais 'et si j'allais le réveiller avec un bon café et des pâtisseries', mais en fait tout ce que tu veux c'est mon corps.

L'estomac de Jack gargouilla. Il se frotta paresseusement le ventre et s'étira le dos.

— Je crois qu'un petit déjeuner ne serait pas une mauvaise idée.

Lucas déposa un sachet en papier sur le ventre de Jack et se dirigea vers les larges baies vitrées qui menaient à la terrasse. Il ouvrit la baie tout en tenant en équilibre son café et l'autre sachet de pâtisseries, et sortit, laissant entrer le soleil dans la pièce. Jack sentait l'odeur des viennoiseries encore chaudes dans le sachet, un mélange de cannelle et de miel. Il se leva rapidement, enfila un jean et suivit son jeune amant sur la terrasse. Lucas était en train de manger, assis dos à lui sur un banc.

— Viens ici. J'ai des roulés au sucre, à la cannelle, au raisin...

— Tu es allé les acheter ?

Jack rejoignit Lucas et l'embrassa sur le sommet de la tête.

— Eh bien, je ne pouvais pas vraiment appeler le service d'étage et j'étais affamé. Et en plus, il y a une pâtisserie juste en face de l'hôtel.

Lucas pencha sa tête en arrière pour embrasser Jack sur les lèvres.

— Tu as un goût d'amande.

Lucas lui montra le petit pain qu'il mangeait.

— Tu en veux ? Ça s'appelle de la frangipane, c'est très sucré mais délicieux.

Jack mordit un petit bout et fronça du nez sous tout ce sucre. Il se plaça finalement devant Lucas et s'assit en face de lui, sur le sol, jambes croisées. Il prit sa tasse de café et en but une grande gorgée puis choisit un croissant qu'il commença à manger.

— Alors, tu veux faire quoi ce matin ? demanda Lucas, les sourcils froncés à cause du soleil éblouissant.

Jack regarda le ciel.

— Je crois que le 'matin' est déjà passé, mais pourquoi n'irions-nous pas faire une promenade en ville cet après-midi ? Tu connais l'endroit, non ? Montre-moi tous les coins non touristiques.

Lucas sourit.

— Je suppose que tu ne me tiendras pas la main pendant qu'on se baladera ?

Jack haussa un sourcil.

— Tu crois que tu es une gamine ou quoi ?

Lucas tira la langue à Jack, se sentant très puéril, mais cela les fit rire.

— Eh bien, ce sera notre première sortie sans rapport avec le travail et nous seront au milieu des gens, à la vue de tous.

— Oui, médita Jack. On risque de rencontrer un ou deux Américains qui risquent de me reconnaître, ou un Britannique qui te reconnaîtra. Ne le prends pas mal, Lucas, mais je ne pourrais pas vraiment leur expliquer pourquoi nous sommes aussi intimes, pas vrai ?

Il espérait que Lucas ne le prendrait pas mal, mais il devait être honnête avec son amant.

— Je sais, répondit doucement Lucas. Je sais que je ne peux pas te toucher en public, mais j'ai vraiment envie de sortir avec toi aujourd'hui.

Jack lui lança un regard en coin.

— Et tu suggères quoi ?

Il vit le visage du jeune homme se faire malicieux.

— Je veux un rencard avec toi, répondit Lucas d'un air suffisant. On n'a jamais fait ça. On devrait peut-être recommencer depuis le début. Je vais t'emmener dîner, c'est moi qui invite alors ne t'attends pas à quelque chose de chic.

Jack le regarda sans parvenir à savoir s'il était ou non sérieux.

— D'accord, mais ne rentrons pas trop tard ce soir.

Lucas gloussa.

— Oh, ne t'inquiète pas ! Si je dois m'empêcher toute la journée de poser mes mains sur toi, alors le dîner sera très rapide !

ILS SORTIRENT de leur hôtel cinq étoiles vêtus de leur jean, chemise, d'une casquette de base-ball et de lunettes de soleil. C'était une journée suffisamment chaude et ensoleillée pour qu'ils se promènent en ville en chemise sans manches.

Lucas assura à Jack qu'ils trouveraient tout ce dont ils avaient besoin à proximité de l'hôtel, ils franchirent donc la place du quartier chic et profitèrent de se retrouver dans les cabines d'essayage de la boutique Dries Van Noten pour se voler quelques baisers, tout en choisissant chacun un costume pour l'autre. Ils demandèrent à ce que leurs achats leur soient livrés à la maison et continuèrent, visitant quelques bouquinistes et boutiques de musique.

Dans une bouquinerie, Jack et Lucas songeaient à acheter un vieux livre sur l'histoire d'Anvers quand Jack entendit derrière lui une voix vaguement familière.

— George, je t'ai dit que c'était lui !

Puis il sentit une main sur son bras.

— Monsieur l'ambassadeur, ça fait plaisir de vous voir dans notre belle ville. Vous auriez dû nous appeler, on aurait pu vous saluer convenablement et même vous inviter chez nous !

Jack se retourna et sourit timidement en leur tendant la main.

— Révérend, madame Wallace. C'est agréable de vous voir !

Il voyait le regard de madame Wallace posé sur Lucas, elle attendait de toute évidence d'être présentée. Jack hésita une brève seconde avant d'enchaîner.

— Puis-je vous présenter monsieur Carlton, qui représente l'Ambassade du Royaume-Uni ?

Madame Wallace serra la main de Lucas avec ferveur, les yeux écarquillés.

— Ravie de vous rencontrer, monsieur.

Elle serrait encore la main de Lucas quand elle se tourna vers Jack.

— Je suis sûre que vous avez beaucoup de choses importantes à vous dire, si vous fraternisez avec les Britanniques ?

Elle était de toute évidence en train de chercher quelques informations. Lucas fut le premier à répondre.

— Oui, madame, mais c'est classé secret, je le crains.

Heureusement pour eux, le révérend Wallace était moins enthousiaste et éloigna rapidement sa femme.

— Monsieur l'Ambassadeur, nous allons vous laisser tranquille, je suis certain que vous êtes un homme très occupé.

Puis il se retourna vers sa femme.

— Allons-y, Clarice, tu ne vois donc pas que ces messieurs ont des affaires importantes à s'occuper ?

Les deux hommes regardèrent le couple quitter la bouquinerie. Lucas entendit Jack soupirer dès qu'ils eurent refermé la porte derrière eux et il posa la main sur celle de son amant.

— Ce n'est pas passé loin.

— Je ne te crois pas. Classé secret ! Tu nous fais passer pour des espions, répondit Jack, encore secoué.

Lucas gloussa de rire.

— Eh bien, on ne pouvait pas vraiment lui dire la vérité !

Jack regarda autour de lui pour vérifier que personne ne les observait, mais la boutique était vide. Il passa un bras autour de Lucas et le tira à lui.

— Je suis désolé. Ça m'a rendu nerveux.

Lucas recula légèrement.

— Ils ne peuvent rien deviner juste en nous regardant, tu sais.

Jack ferma les yeux, soupira et sourit.

— Oui, je sais. Allons-y.

UNE SCÈNE avait été montée près de la 'Grote Markt', la Grand-Place, en face de l'Hôtel de Ville, et une large foule regardait un groupe de musique inconnu. Les cafés étaient pleins, ils achetèrent donc leur boisson à un stand et se mêlèrent à la foule. La musique Antillaise était entraînante et les gens chantaient en cœur. Lucas repéra qu'il y avait un peu moins de monde près de petits arbres au bout de la place et il attrapa la main de Jack pour le conduire à travers les gens. Jack avait l'impression que tous les regards étaient posés sur lui mais, quand il regarda autour de lui, il réalisa que personne ne prêtait attention à eux.

Quand ils arrivèrent à cet endroit, Jack fut surpris de voir qu'il y avait beaucoup de couples, dans les bras l'un de l'autre, et pas forcément des hétéros. Il avait déjà vu des hommes se promener main dans la main en pleine rue un peu plus tôt. Il se rapprocha un peu de Lucas, qui était devant lui en train de regarder le groupe de musique, et il passa ses bras autour de la taille de son amant puis glissa son pouce sur la ceinture du jeune homme. Lucas sourit et le regarda par-dessus son épaule. Il y avait deux hommes qui se tenaient non loin d'eux et qui ne cachaient absolument pas le fait qu'ils étaient en couple, ils s'embrassèrent même brièvement à la fin d'une chanson particulièrement romantique.

— Ils sont très libéraux par ici, tu ne trouves pas ? chuchota Jack à l'oreille de Lucas.

— Oh, je ne sais pas. Le soleil brille, la musique est joyeuse, répondit Lucas avec un large sourire.

Il se colla un peu plus, faisant tressaillir Jack.

— Ne t'inquiète pas, chuchota Lucas, j'aimerais plus que tout t'embrasser sur le champ, mais je sais qu'on ne peut pas.

Jack sourit timidement et se reprit.

— Eh bien, même si je n'étais pas marié, je ne me verrais pas faire ça avec toi aux États-Unis.

Lucas reprit la même place et attrapa les mains de Jack pour les refermer devant son ventre.

— Comme ça, c'est bien aussi, et personne ne peut nous voir, chuchota-t-il simplement.

Jack se détendit. La foule était si compacte que sa proximité avec Lucas n'avait rien de suspect. La plupart des gens regardaient la scène, et au moins il pouvait sentir le délicieux corps de Lucas près du sien, sentir le shampoing qu'il avait utilisé, et l'eau de toilette Grey Flannel qu'il avait mise juste avant qu'ils ne quittent la chambre d'hôtel.

— Et si nous allions dîner et rentrions à la chambre, ça te va ? suggéra Lucas en s'appuyant un peu et regardant par-dessus son épaule.

Jack se demandait sérieusement si le jeune homme ne lisait pas dans ses pensées.

LUCAS CHOISIT un petit restaurant dans une ruelle adjacente à la cathédrale. Une odeur d'ail et de coriandre sortait de la cuisine et il y avait une terrasse extérieure entourée de petits arbustes en pot. Il ne restait qu'une petite table dans un coin, ce qui força les deux hommes à partager un banc étroit, et ils assurèrent à la serveuse que cela ne les dérangeait pas du tout.

Ils commandèrent des falafels et un pain pita, puis la serveuse leur apporta un plateau chargé de différentes sauces.

— Oooh, de la sauce à l'ail ! s'extasia Lucas avant que son sourire ne retombe. D'accord, soit on en mange tous les deux, soit on n'en mange pas du tout.

Jack y plongea ses doigts et les lécha.

— Voilà qui règle le problème.

Au même moment, deux hommes passèrent près de la terrasse, bras dessus bras dessous. Dès qu'ils furent hors de portée, Jack chuchota.

— C'est le premier pays que je vois qui semble être si tolérant à ce sujet.

Lucas rit.

— On est simplement dans la meilleure partie de la ville pour ça. Je ne m'amuserais pas à généraliser les mentalités sur ça, même si j'ai l'impression que tu es désormais plus ouvert à ce sujet.

Il regarda Jack d'un air mesuré.

— On dirait Lucy, elle voit des femmes enceintes partout.

Jack attendit que la serveuse ait fini de poser leurs assiettes et soit partie avant de continuer.

— Vous avez déjà parlé d'avoir des enfants ?

Lucas secoua la tête.

— Pas vraiment. Son père la mettrait probablement au bûcher si elle tombait enceinte avant qu'on se marie. Il lui parle à peine parce qu'on vit 'dans le péché'.

Jack gloussa.

— Maria et moi avons fait ça pendant presque trois ans au Danemark. Son père non plus n'était pas très heureux.

— Comment se fait-il que Maria et toi n'ayez pas d'enfant ?

Lucas savait que c'était une question très personnelle, il ajouta donc :

— Tu n'as pas à répondre.

Jack sourit.

— Maria m'a dit, avant même que nous ne soyons mariés, qu'elle pensait qu'il y avait bien trop d'enfants sans parents dans le monde, alors nous avons trouvé un arrangement. Si jamais nous devions aller dans un pays du Tiers-monde, nous adopterions un orphelin là-bas. Elle voulait une famille internationale, tu sais, un enfant du Guatemala, un d'Éthiopie et un du Vietnam.

— Et toi ? demanda Lucas. Tu ne voulais pas d'enfant à toi ?

— Je n'ai jamais ressenti le besoin de transmettre mes gènes.

Jack détourna son regard de Lucas, regardant les gens passer dans la rue.

— J'aurais juste aimé que nous n'attendions pas si longtemps. Maria n'a jamais senti que c'était le bon moment, et nous nous retrouvions toujours affectés en Europe, nous ne sommes jamais allés au Tiers-monde. Parfois, je me dis que les choses lui vont très bien comme elles sont.

Lucas posa sa main sur celle de Jack.

— Tu as encore le temps, tu devrais peut-être lui en parler.

— Ne parlons pas de Maria, d'accord ? Je suis avec toi, pas avec elle.

Ils finirent leur repas, payèrent et laissèrent un pourboire à la serveuse, puis repartirent en silence vers l'hôtel.

JACK ENTRA dans la suite et se dirigea immédiatement vers la terrasse VIP. Il se sentait tout à coup très coupable de sa trahison, coupable de passer un si bon moment avec Lucas, tellement bon qu'il songeait même à tout envoyer en l'air, à faire son maximum pour donner une chance à sa relation avec le jeune homme. Pourrait-il quitter Maria ? C'était une femme incroyable, mais ce qu'il ressentait pour Lucas était bien plus fort que tout ce qu'il avait pu ressentir pour sa femme.

Il était penché sur la rambarde et regardait la place quand il entendit la voix hésitante de Lucas.

— Jack ? Tu vas bien ? Je suis désolé... je n'aurais pas dû mettre le sujet sur le tapis, je... je n'ai pas réfléchi. Pourrais-tu t'éloigner du bord, s'il te plaît ?

Jack fit un pas en arrière mais ne se retourna pas. Il entendit Lucas s'approcher et s'arrêter à côté de lui.

— Pensais-tu que j'allais sauter ? demanda Jack sans regarder son amant.

— Je ne sais pas. C'est juste que... après qu'on ait parlé, tu semblais si distant et...

Jack entendait les émotions contenues dans la voix de Lucas.

— Qu'attends-tu de moi, Lucas ?

— C'est une question assez vague, Jack. Qu'est-ce que j'attends de toi ?

Jack sentait le regard de Lucas le transpercer et il regarda ses pieds.

— Pourquoi sommes-nous ici ? Je veux dire, nos vies étaient-elles si minables que nous avions besoin de fuir nos femmes juste pour quelques nuits de passion dans un hôtel chic, dans une autre ville ? J'aime ma vie, Lucas. J'aime mon travail et tous les sacrifices en valaient la peine.

— Est-ce que ça valait le coup de vivre dans le mensonge ? demanda Lucas en toute sincérité.

Jack prit le temps de réfléchir avant de répondre.

— Je ne vis pas dans le mensonge.

— Et je suis quoi alors ? Une putain d'expérience ?

Jack voyait Lucas du coin des yeux mais il n'osa pas tourner la tête.

— Je ne suis qu'un jeune morveux en manque, que tu peux utiliser pour voir si les sentiments que tu as éprouvés pour ton ami au lycée étaient réels ou non ?

Jack se tourna finalement vers Lucas alors que celui-ci se détournait pour rentrer dans la chambre d'hôtel.

— Lucas ! l'appela-t-il.

— Laisse tomber. Il y a une chambre inutilisée en bas.

Jack le rattrapa à la fenêtre de la terrasse et lui attrapa la main. Quand Lucas tenta de se dégager, Jack le supplia.

— Lucas, s'il te plaît, je suis désolé.

Il l'attira à lui et passa ses bras autour de lui.

— Lucas, je suis désolé de t'avoir donné cette impression. Personne n'a le droit de te faire ça.

87

Ils restèrent près de la porte, les bras de Jack autour de Lucas, son menton sur l'épaule du jeune homme. Lucas resta dos contre son amant, sans savoir s'il lui faisait suffisamment confiance pour le croire.

Jack lui embrassa la nuque.

— Ce que je ressens pour toi, je ne l'ai jamais ressenti pour personne, Luke.

— Je sais, répondit Lucas, la voix chargée d'émotions. Je sais ce que tu veux dire. Durant tout le trajet pour venir ici, je me suis demandé quel genre de travail je pourrais faire où le fait que je sois mariée ou non ne soit pas important. Que je sois gay ou non. Je n'ai pas arrêté de me demander si je ne pouvais pas te convaincre de changer de travail, toi aussi, murmura-t-il avant d'inspirer profondément. C'est bête, je sais, et naïf surtout, mais...

Il plaça ses mains sur celles de Jack et les caressa doucement.

Jack les fit entrer doucement dans la chambre et continua d'embrasser la nuque de Lucas jusqu'à ce que son amant se détende dans ses bras. Ils firent l'amour sur le lit parfaitement fait, jusqu'à ce que les draps et les oreillers se retrouvent éparpillés à travers la chambre. Ils prirent le temps d'explorer le corps de l'autre, de se conduire jusqu'aux portes de l'orgasme avant de ralentir, en se caressant et se léchant doucement, en se donnant des petits coups du nez et en s'embrassant, ravivant doucement la flamme, jusqu'à ce qu'enfin Lucas jouisse avec force entre leur ventre sur les mains de son amant, pendant que Jack jouissait lui aussi profondément plongé en lui. Un long moment passa avant qu'ils ne puissent se lever pour se laver.

— JE NE vois pas ce qui m'en empêcherait.

Lucas était en train de laver les cheveux de Jack dans la large baignoire, juste à côté de la douche, dans la suite de Jack. Ce dernier avait son dos et sa tête posés contre le torse de Lucas et tentait de chatouiller les genoux du jeune homme qui l'encadraient. Il commençait à se dire qu'il y avait bien peu d'endroits sur le corps de son amant où celui-ci n'était pas chatouilleux.

— Enfin, seulement si tu le veux. Je veux dire, j'aime te voir fondre et j'aime être en toi, mais quand je vois à quel point ça te rend incohérent, je me demande ce que ça fait. Tu serais d'accord ?

Lucas fit couler de l'eau sur la tête de Jack à l'aide d'une tasse.

— Eh bien, c'est incroyable de te sentir en moi, mais ça ne me dérangerait pas de te retourner la faveur. C'est même agréable de changer de temps en temps.

Lucas eut un sourire machiavélique.

— Votre cul est à moi, monsieur l'Ambassadeur.

Jack pouffa et éclaboussa le visage de Lucas, mais son estomac était déjà envahi de papillons.

LUCY ET Maria se firent servir leur déjeuner dans le wagon restaurant, dimanche midi, dans le train Thalys qui les conduisait d'Amsterdam à Bruxelles. Elles avaient passé deux jours à Amsterdam, alternant shopping et visites de musées, et elles rentraient désormais à la maison.

— Je suis juste déçue que ça ait passé si vite. Je me suis bien amusée, Maria, merci de m'avoir emmenée. J'aurais aimé que Lucas soit là, bien sûr, mais je le reverrai cet après-midi.

Il était évident que Lucy appréciait son voyage en train, mais son visage se fit alors un peu triste.

— S'il n'est pas encore en train de travailler, bien sûr.

Maria ne pouvait s'empêcher de trouver étrange que cela soit le premier voyage en train que la jeune femme faisait, tout comme le fait qu'elle n'ait jamais quitté les États-Unis avant son voyage jusqu'en Belgique.

— Je n'aime pas te décevoir, Lucy, mais c'est ce que sera ta vie à partir de maintenant, un diplomate travaille toute la journée presque sept jours par semaine.

— Est-ce comme cela que ça se passe pour toi et Jack ? Je veux dire, je vous ai vus tous les deux ensemble, vous êtes très amoureux. Il est prévenant, attentif et...

Lucy lança un regard désespéré à Maria.

— La seule fois où j'ai pu avoir Jack pour moi seule, ça a été quand je l'ai kidnappé pour l'emmener aux Caraïbes pendant une semaine, et pourtant même là il a emmené quelques documents à lire et j'ai dû le supplier de ne pas regarder CNN. Ça fait presque trois ans que nous n'avons pas eu de vacances, Lucy. Mes deux dernières tentatives ont coupé court, d'abord il y a eu un incendie dans une discothèque qui a tué trois Américains, puis nous avons été mutés en Belgique.

Elle posa une main sur celle de Lucy pour montrer sa compassion.

— J'ai toujours su que Jack était marié à son travail. On apprend à se faire sa propre vie et à apprécier les moments qu'on vole avec lui, même si ces moments sont pendant les banquets et les réceptions. Tu peux effectuer toi-même beaucoup de travail, ma chérie, tu dois juste faire ton propre nid et construire ta propre réputation. Crois-moi, je suis suffisamment réaliste pour savoir que je n'aurais jamais pu faire tout le travail que je fais si je n'étais pas la femme d'un Ambassadeur. Le travail de Lucas pourra t'apporter pas mal de bénéfices, mais ne t'attends pas à un mariage romantique.

Lucy soupira, clairement pas réconfortée par les paroles de Maria.

— Je vais probablement passer pour une pleurnicharde, mais je m'attendais à ce qu'il VEUILLE passer du temps avec moi, au minimum. J'ai l'impression d'être... une décoration !

— Écoute, pourquoi ne resterais-tu pas à mes côtés ? Je pourrais te conduire à quelques comités de charité que j'organise et tu pourras découvrir si tu aimes faire des choses particulières. Puis, je ferai comprendre à Jack que tu te sens un peu négligée par Lucas. Il en parlera probablement à Lucas et, en plus, ça le fera se sentir suffisamment coupable pour qu'il m'emmène en vacances. Qu'en penses-tu ?

Le visage de Lucy s'éclaira et Maria hocha de la tête, heureuse que les choses tournent ainsi.

XII

LUCAS ÉTAIT seul quand il se réveilla. Ce qu'il voulait surtout, c'était se rendormir, puisque ni lui ni Jack n'avaient passé beaucoup de temps à dormir la veille, mais tout à coup un mauvais pressentiment l'envahit quand il se demanda si Jack n'était pas déjà parti. Il sauta hors du lit et attrapa sa montre sur la table de chevet. Onze heures moins le quart. Ils avaient convenu de partir vers midi, donc Jack devait encore être ici. Il attrapa le drap du lit et s'en enroula, puis sortit sur la terrasse. Jack n'y était pas. La salle de bain ?

Lucas s'arrêta à la porte de la salle de bain quand il vit Jack qui se tenait devant le large miroir. Il portait seulement son boxer et se rasait prudemment, penché en avant.

— Tu ressembles à une statue Grecque, fit remarquer Jack en regardant Lucas.

Lucas se débarrassa du drap et avança pour passer ses bras autour de Jack. Il posa son menton sur son épaule et regarda leur reflet dans le miroir.

— J'aimerais qu'on puisse rester ici. Et ne jamais retourner dans la vraie vie.

Jack posa ses mains sur celles de Lucas et s'appuya contre lui.

— Tu sais qu'on ne peut pas, Luke.

— Je sais, soupira Lucas en serrant Jack avec force. Mais je ne veux pas te laisser partir maintenant.

Jack leva les bras et se retourna pour pouvoir attraper le visage de Lucas et l'embrasser passionnément.

— Tout ira bien pour nous, Luke, promit-il inconsidérément. On trouvera un moyen pour que ça marche.

91

ALORS QU'ILS rassemblaient leurs affaires pour quitter la chambre d'hôtel, Lucas sentit monter la tension. Ils n'avaient pas vraiment parlé de l'avenir et même s'il était sûr que Jack aussi appréciait leur relation, il était surtout persuadé qu'il ne quitterait pas sa femme pour lui. Était-il stupide de penser qu'ils pourraient vraiment avoir un avenir ensemble ? Pourrait-il se contenter d'être simplement un amant, l'homme caché dans l'ombre ? Ils n'avaient passé que deux nuits ensemble, mais Lucas savait que ce n'était pas qu'une aventure pour lui, il savait que ce qu'il ressentait pour Jack n'avait rien à voir avec ce qu'il avait ressenti pour ses ex petits amis. Il y avait de l'amour dans leur relation, ou tout du moins de son côté à lui.

Jack était allé déposer les clefs et Lucas scanna une dernière fois la chambre du regard avant de partir. Son regard se posa sur quelques préservatifs toujours posés sur la table de chevet. Il y retourna rapidement pour les mettre dans sa poche, à côté de son portefeuille.

ILS RETOURNÈRENT à Bruxelles dans un silence presque parfait, tous deux réalisant qu'ils devraient faire des choix mais trop effrayés pour en parler. Jack laissa Lucas à son appartement dans le quartier Européen et conduisit jusqu'à sa maison à Tervuren. Il resta dans sa voiture, dans l'allée, pendant plus d'une heure, pensant aux événements du week-end, avant de se sentir prêt à rentrer dans la maison.

— LUCAS ?

Lucas entendit Lucy l'appeler depuis le couloir pendant qu'il faisait du thé dans la petite cuisine.

— Je suis là ! répondit-il avant de prendre une profonde inspiration.

Le week-end était bel et bien fini. Il entendit Lucy poser ses bagages, puis le bruit saccadé de ses talons haute-couture sur le plancher.

— Je n'arrive pas à croire que tu es là ! piailla-t-elle.

Il fit de son mieux pour ne pas se tendre quand elle passa ses bras autour de lui et lui embrassa la joue. Ouais, elle était bien rentrée.

— Salut, Lucy Jolie.

Lucas lui sourit, tentant de paraître heureux qu'elle soit rentrée.

— Comment c'était, Amsterdam ? Tu veux du thé ?

Elle secoua la tête.

— C'était génial ! Tous ces vieux bâtiments et les canaux et les petits cafés au charme désuet. Et c'est tellement différent de Bruxelles, c'est dur de croire que ce n'est qu'à trois heures de train. Et le train était super aussi, si luxueux.

Il la laissa s'extasier, tout avait été incroyable, Maria lui avait montré tant de choses, comme le Musée van Gogh et le Rijksmuseum. Lucas perdit le fil, pensant à son propre fabuleux week-end et sachant qu'il ne pourrait jamais lui en parler.

— Alors nous sommes entrés dans ce café et ils fumaient de l'herbe, comme ça, devant nous, devant absolument tout le monde. On est restées là un moment, et je te jure que l'air était si chargé qu'on était un peu euphoriques quand on est parties.

— Ils sont plus tolérants avec les drogues douces aux Pays-Bas, mentionna Lucas, un peu ailleurs, pour montrer qu'il l'écoutait.

— Je sais, mais c'était... oh, bref. Et toi, ton week-end ?

— Pas mal, répondit Lucas en se forçant à parler d'un air ennuyé.

Elle s'approcha encore, passa ses bras autour de son cou d'un air séducteur.

— Pauvre bébé, tu as l'air si fatigué. J'espère que tu n'as pas travaillé trop dur, mon cœur ?

— Eh bien, tu sais ce que c'est.

Lucas faisait de son mieux pour ne pas lui mentir effrontément. Il avait pourtant très envie de lui dire la vérité. *En fait, Lucy, il m'a travaillé très dur. En plein dans le matelas. On a baisé dans la salle de bain et sur le sofa devant la fenêtre ouverte. Il m'a fait crier son nom et je bande rien que de penser à lui.* Mais jamais il ne la blesserait comme ça.

Elle se pencha pour l'embrasser mais il tourna la tête, ses lèvres se posèrent donc sur sa tempe.

— Tu devrais prendre ta tasse de thé, mettre un film dans le lecteur DVD et te poser sur le canapé. Je vais mettre les vêtements au sale puis nous pourrions commander une pizza ou quelque chose comme ça pour ce soir, d'accord ?

Elle était vraiment gentille, il en était conscient, et elle l'aimait, alors il lui sourit et l'embrassa sur le front.

— Merci, Lucy. Ça a l'air parfait, mais je vais t'aider avec le linge sale si tu veux.

— Ne sois pas stupide. Tu travailles bien plus que moi. Repose-toi et je m'occupe de tout.

Elle passa une main sur son torse et se dirigea vers le couloir où attendaient les bagages.

Cinq minutes après que Lucas eut mis son film, il s'endormit sur le canapé.

LUCY SOURIT quand elle entendit son souffle lent et régulier qu'elle connaissait si bien. Elle tira les rideaux du salon pour assombrir la pièce. Elle pourrait peut-être faire ça. Elle aimait prendre soin de Lucas et si Maria y arrivait, elle y arriverait aussi. Les Christensen étaient un très bon exemple à suivre. Elle allait accepter l'offre de Maria, faire quelques activités de charité tout en étudiant. De cette manière, elle ne se sentirait plus si seule à rester à la maison à attendre que Lucas revienne. Elle pourrait rencontrer des gens, connaître un peu mieux le pays. Et ça serait bon sur son CV, ça l'aiderait à prendre confiance en elle au milieu de gens qu'elle ne connaissait pas. Elle admirait Maria et sa manière de rester belle et confiante en toute situation. Rien ne pouvait décontenancer cette femme.

Alors qu'elle triait le linge, elle remarqua qu'il manquait trois boutons sur l'une des chemises de Lucas. Il y avait généralement un bouton cousu sur l'étiquette des chemises, mais trois boutons, cela faisait beaucoup. Elle prit note mentale de vérifier les autres chemises pour voir si certains boutons allaient également tomber. C'était probablement un défaut de fabrication.

Après avoir allumé la machine, elle commença à vider leur trousse de toilette, rangeant les brosses à dents ensemble dans le verre au bord de l'évier de la salle de bain, posant son rasoir et sa crème de rasage derrière le miroir. Aucun d'entre eux n'avait pris beaucoup d'affaires pour le week-end, mais elle vérifia tout de même les poches des bagages.

MARIA AVANÇAIT, suivie de près par le chauffeur qui tirait sa valise.

— Ça sera tout, madame ?

— Oui, merci, Paul.

Elle donna quelques billets à l'homme et alla vers Jack qui, assis au comptoir de la cuisine, lisait le *Sunday Times*.

— Salut, l'étranger.

Elle passa un bras autour des épaules de Jack et déposa un rapide baiser sur ses lèvres quand il tourna la tête.

— Je t'ai manqué ?

— Naaah, répondit Jack, la main de sa femme toujours sur sa joue tandis qu'il retournait à la lecture de son journal pour démontrer ce qu'il disait.

— Oh, eh bien, j'imagine que tu ne veux pas non plus ton cadeau.

Elle alla en direction de sa valise et lui jeta un regard taquin pendant qu'elle ramassait ses sacs et avançait dans le couloir.

Jack sentit à nouveau la culpabilité l'envahir. Il l'avait trompée pendant qu'elle était partie pour deux nuits, et elle lui avait même ramené un cadeau. Pendant un instant, il souhaita pouvoir remonter dans le temps, mais il pensa alors à Lucas et ses sentiments pour le jeune Britannique brisèrent ce désir. Il enfouit son visage dans ses mains, se souvenant de comment Lucas et lui avaient fait l'amour la nuit précédente. Ce n'était pas juste du sexe. C'était bien plus beau, ce n'était pas juste répondre à leur désir, ils avaient pris le temps de découvrir le corps de l'autre. Il sentait encore le torse et les épaules, si délicieusement bronzés, sous ses mains, les tétons sombres qui durcissaient quand il passait son pouce sur eux. Il pouvait encore sentir le goût de sa peau sur sa langue. Pouvait-il vraiment renoncer à tout ça ? Comment pourrait-il tourner le dos à la seule personne qui ne l'ait jamais fait se sentir enfin vivant ?

— Tu travailles trop, Jack.

Jack sursauta quand la voix de Maria à son oreille le tira de ses rêveries. Il n'avait pas remarqué son retour.

ELLE AVAIT remarqué à quel point il était fatigué à peine était-elle entrée. On aurait dit qu'il n'avait pas dormi depuis vendredi et elle prit note de ne pas oublier de le chouchouter ce soir, puisqu'il ne faisait aucun doute que le lendemain marquerait le début d'une nouvelle semaine chargée. Elle savait que son mari était drogué au travail, et c'était encore pire quand elle n'était pas là. C'était peut-être attendrissant, cette manière qu'avait Jack de se noyer dans le travail. Il avait vraiment besoin d'un passe-temps.

Après qu'elle eut descendu les escaliers, le cadeau qu'elle lui avait acheté sous le bras, elle décida de commander de la nourriture. Puis elle lui proposerait une partie de Scrabble ce soir, pour qu'il ne pense plus au travail.

À l'étage, elle avait enfilé un jean et un tee-shirt et était pieds nus, alors Jack ne l'entendit pas arriver. Il avait le visage dans ses mains. Ça serait du gâteau de le battre à leur jeu préféré !

— Tu travailles trop, Jack.

Jack la regarda.

— Hé.

Il remit rapidement de l'ordre dans ses pensées, regarda derrière elle vers le paquet tubulaire qu'elle portait.

— Je peux le voir ?

— Na han.

Elle secoua la tête et l'éloigna de lui.

— Tu es méchante, Maria Francesca !

Il l'appelait par son nom en entier quand il la taquinait, sachant que ça marchait à chaque fois.

Elle pinça les lèvres.

— En effet.

Elle tenait le tube en hauteur, hors de sa portée.

— Et tu aimes ça.

Jack attendit un instant, puis se lança en avant et attrapa le tube avant que Maria ne puisse se pousser.

— J't'ai eue !

Il le secoua un peu avant de l'ouvrir et d'en sortir deux posters qu'il ouvrit sur le comptoir.

— Dali et Miró, fredonna-t-il, appréciateur.

Elle s'approcha.

— Je sais à quel point tu aimes le Dali, mais je pense que ton bureau aurait bien besoin d'un peu d'art pour être moins morne, alors peut-être que le Miró serait plus approprié.

Il la regarda d'un air affectueux.

— Je crois que le Dali aussi aura sa place dans le bureau.

Elle passa de l'autre côté du comptoir et sourit.

— Génial ! Alors je vais les faire encadrer et je te les ferai mener à l'Ambassade.

Jack retourna à son journal.

— Merci, Maria.

Elle réalisa qu'il devait être très fatigué pour arrêter aussi facilement de la taquiner. Elle le regarda, assis là, un peu inquiète du fait qu'il n'ait pas assez dormi, mais savait que les choses s'arrangeraient d'elles-mêmes. Et si ce n'était pas le cas, elle savait que Jack ferait tout pour que cela s'arrange, même si sa fatigue était causée par sa crise de conscience actuelle. Maria était assez intelligente pour savoir que persuader la Belgique d'ajouter des soldats aux efforts de l'après-guerre allait à l'encontre de tout ce en quoi Jack croyait. Ils avaient parlé de ce genre de situation avant que Jack ne décide d'accepter son mandat et elle était sûre que Jack trouverait un moyen pour vivre en paix avec lui-même tout en faisant son travail.

Elle rassembla les journaux et magazines qui semblaient toujours s'étaler partout dans la maison à peine Jack décidait-il d'en lire un, et commença à planifier leur repas. Elle allait appeler un petit restaurant où ils dînaient souvent et leur demander deux menus à emporter. Un des chauffeurs pourrait aller les récupérer et ils auraient une nuit tranquille ensemble.

— EXPLIQUE-MOI ça, Lucas !

Lucas fut brutalement réveillé par Lucy, qui tapa son poing sur la table basse. Elle était debout face à lui, les bras croisés en signe de défi et une tempête couvait dans son regard. Prudemment, il posa son regard là où elle avait frappé la table et il se réveilla totalement quand il réalisa qu'elle avait trouvé ses préservatifs.

— Je ne pense pas qu'on en ait besoin, Lucy, tenta-t-il.

Elle haussa les épaules et soupira.

— Je n'arrive pas à le croire. Tu penses vraiment que je suis stupide ? Je te laisse deux nuits. Juste deux nuits, et tu t'en vas déjà en baiser une autre dans mon dos.

Lucas pouvait voir qu'elle était en effervescence. Il n'arrivait pas à croire qu'elle les avait trouvés. Ils étaient dans la poche de sa veste. Pourquoi fouillait-elle les poches de sa veste ?

— Qui est-elle, Lucas ? Est-ce que je la connais ?

Non, mais tu le connais.

— Lucy, ce n'est pas ce que tu crois...

Sa voix se brisa quand il la vit faire demi-tour et se diriger vers la cuisine.

Il ferma les yeux. S'il devait être complètement honnête avec lui-même, il voulait qu'elle le sache, mais elle lui avait demandé de qui il s'agissait et la dernière chose qu'il voulait, c'était bien qu'elle découvre la vérité sur Jack. Il ne pouvait pas la laisser deviner que c'était Jack.

Lucas se leva et alla lentement dans la cuisine où une boite de pizza attendait sur la table, toujours pas ouverte.

— Tu as commandé une pizza, remarqua-t-il, honteux.

— Ne change pas de sujet.

Elle regardait le sol, les bras toujours croisés devant elle. Lucas pouvait sentir son regard sur lui, qui le transperçait presque sur place.

— Je t'ai suivi pratiquement de l'autre côté du monde, j'ai laissé derrière moi tout ce qui faisait ma vie pour venir dans... dans... ce pays. Et maintenant, je découvre que je ne peux même pas te faire assez confiance pour te laisser deux putains de jours. Tu as dit que tu avais du travail, que tu allais passer ton week-end à travailler avec Jack et...

Elle respirait avec difficulté quand elle s'arrêta en pleine phrase, et Lucas pouvait presque voir ses méninges travailler. Il tenta de garder un air neutre, tenta de ne pas montrer sa peur, mais il savait qu'elle venait de faire le rapprochement. Et quoi qu'il se passe, cela ne pouvait pas arriver, elle ne devait pas découvrir pour Jack. Il allait devoir lui mentir effrontément.

— S'il te plaît, dis-moi que ce n'est pas... Oh, Lucas, s'il te plaît, dis-moi que tu n'as pas... tu ne l'as pas... tu l'as corrompu ? C'est un homme marié, Lucas, et tu l'as séduit, c'est ça ?

Sa rage se mua en un autre sentiment, qu'il ne parvint pas à comprendre. Était-ce de la pitié ? Du dégoût ?

— Non, répondit-il. Ce n'est pas ce que tu crois. Ne sois pas stupide, Lucy.

— Je croyais que c'était fini, Lucas. Je croyais que tu n'allais plus t'intéresser aux hommes. Mais tu... Je t'ai vu avec Jack et j'ai vu comment tu le regardais. Je n'arrivais pas à y croire... je ne voulais pas y croire, parce que tu étais avec moi, et les garçons... les hommes, c'était du passé. Tu m'as dit que c'était du passé !

— Luce, s'il te plaît, tu dois me croire. Jack n'a rien à voir dans tout ça.

Sa voix était basse, retenue, dans un effort pour se calmer.

— Oui, tu le couvrirais, pas vrai ? Ton précieux Ambassadeur américain. Je me demande ce que sa femme si parfaite penserait de tout ça. Je me demande ce qui se passerait si je disais à Maria ce que son mari a fait de son week-end.

Lucas reprit son sang-froid. Si elle pensait qu'elle allait pouvoir le faire chanter, elle se fourvoyait.

— Je n'arrive pas à le croire, Lucy. Je dois cependant applaudir ton imagination. Tu trouves quelques préservatifs et tout de suite, tu penses que je me suis tapé Jack. Tu sais à quel point c'est ridicule ? Tu pourrais tout aussi bien dire que je me tape sa 'femme si parfaite', parce qu'il y a autant de chances pour que ça arrive, Lucy !

Lucas la regarda, espérant voir le doute sur son visage. Son souffle s'apaisa quand il la vit se calmer.

— Je cherchais de la monnaie, pour le livreur de pizza, dit-elle. Il n'avait pas assez pour un billet de cinquante euros... et ils étaient là, Lucas, à côté de ton portefeuille. Pourquoi les avais-tu dans ta poche ? Pourquoi achèterais-tu des préservatifs, si tu n'avais pas l'intention de les utiliser ?

Il posa une main sur son bras, mais elle le repoussa.

— Il était tard et j'étais fatigué. Tu me manquais et, d'accord, je l'admets, je suis sorti pour tenter de draguer. Mais il ne s'est rien passé, Lucy, je me suis dégonflé.

Il détestait mentir, mais en même temps, il mentait depuis bien longtemps. Pas aussi franchement que maintenant, mais quand même...

— Mais tu voulais un homme encore une fois.

Elle soupira et ferma les yeux un instant.

— Pourquoi, Lucas ? Pourquoi ne suis-je pas assez pour toi ? Pourquoi maintenant ?

Elle passa à côté de Lucas en sortant de la cuisine. Il put l'entendre ouvrir les tiroirs et les placards de leur chambre, alors il la rejoignit.

— Lucy ? Que fais-tu ?

Elle ferma le sac qu'elle était en train de remplir et tenta de contourner Lucas, mais il lui barra la route.

— Si tu crois une seule seconde que je vais encore partager un lit avec toi... Maintenant s'il te plaît, pousse-toi.

— Luce...

— Tu es... tu es dégoûtant, mon père avait raison depuis le début. Éloigne-toi de moi, tu me dégoûtes !

Lucas recula pour la laisser passer.

— Je viendrai récupérer mes affaires demain, quand tu seras au travail.

— Où vas-tu, Lucy ? demanda Lucas, étrangement calme.

99

Elle plissa les yeux et le regarda.

— Comme si tu en avais quelque chose à foutre.

Il entendit la porte d'entrée claquer et il se laissa tomber sur le lit. Il passa une main dans ses cheveux et se remémora chaque mot qu'elle avait dit. Il savait qu'elle ne reviendrait pas. Elle avait l'air timide, mais il savait que c'était une femme déterminée, elle l'avait prouvé dès le début de leur relation en le suivant ici.

Tant de mauvaises choses pourraient découler de cette rupture, mais il avait simplement peur d'une seule chose. Que Lucy appelle sa nouvelle amie Maria.

Il devait contacter Jack, au moins pour l'avertir.

XIII

— ELLE SAIT, Jack.

Et merde.

Jack entendit Lucas soupirer dans le combiné du téléphone.

— Tu vas bien ? demanda Jack en ignorant comment réagir. Elle est toujours là ?

— Elle vient de partir, en faisant claquer la porte et tout. Comme tu peux l'imaginer, elle était très en colère.

— Comment... ?

Jack testait la température, pour voir comment Lucas prenait réellement les choses.

— Elle a trouvé les capotes. Je ne lui ai rien dit, Jack... mais elle a évoqué ton nom assez rapidement et j'ai peur qu'elle en parle à Maria.

La voix de Lucas était calme, mais mal à l'aise, un peu effrayée et inquiète. Rien qui ne rappelait le jeune homme sûr de lui que Jack avait toujours connu.

Ce fut au tour de Jack de soupirer.

— Et comment mon nom a-t-il été évoqué exactement ? Je veux dire, elle était juste en train d'essayer de comprendre, non ?

Il se souvenait de la remarque de Lucas, sur le fait que personne ne pourrait deviner qu'ils étaient ensemble juste en les regardant. Peut-être que Lucy était plus intelligente qu'il ne le pensait.

— Elle me connaît, Jack. Elle sait que je suis sorti avec des hommes avant qu'elle n'arrive dans ma vie. Je n'ai pas trop pu approfondir la question, j'étais occupé à nier.

— Bien, répondit rapidement Jack.

Trop rapidement. Il fronça les sourcils et se donna une gifle mentale.

101

— Je ne voulais pas dire ça comme ça. Je veux dire... peut-être qu'elle t'a cru et n'en parlera pas à Maria.

Lucas resta étrangement calme, retrouvant son flegme habituel.

— Oui, c'est ce que je me suis dit. Je voulais juste que tu sois prêt, au cas où elle irait pleurer sur l'épaule de ta femme.

Il y eut un moment de silence.

— Je suis désolé, Jack.

C'était justement ce genre de complication que Jack craignait, mais il ne pouvait pas lui dire ça, alors il enchaîna.

— Ne le sois pas. Qui sait ? Peut-être que Lucy reviendra demain, calmée, et réalisera à quel point tu es irrésistible.

— Ce n'est pas drôle, Jack.

— Eh bien, c'est possible. Tu as dit que tu pensais qu'elle t'avait cru, alors il y a de l'espoir.

— De l'espoir pour quoi, Jack ? On dirait que tu veux que je continue cette mascarade avec Lucy. Et puis, je la connais, elle ne revient pas en arrière une fois qu'elle a pris une décision. En fait, c'est ce que j'apprécie chez elle. Elle est partie, Jack, je voulais... je voulais juste te le dire. Tiens-toi prêt.

Si Lucy était vraiment déterminée à quitter Lucas, les risques pour qu'elle répète tout à Maria étaient considérables et cela inquiétait Jack. Cette gamine idiote pouvait non seulement ruiner son mariage, mais également sa carrière. Dès que cette pensée lui traversa l'esprit, il réalisa qu'il était injuste de blâmer Lucy pour ses propres décisions, mais il devait faire quelque chose. Il n'était pas le genre d'homme à s'asseoir et attendre.

— Écoute, je pense pouvoir m'échapper quelques temps, pourquoi je ne m'arrêterais pas chez toi ce soir ? On doit parler, et c'est plus simple de le faire face-à-face.

— Non, répondit Lucas d'un ton décidé. Je ne sais pas où Lucy est allée. Et si jamais elle appelle Maria, ça aura l'air suspect que tu aies tout à coup une affaire urgente à t'occuper alors que ma copine vient juste de me quitter. Je vais bien, vraiment. On parlera demain, d'accord ?

Jack entendit un clic de l'autre côté de la ligne et reposa le téléphone. Il était assis dans son bureau, où il s'était réfugié après avoir entendu la voix de Lucas. Le fait que Lucy parte compliquait beaucoup les choses. Les rumeurs se répandaient rapidement au sein de la communauté diplomatique. Ils devraient être encore plus prudents qu'auparavant.

Il enfouit sa tête dans ses mains.

Dans sa vision des choses, Lucy était en mesure de faire deux choses qu'il n'apprécierait pas du tout. La plus probable, c'était qu'elle appelle Maria pour lui demander conseil. Les deux femmes étaient devenues très amies, alors ça serait logique. Il connaissait les femmes, il y aurait des crises de larmes et, à la fin, Lucy dirait qu'elle suspectait Lucas de la tromper et non pas avec une femme, mais avec un homme. Celui qui partageait la vie de Maria.

Et ce que Lucy pouvait également faire, c'était de révéler leur secret.

Il était facile de lancer une rumeur. Il suffirait juste d'un commentaire bien placé à certaines personnes pour faire comprendre qu'elle avait quitté Lucas car il était un peu trop intime avec l'Ambassadeur des États-Unis. Jack savait que nier une rumeur ne la rendrait que plus forte, et il aurait besoin de Maria à ses côtés pour démontrer que ce n'était qu'un canular. Connaissant Maria, il savait qu'il devrait la convaincre du fait que c'était un mensonge ou elle ne serait peut-être pas d'accord pour le soutenir.

Jack réalisa qu'il ignorait comment sa femme réagirait. Maria n'était pas du genre émotionnel, mais elle pourrait être blessée, et elle savait être impitoyable donc la vengeance serait bien douce pour elle.

Bon sang. Cela en valait-il la peine ? Il aimait son travail, il n'était pas prêt à le perdre pour une aventure. Que ressentait-il pour Lucas ? L'aimait-il ? Ou était-ce juste physique ? Comparer ses sentiments pour Lucas à ses sentiments pour Maria, c'était un peu comme comparer les pommes et les oranges. Il les aimait tous les deux, mais ce qu'il ressentait pour Lucas était brûlant, passionné, lui faisait perdre la tête, alors que son amour pour Maria était confortable, fiable, pragmatique. Quel genre d'amour serait toujours là dans dix ans ? Se voyait-il toujours aimer Lucas à ce moment-là ? Leur amour survivrait-il face à leur carrière gâchée ? Et si jamais cela ruinait sa carrière professionnelle ? En tiendrait-il Lucas pour responsable ?

Jack se gratta la tête des deux mains, tentant de remettre de l'ordre dans ses idées. Lucas ne voulait pas le voir. C'était peut-être pour le mieux. Peut-être devraient-ils faire profil bas quelques temps. Cela l'aiderait certainement à y voir plus clair.

LE RESTE de la semaine se déroula dans la frénésie habituelle, il courrait d'un rendez-vous à l'autre, faisait acte de présence à chaque conférence commerciale, aux écoles Internationales et au comité qui préparait la loi sur le mariage gay. Jack était heureux d'avoir autant de travail à faire pour s'occuper l'esprit. Il n'allait habituellement pas seul à ces rendez-vous, il y avait toujours une personne travaillant aussi à l'Ambassade qui l'accompagnait, même si ce n'était que pour lui donner toutes les informations nécessaires sur la réunion en chemin puis pour le présenter aux associés des négociations.

Les nuits étaient cependant une toute autre histoire. Même s'il faisait de son mieux pour ne pas penser à Lucas, il réalisa qu'il évitait Maria. Ils n'avaient jamais eu une vie sexuelle très prolifique, mais maintenant il se trouvait des excuses pour ne pas être dans la chambre avec elle quand elle allait se coucher. Et s'il ne pouvait pas l'éviter, il prétendait dormir. Il n'avait de cesse de se dire d'arrêter ça et de coucher avec elle pour dissiper tous les doutes qu'elle pouvait avoir sur lui. Le fait était que, si elle savait ou suspectait quelque chose, il avait l'air encore plus coupable en l'évitant ainsi.

Mais il n'y arrivait pas. Par moment, il la regardait quand elle lui tournait le dos, quand il savait qu'elle ne le remarquerait pas, mais qu'importe à quel point il essayait, il n'arrivait pas à attiser la moindre flamme de désir. Quand il était seul c'était facile, son esprit se portait naturellement sur Lucas et il se sentait alors durcir. Il n'avait qu'à imaginer le regard humide de désir de Lucas, la manière donc ses yeux s'assombrissaient quand ils se regardaient, et il avait alors toutes les peines du monde à se retenir de se toucher.

Le jeudi arrivé, il ne put plus se retenir. Ils n'avaient pas parlé depuis dimanche soir et Jack détestait faire attendre les choses, alors il prit son téléphone pour l'appeler. Il avait fait la moitié du numéro professionnel de Lucas quand il s'arrêta. Ils ne pouvaient pas parler de ça par téléphone, c'était personnel, c'était pour leur relation. Ils devaient encore prendre une décision, pour savoir s'ils pouvaient vraiment parler de relation ou si c'était juste du sexe. Plutôt que de l'appeler, Jack décida qu'il rendrait visite à Lucas ce soir-là après le travail.

Il lui fallut du temps pour convaincre Mark, son agent des Services Secrets un peu trop consciencieux, que Jack pouvait rentrer chez lui sans surveillance et qu'il n'y avait pas besoin d'appeler les hommes à la maison pour leur donner son heure approximative d'arrivée. Il ne pouvait pas vraiment donner de détails, bien entendu, mais accepta finalement de l'appeler pour lui dire qu'il allait bien.

Il avait déposé Lucas dimanche, mais il n'était pas rentré chez lui. Il retrouva son chemin et monta en courant trois étages, s'arrêta hors d'haleine devant la porte. Quand il porta sa main à la sonnette, il remarqua les noms inscrits : Lucas Carlton, ~~Lucy Marsh~~, et il sourit. Cela répondait à sa première question.

Il n'était pas sûr de la manière dont Lucas allait réagir. Et si jamais Lucas était en colère contre lui ? Jack l'avait laissé se débrouiller seul pendant quatre jours et n'importe quoi avait pu arriver ; Lucas pouvait avoir décidé que ça n'en valait pas la peine.

Jack se détourna, perdant confiance, effrayé par ce qui l'attendait derrière cette porte. Il faisait les cent pas dans le couloir, tentant de prendre une décision, quand la porte s'ouvrit derrière lui.

— Voudrais-tu cesser de creuser une tranchée dans le couloir et entrer ?

Lucas gardait sa voix basse et Jack pensa alors qu'il était absolument magnifique dans son tee-shirt rouge délavé et son treillis caramel.

Il tenta de lire sur son visage, pour voir s'il était de mauvaise humeur ou en colère contre lui, mais le regard de Lucas était chaleureux et engageant et il avait un petit sourire aux lèvres.

— Entre avant que les voisins ne commencent à jaser. C'est déjà assez difficile car ils n'arrêtent pas de me demander où est Lucy.

Lucas lui attrapa le bras et le tira à l'intérieur avant de fermer la porte derrière lui.

— Pourquoi es-tu ici ? demanda Lucas, la voix douce sans une once d'accusation.

— Comment as-tu su que j'étais dans le couloir ? demanda Jack en le regardant avec suspicion.

Le jeune Britannique sourit, regardant alternativement Jack et un point sur le sol derrière lui.

— La porte a un de ces...

Il fit un geste des doigts vers la porte.

— Judas ? Et j'avais entendu des bruits de pas, alors...

— Il faut qu'on parle, Luke.

— Oui, je suppose.

— Lucy est vraiment partie ?

— Elle est partie.

Lucas regarda Jack droit dans les yeux.

— A-t-elle dit si elle en avait parlé à Maria ?

— Je ne pense pas.

Ils restèrent là, à se regarder, se demandant chacun ce que ressentait l'autre, cherchant un indice dans le regard de l'autre, mais ce fut Jack qui fit le premier pas. Il avança tout à coup vers Lucas, prit le visage du jeune homme dans ses mains et l'embrassa passionnément.

Lucas haleta de surprise avant de répondre avec enthousiasme au baiser, ouvrant sa bouche pour inviter Jack, suçant et mordant comme un affamé ses lèvres.

C'était merveilleux d'avoir les bras de son amant autour de lui et Jack tourna Lucas dans ses bras, pour le pousser contre la porte, l'embrassant avec encore plus de détermination maintenant qu'il avait trouvé une surface contre laquelle s'appuyer. Il avait besoin d'air, mais il ne voulait pas perdre ce contact qui lui envoyait des frissons de désir à travers tout son corps, alors il laissa ses lèvres voyager le long de la mâchoire et du cou du jeune homme.

Lucas tenta d'enlever la veste de Jack, souriant sous la violence du désir de Jack.

Après s'être délesté de sa veste, Jack enleva sa cravate, la laissa retomber un peu où elle voulait, et plaça ses mains contre la porte de chaque côté du visage de Lucas. Il s'appuya contre lui, se frottant de tout son corps contre lui jusqu'à ce que le jeune homme gémisse contre ses lèvres. Ils n'avaient été séparés que quatre jours, mais ils avaient l'impression de rentrer chez eux après une année de séparation. Il ne comprenait même pas comment il avait pu songer à renoncer à tout ça.

Lucas remonta la chemise de Jack, fit courir ses mains douces et fermes sur la peau de son amant. Jack fit passer sa main entre leurs corps serrés pour défaire le bouton de son pantalon. Quand Lucas fit descendre ses mains le long de son dos pour empoigner directement ses fesses sous les vêtements, Jack comprit exactement ce qu'il voulait. Il leva un peu la tête.

— Je veux...

Il mordilla la lèvre inférieure de Lucas.

— Te sentir...

Il tira la lèvre rougie avec ses dents, faisant gémir Lucas.

— En moi.

La voix de Jack était rauque et quand il s'éloigna de son jeune amant, il vit le sourire de Lucas, ses lèvres enflées et ce regard délicieusement sombre, et il comprit qu'il aurait ce qu'il voulait.

— Il était temps, répondit doucement Lucas, pinçant les fesses de Jack pour rapprocher leur entrejambe.

106

— La chambre ?

Lucas secoua doucement la tête.

— Ce n'est pas une bonne pièce pour ça.

Il s'écarta de la porte, fit reculer Jack et se détourna pour s'éloigner de ses mains baladeuses.

— Où vas-tu ? demanda Jack, ne le laissant pas partir aussi facilement. Ne pars pas.

Lucas l'embrassa encore et gémit quand il s'éloigna.

— Qu'il est demandeur... attends une seconde.

Il disparut dans la chambre et revint presque immédiatement.

— Maintenant je suis tout à toi, aussi longtemps que tu le voudras.

— Que... murmura Jack, mais il fut interrompu par Lucas qui attaqua à nouveau sa bouche.

Il fut guidé en direction du canapé et réalisa le but de la petite excursion de Lucas dans la chambre quand il entendit le bruit d'un paquet de préservatif qu'on déchirait. Ils trébuchèrent l'un contre l'autre, se cognèrent aux meubles, manquèrent de tomber pendant leur trajet car ils tentaient de se déshabiller l'un l'autre sans cesser de se toucher et de s'embrasser.

Lucas poussa Jack sur le canapé et lui enleva le pantalon et le caleçon d'un même geste. Quand Lucas se redressa, il laissa tomber son treillis et se montra ainsi à son compagnon dans toute sa gloire. Jack ne put s'empêcher de se pencher en avant pour prendre l'érection de Lucas dans sa bouche, mais ce dernier l'arrêta et se laissa tomber à genoux.

— Non, dit-il doucement. Il n'y a qu'un seul endroit où je veux jouir ce soir, et c'est profondément en toi.

Il embrassa tendrement Jack.

— Laisse-moi prendre mon temps et faire ça correctement.

Lucas prit Jack par les épaules et le poussa gentiment contre les coussins.

— Couche-toi et détends-toi, parce que quand j'en aurai fini avec toi, tu ne verras plus que des étoiles.

Les deux hommes retinrent leur souffle, se regardant dans les yeux pendant que Lucas prenait les jambes de Jack sous les genoux et le faisait se coucher sur le canapé. Ce dernier haleta d'anticipation, ferma avec force ses yeux pendant un instant, craignant de jouir sur place s'il voyait le regard assombri de Lucas et son sourire moqueur. Il arrivait tout juste à reprendre le contrôle de son corps quand il sentit la chaleur du corps de son amant sur lui, et leurs deux verges humides furent frottées l'une contre l'autre.

— Tu dois te détendre, Jack, chuchota Lucas à son oreille. Respire par la bouche. Ferme les yeux. Laisse les sensations t'envahir. Ne pense pas, ressens. Je ne te ferai pas de mal, je le promets.

Jack ne put que hocher la tête quand Lucas s'écarta et pressa le tube de lubrifiant sur ses doigts. Il en avait tellement envie qu'il avait l'impression qu'il allait exploser. Lucas lui avait dit de fermer les yeux, mais il voulait le voir. Il se souvenait de l'expression de béatitude sur le visage de Lucas la première fois qu'il l'avait préparé et il voulait ressentir tout ça.

Jack inspira rapidement quand son amant prit son sexe dans sa bouche et le recouvrit de salive. Il écarquilla les yeux et espéra que Lucas comprendrait qu'il ne l'aidait pas du tout à se calmer. Parler à cet instant n'était pas une option non plus, car Lucas relâcha le sexe de Jack et fit des petits cercles autour de son anus avec son doigt.

Il fit un geste pour attraper sa main, mais Lucas le repoussa.

— Ne me fais pas attendre, Luke, s'il te plaît, j'ai besoin de...

Lucas commença à enfoncer son doigt dans l'ouverture vierge, s'arrêtant à la première phalange. Il prenait son temps, pas pour faire attendre ni pour l'allumer, mais pour permettre au corps de Jack de s'adapter alors qu'il ouvrait lentement l'anneau de muscle et poussait un peu plus son doigt.

— Détends-toi, Jack, tu es très serré.

À travers son regard flou, Jack remarqua le sourire appréciateur du jeune homme et il ouvrit un peu plus la bouche quand il sentit un second doigt rejoindre le premier. Il y avait une petite sensation de brûlure, mais comme Lucas ne bougeait pas ses doigts pour le moment, Jack se permit de se détendre un peu plus.

— Plus profond, haleta-t-il en regardant directement Lucas.

Le jeune homme gloussa.

— Si tu peux encore parler, c'est que je n'essaie pas assez fort.

Il fit un peu tourner ses doigts et effleura un point lisse en Jack, ce qui le fit crier et resserrer ses muscles. Lucas se pencha en avant, ne bougeant plus ses doigts.

— Doucement, calme-toi, je ne le ferai plus.

— Non ! soupira Jack. Ne... le refais plus.

Il voyait déjà des étoiles et Lucas n'était même pas en lui. Enfin, pas comme il le voulait en lui. Il se mordit la lèvre inférieure et accueillit avec plaisir la fraîcheur du lubrifiant quand Lucas ajouta un troisième doigt.

— Seigneur, Luke, je ne peux plus... attendre.

— Tu es presque prêt, amour, chuchota Lucas, un peu essoufflé.

Il tenta de ne plus effleurer la prostate de Jack, craignant que cela ne le fasse jouir, mais il sentait Jack se détendre alors il enleva doucement ses doigts. Il passa une main sous le coussin pour chercher le préservatif qu'il y avait mis et enleva rapidement l'emballage. Il était toujours dur et désireux de stimulation, il se caressa un peu avant de dérouler le préservatif sur lui.

— Seigneur, tu es torride quand tu te touches.

Jack le regardait, fou de désir, impatient, et Lucas sourit.

— Je veux être beau et dur pour toi, amour.

Il prit une généreuse dose de gel dans sa main et lubrifia son érection tout en faisant une moue d'allumeur à Jack avant de se pencher et de l'embrasser avec force.

— Tu es prêt ?

Jack hocha la tête et ouvrit à nouveau légèrement la bouche. Il attrapa le dos du canapé pour s'armer de courage quand il sentit le gland de Lucas franchir son entrée. La sensation de brûlure s'accentua et il tenta de ne pas résister pendant que Lucas entrait si doucement en lui.

Lucas haletait avec force dans le cou de Jack alors qu'il tentait de se retenir.

— Putain, Jack, tu es si serré...

Ce dont il avait vraiment besoin, s'était de s'enfoncer brutalement dans son amant, mais il savait qu'il blesserait Jack et c'était bien la dernière chose dont il avait envie, alors il attendit, une main sur le dos du canapé près de la tête de Jack et l'autre caressant gentiment son torse.

— Dis-moi quand tu es prêt, demanda doucement Lucas.

— Vas-y ! répondit Jack, la voix tendue. Mais... doucement.

Et Lucas en fit ainsi. Il se mouvait doucement, regardant chaque réaction de son amant et se fiant à chaque gémissement involontaire qui s'échappait du fond de sa gorge.

Jack s'habituait de plus en plus à se sentir rempli et quand Lucas se pencha pour l'embrasser, il incita son amant à continuer.

— Plus fort, Luke, s'il te plaît. Je veux plus.

C'était tout ce dont Lucas avait besoin comme encouragement et ses gémissements changèrent de rythme quand Jack releva instinctivement ses genoux pour changer l'angle de pénétration. Lucas sortait presque entièrement à chaque fois pour replonger profondément et on entendait les claquements de leur peau. Ils respiraient tous deux avec force, près de l'explosion.

— Jouis... avec moi... Luke, cria Jack en arquant son dos loin du canapé, les yeux grands ouverts.

Lucas croisa le regard de son amant et vit l'extase envahir son visage tout en sentant une contraction dans son bas-ventre, signalant le point de non-retour. Alors que Lucas était envahi par son orgasme il continua à pistonner Jack, jusqu'à ce qu'il sente son amant se contracter autour de lui et qu'un liquide chaud et visqueux soit expulsé entre leur corps. Quand il s'effondra enfin sur le corps repu de son compagnon, il sentit qu'il tremblait toujours en réaction de son orgasme. Il réalisa aussi que leurs doigts s'étaient retrouvés entrelacés et que leurs lèvres se touchaient presque, tout comme la première fois où il avait fait jouir Jack à leur hôtel à Anvers. Tandis qu'il se souvenait, Lucas laissa ses lèvres effleurer la joue de Jack et goûta des larmes salées. Il défit une de ses mains et essuya la larme.

— Tu vas bien ?

Jack prit son temps pour répondre, ouvrant paresseusement les yeux.

— Je t'aime, Lucas. Pourquoi je n'irais pas bien ?

APRÈS S'ÊTRE nettoyés, les deux hommes retournèrent sur le canapé, incapable de s'empêcher de se toucher l'un l'autre pendant que la réalité reprenait peu à peu le pas.

Jack prit un moment pour appeler Mark, comme il l'avait promis en échange d'un moment d'intimité loin de tout. Il apprit que Mark lui avait trouvé une excuse auprès de Maria, expliquant à sa femme que Jack était à une réunion et qu'il rentrerait dans quelques heures.

— Alors tu fais confiance à Mark pour garder notre secret ? demanda Lucas, un peu mal à l'aise.

— Mark ne connaît pas les détails exacts. Je lui ai juste dit que j'avais besoin d'un peu de temps seul et que je ne pouvais pas lui dire où j'allais.

— Oui, mais tes gars des Services Secrets sont assez minutieux. Il t'a probablement suivi jusqu'ici, juste pour s'assurer qu'il ne t'arrive rien, et qui te dit qu'il n'est pas assis dans sa voiture devant l'immeuble, à attendre que tu sortes ?

— Tu es parano, Luke, répondit doucement Jack, mais au fond il savait que son amant avait certainement raison.

Mark savait probablement ce qui se passait. Jack et Lucas ne pouvaient qu'espérer que Mark était doué pour garder ce genre d'information pour lui-même.

Lucas était couché sur le côté, le dos contre le dossier du canapé et Jack dans ses bras, dans la position de la cuillère. Ils étaient encore nus, mais la chaleur étouffante de la ville commençait à peine à se dissiper, alors ils n'avaient pas trop chaud pour rester l'un contre l'autre.

Jack pencha un peu sa tête en arrière.

— Il faut qu'on parle, Lucas. Il faut qu'on affronte la réalité.

Il entendit son jeune amant soupirer et sentit ses lèvres chaudes sur son épaule.

— Je sais. C'est juste que... j'aime qu'on soit dans notre propre petit monde et si on parle, alors on devra retourner dans le vrai monde cruel.

Jack sourit.

— Je sais. On peut toujours l'avoir, Lucas, notre propre petit monde, juste toi et moi.

Il posa ses mains sur celles de Lucas et tira un peu plus les bras du jeune homme autour de son corps.

— Mais je crois qu'on a tous les deux besoin de savoir où on en est.

Jack sentit Lucas acquiescer et lui embrasser à nouveau la nuque.

— Je t'aime aussi, Jack.

Ce dernier soupira.

— J'ai besoin de temps pour le dire à Maria, Luke. Je ne peux pas juste lui dire ça comme ça. Elle a autant investi dans ma carrière que moi-même et si je dois tout perdre, elle doit se trouver une alternative elle aussi. Je lui dois au moins ça.

— Je ne veux pas que tu renonces à ta carrière, Jack. Je sais ce qu'elle représente pour toi ! On peut attendre de voir où ça nous mène.

Jack se tourna sur le dos, désireux de voir le visage de son amant.

— Tu veux dire continuer à se cacher, continuer à se voir en douce comme ça ?

Lucas se pencha jusqu'à ce que son front repose sur celui de Jack.

— Si on fait notre coming-out, nous n'aurons plus de carrière, Jack. Aucun d'entre nous. Je ne sais pas pour toi, mais moi j'ignore ce que je ferais si je n'étais pas dans ce domaine professionnel.

Jack repoussa une boucle collée au sourcil de Lucas et plaça un baiser sur le front du jeune homme.

— Je n'ai pas l'intention de maintenir éternellement cette mascarade, Luke. Je veux que tu le saches.

— Je sais, répondit Lucas en souriant. Maintenant, tu ferais mieux de t'habiller et de rentrer chez toi.

— Déjà marre de moi, hein ? le taquina Jack.

— Oui, le vieux. Retourne voir ta femme. Avant qu'elle ne devine.

Pendant un instant, Jack se demanda s'il n'y avait pas une part de vérité dans ces paroles, mais Lucas ne put rester sérieux bien longtemps avant d'éclater de rire. Puis son visage se fit à nouveau sérieux, mais cette fois l'expression était plus tendre.

— Tout ira bien, Jack. On trouvera une solution, une opportunité se présentera pour que nous soyons loin du regard public, là où ça ne fait rien si tu n'as pas de femme parfaite.

Jack acquiesça, sachant pertinemment qu'ils se faisaient des illusions. Mais au moins maintenant, ils avaient encore un peu de temps.

Et Lucas avait dit qu'il l'aimait.

XIV

AU PLUS fort de la résistance Européenne contre la guerre, Lucas était dans le bureau de Jack et ils préparaient la réunion à Paris entre les ministres allemand, belge et français. Ils venaient de terminer une conférence téléphonique avec les ambassadeurs américains en France et en Allemagne et ils étaient tombés d'accord sur le fait qu'ils étaient prêts pour une négociation sérieuse.

Lucas rassembla leurs documents pendant que Jack remplissait sa serviette de leur travail.

— Alors, à quelle heure tu as dit à Maria que tu rentrerais ce soir ? demanda Lucas, non sans quelques arrières pensées.

— Vers huit heures, répondit Jack, ses lèvres remontant dans un sourire.

— Cela nous laisse...

Lucas vérifia sa montre.

— ... environ deux heures.

— Oui, répondit Jack en regardant la silhouette de son amant. Deux heures.

Les deux hommes furent tirés de leurs rêveries quand un homme des Services Secrets entra rapidement dans le bureau.

— Monsieur l'Ambassadeur ? L'Ambassade est sous quarantaine.

L'homme fixa Lucas.

— Monsieur Carlton ? Je crains que nous ne puissions vous laisser partir vous non plus, vous feriez mieux de prévenir si vous devez rendre des comptes à quelqu'un. Nous risquons d'être ici un moment.

— Que se passe-t-il, Mark ? demanda Jack, sincèrement inquiet.

113

— Une alerte à la bombe, monsieur. Le Tunnel a été évacué dans un périmètre d'un kilomètre autour du véhicule suspect. Aucun trafic routier n'est autorisé dans un périmètre de deux kilomètres.

— Ils ont aussi bloqué les routes ?

— Oui, monsieur. Puis-je vous demander à vous et à monsieur Carlton de rester dans votre bureau jusqu'à nouvel ordre ? Cela permettra de compter plus rapidement le personnel, monsieur. Et s'il vous plaît, restez loin des fenêtres.

Jack regarda Lucas et soupira.

— Très bien, on ne peut pas faire grand-chose d'autre j'imagine ? Est-elle près, cette voiture ?

— Vous pouvez probablement la voir d'ici, monsieur, à la sortie du tunnel.

C'était la première fois que Lucas entendait un ton autre que professionnel dans la voix de l'agent. La menace était de toute évidence sérieuse.

— Je vais vous laisser, monsieur. Je dois contrôler le reste de l'étage. Si vous avez besoin de quoi que ce soit, vous savez où me trouver.

Sur ce, l'homme des Services Secrets quitta le bureau.

Jack et Lucas échangèrent un regard, chacun à un bout de la pièce, incertains quant à la suite des événements. Lucas s'avança vers la fenêtre pour regarder la voiture.

— Lucas ! Mark a dit de rester loin des fenêtres. Si ce machin explose, il n'y aura plus une seule fenêtre en place dans tout l'immeuble.

La tension dans la pièce était palpable et Lucas rit nerveusement tout en s'éloignant de la fenêtre pour rejoindre Jack.

— Je dois avouer que tu sais choisir tes agents. Alors, que dois-je faire par ici pour que Mark me malmène un peu ?

Jack fut un peu pris au dépourvu par la question de Lucas, mais se reprit rapidement et attrapa le jeune homme par le poignet, le faisant se retourner immédiatement. Pendant que Lucas se remettait de sa surprise, Jack usa de son corps pour le pousser contre la porte richement gravée.

Lucas réalisa qu'il ne pouvait plus bouger, pas même quand Jack libéra une de ses mains pour fermer le verrou de la porte.

— Hé, c'est qu'ils vous donnent de sacrés cours d'autodéfense à vous autres Ambassadeurs !

— Eh bien, tu voulais être malmené, chuchota Jack à son oreille. C'est juste que je ne pense pas que le plaisir devrait être accordé à Mark.

— Oooh, Jack, plaisanta Lucas d'une voix haut perchée.

Il était fermement coincé contre la porte et ne comprenait pas le but de la manœuvre, mais était prêt à jouer le jeu.

C'était très différent de la nature habituellement si gentille et passive de Jack, mais le corps de Lucas réagissait à cette situation.

Tout à coup Lucas sentit sa veste être tirée de ses épaules jusqu'à ses coudes, bloquant ainsi tout mouvement de ses bras. Jack le tira de la porte, une main sur le cou et une autre tenant ses mains coincées dans son dos, et le fit marcher vers le bureau.

Jack était brutal avec lui et Lucas pouvait sentir son sang se précipiter vers son sexe tandis qu'il était poussé sur le bureau. Jack lâcha son cou pour repousser tout l'attirail de son bureau sur le côté, faisant virevolter les feuilles. Lucas remarqua aussi que Jack couchait l'habituel 'portrait de famille' face sur la table avant de reposer sa main sur son cou pour le coucher.

Leur respiration était maintenant forte et Jack tira les hanches de Lucas loin du bord du bureau et fouilla dans une des poches, puis dans la seconde. Lucas savait ce que Jack cherchait et décida de l'aider un peu.

— La serviette, dans la pochette de la calculatrice, marmonna-t-il.

— Ne bouge pas, ordonna Jack la voix un peu rauque alors qu'il se dirigeait vers la mallette de Lucas.

Ce dernier n'avait pas l'intention de bouger d'un pouce. Il garda même ses mains derrière son dos.

En moins de temps qu'il ne fallait pour le dire, Jack était à nouveau derrière Lucas. Il plaça le préservatif et le lubrifiant devant le visage de son amant et déboutonna le pantalon du jeune homme avant de le baisser jusqu'à ce qu'il soit coincé par ses jambes écartées.

Le jeune homme pouvait sentir l'érection de Jack contre ses fesses pendant que le tube de lubrifiant s'ouvrait. Il allait se faire prendre, avec force, sur le solide bureau en bois de chêne de l'Ambassadeur, pendant qu'un timbré tentait de faire exploser une voiture dehors. Bienvenue chez les Diplomates !

Lucas inspira brusquement quand le gel froid fut étalé contre son sphincter. Presque immédiatement, un doigt entra.

— Vas-y, je peux en prendre un autre, Jack, grogna Lucas, respirant la bouche ouverte dans un effort de se détendre le plus possible. Seigneur, je te veux en moi, Jack.

115

Soudain, on frappa un coup à la porte. Puis un autre, avec plus d'urgence.

— Monsieur l'Ambassadeur ?

La voix de Mark. Il tentait d'ouvrir la porte.

Lucas ferma les yeux et se mordit les lèvres. Dieu merci Jack avait pensé à la verrouiller.

On cessa de frapper. Ils pouvaient entendre des voix étouffées derrière la porte.

— Ils sont partis ?

— Non, monsieur, j'étais à mon bureau tout ce temps. Ils sont probablement perdus dans leur discussion, comme toujours. Je jure, cet homme devient complètement sourd quand il travaille.

Lucas avait peur que Jack arrête, mais il sentit alors les doigts tourner en lui et il ouvrit à nouveau la bouche pour respirer.

Jack se pencha pour souffler à son oreille.

— Si tu veux que je m'arrête, je le ferai.

— Sûrement pas ! répondit Lucas, peut-être un peu trop fort.

Réalisant cela, il chuchota :

— Je suis prêt Jack, je peux supporter la suite.

Jack déboutonna son pantalon et prit le préservatif ainsi que le reste du flacon de lubrifiant sur le bureau. Puis, juste après avoir baissé le boxer de Lucas sous ses fesses, Jack entra en lui d'un mouvement brusque.

Ils respiraient avec force, Lucas tentant de s'habituer à la vive sensation de brûlure et Jack tentant de ne pas bouger pour laisser à son amant le temps de s'ajuster.

Puis le téléphone sonna.

— Merde, murmura Jack.

— Putain ! fut tout ce que Lucas arriva à dire.

La sensation de brûlure s'amenuisait et Lucas voulait que Jack bouge. Il arqua un peu son dos et poussa ses fesses en arrière dans un mouvement suggestif.

Jack comprit le message et commença à bouger.

— Ignore... le.

— C'était... prévu... répondit Lucas, la voix un peu tendue.

Jack le pistonnait durement, et bon sang, c'était exquis. Il pouvait à peine bouger sous lui et le coin du bureau s'enfonçait dans ses hanches, mais il s'en fichait.

116

Jack relâcha un de ses poignets et Lucas réussit à libérer une de ses mains pour attraper le bureau, faisant se renverser une boite de crayons et envoyant valser une lampe au sol.

Le téléphone sonnait toujours et ils entendirent la voix de Mark appeler une nouvelle fois de l'autre côté de la porte.

— Attendez une minute... je viens ! répondit Jack, la voix tendue.

Lucas savait qu'il n'allait pas tenir longtemps. Jack frappait exactement là où il fallait et son propre sexe était coincé entre son ventre et le bureau parfaitement lisse et vernis. Sa verge douloureuse recevait juste ce qu'il fallait de friction, mais ce n'était plus qu'une question de temps avant que l'agent des Service Secret n'arrive à ouvrir la porte.

Une sonnerie de téléphone, un coup à la porte, un coup de butoir de Jack et son sexe frappant sa prostate, pendant que l'autre homme tenait toujours une de ses mains dans son dos. Lucas y était presque.

— Jouis pour moi, Lucas, jouis, bébé, gémit Jack à son oreille.

— Seigneur, oui !

Les mouvements de Jack se firent plus urgents et moins coordonnés pendant que Lucas sentait son entrejambe se contracter. Quand il sentit Jack jouir dans un grognement étouffé, il fut poussé aux portes de l'orgasme lui aussi et il jouit, ravalant un cri pendant que ses jambes lâchaient. Le souffle de Jack était chaud dans son cou et le poids sur son dos était si bon.

Alors qu'il se calmait sous Jack, il retira son bras d'entre eux et réalisa que ses épaules le feraient souffrir le lendemain. Un bien petit prix pour un si grand plaisir.

Le téléphone cessa de sonner.

— Merci mon Dieu, murmura Jack tout en se redressant.

Il contourna le bureau, toujours un peu bancal sur ses jambes, et prit une boite de mouchoirs sur la table en face de Lucas.

— On devra avoir l'air présentable quand ils entreront ici, dit-il sur un ton d'excuse, toujours un peu essoufflé quand il se laissa tomber sur sa chaise.

Lucas sourit à Jack et espéra que sa chemise avait échappé à ses fluides quand il avait joui. Alors qu'il se redressait de la surface du bureau, il put voir sur le visage de Jack que ses espoirs étaient vains.

— C'est une bonne chose que tu doives faire toi-même ta lessive, Luke, gloussa Jack quand Lucas commença à s'essuyer avec un mouchoir.

Le bureau n'y avait pas totalement réchappé non plus, et Jack l'essuya pendant que Lucas enfonçait sa chemise dans son pantalon.

117

— J'ai l'air de quoi ? demanda Lucas en réajustant sa cravate.

Jack se releva et attrapa Lucas pour lui donner un baiser passionné.

— Tu as l'air carrément baisable.

Il sourit tout en le relâchant et se dirigea vers la porte.

— Je vais laisser entrer Mark, d'accord ?

Mark était là quand Jack ouvrit la porte.

— Tout va bien ? demanda Jack de sa voix la plus professionnelle.

Le visage de Mark montrait son incertitude quant à la manière de répondre à cette question.

— Le service de neutralisation des explosifs et munitions nous a fait savoir que la bombe a été neutralisée, monsieur. La quarantaine a été levée... avec votre permission, bien sûr, monsieur.

Les deux hommes regardèrent Mark qui observait la pièce avec suspicion.

— Cela sera tout, Mark ? demanda Jack, une main toujours sur la porte.

— Oui, monsieur, répondit Mark avec réluctance, mais il ne bougea pas de sa place.

Lucas pouvait voir que l'agent était prudent, alors il lui posa une question.

— Pouvons-nous quitter le bureau maintenant ?

— Oui, monsieur.

— Parfait. Merci de vous être occupé de tout ça et d'avoir aussi bien maîtrisé la situation. Merveilleux travail, déclara Jack avant de fermer la porte au nez de Mark.

Lucas se mit derrière lui et replaça le dos de la chemise de Jack dans son pantalon.

— Je suis heureux que tu ne te sois pas tourné.

Jack se retourna et sourit à Lucas.

— J'ai cru qu'il ne partirait jamais.

— Il ne faisait que son travail, le taquina Lucas.

— Je suis sûr qu'il se demande pourquoi c'est moi qui ai le droit de te baiser sur le bureau, et pas lui, répliqua Jack.

— Oh seigneur, j'espère que non ! répondit Lucas. Tu crois qu'il... sait ?

Jack se fit plus sérieux.

— J'espère juste qu'il n'a pas autant d'imagination que ça.

— Ils nous ont peut-être entendus gémir.

Jack semblait un peu inquiet.

— Je pense qu'on peut faire confiance à Mark et madame Claessens de garder ça pour eux.

Lucas se pinça les lèvres.

— Je pense que ta secrétaire est de notre côté, mais je ne suis pas sûr pour Mark. Bien sûr je ne le connais pas autant que toi.

Jack embrassa rapidement son amant.

— Ne t'inquiète pas trop.

Il retraça du doigt les rides d'inquiétude sur le front de Lucas.

— Tu es plus mignon quand tu souris.

XV

LORSQUE PLUSIEURS Ambassadeurs américains se regroupaient pour une réunion, l'Ambassade qui les accueillait leur fournissait chambre et repas. Cependant, comme cette fois-là l'Ambassade de Paris était en pleine rénovation, les invités se virent très généreusement offrir des chambres d'hôtel.

Alors que Jack et Lucas comparaient leur clef magnétique tout en se dirigeant vers leur chambre, ils réalisèrent qu'ils étaient non seulement logés au même étage, mais qu'ils avaient également des chambres communicantes. Quand ils entrèrent dans leur suite, ils furent agréablement surpris de remarquer la porte qui les reliait.

— Ça ne peut être que le fait de Gertje, pas vrai ? demanda Lucas.

— Eh bien, je ne vois pas comment le personnel de l'Ambassade aurait pu avoir dans l'idée que l'Ambassadeur et le porte-parole britannique puissent partager une chambre. Je suis sûr qu'elle a appelé dès qu'elle a découvert où on serait logés, et usé de son français parfait pour transmettre les besoins particuliers de 'son' Ambassadeur. C'est dommage, on ne sera pas beaucoup ici.

De toute évidence, Jack regrettait beaucoup que ce soit un week-end professionnel.

Lucas remarqua que Jack avait l'air las et épuisé. Après avoir pendu son costume et ses chemises de rechange, il alla dans la chambre de Jack juste à temps pour le voir avaler deux pilules blanches directement sans eau.

— Tu devrais boire quelque chose quand tu les prends, Jack, proposa-t-il en se dirigeant vers le minibar d'où il prit une bouteille d'Evian. Tu ne te sens pas bien ?

Jack haussa les épaules.

— Un peu fatigué, je crois. Je dois couver un rhume ou quelque chose du style. J'ai une migraine abominable.

Lucas s'avança un peu et passa ses bras autour de son amant.

— Tu pourrais les appeler et demander de reporter à demain la réunion préliminaire ?

— Naaan, plus tôt on aura mis cartes sur table, plus facile il sera de parler de nos affaires demain après-midi. Ces débats prendront bien plus de temps que tu ne le penses et si tout se passe bien, eh bien, on pourra mieux dormir demain matin.

Jack lança un regard taquin à son jeune amant, mais cela n'apaisa pas les inquiétudes de Lucas. Quelque chose n'allait vraiment pas chez Jack et ce n'était vraiment pas le bon moment pour tomber malade.

En quelques minutes, ils enfilèrent leur costume de travail et sortirent rejoindre la voiture qui les attendait pour les emmener à l'Ambassade des États-Unis d'Amérique.

Comme Jack l'avait prédit, le débat commença mal. Chaque Ambassadeur avait ses propres raisons de préférer une tactique à une autre pour convaincre leur gouvernement respectif de changer son avis. Au bout d'un moment, Lucas suggéra qu'ils parlent chacun séparément à leur pays d'accueil respectif, mais il ne reçut qu'un regard des quatre personnes autour de la table qui disait clairement 'tu es trop jeune et trop inexpérimenté pour comprendre ce genre de choses'.

Quand Lucas regarda Jack en espérant avoir du soutien, il vit qu'il était clairement mal en point. Il était pâle et transpirait, et son regard était rouge et vitreux.

À une heure du matin, ils décidèrent de se reposer et de reprendre leurs discussions à neuf heures du matin. Quand Jack se leva de sa chaise, Lucas remarqua qu'il tanguait un peu et il lui attrapa le bras pour l'aider à recouvrer l'équilibre.

— Tu vas bien ? chuchota-t-il, l'inquiétude inscrite sur son visage.

Jack se reprit rapidement et libéra son bras dès qu'il remarqua que certains Ambassadeurs regardaient dans sa direction.

— Je vais bien, grogna-t-il, la voix un peu rauque et tremblante.

Lucas était inquiet durant tout le trajet pour rentrer à l'hôtel et continua à l'être quand ils entrèrent dans la chambre de Jack et que ce dernier lui demanda de partir.

— Retourne dans ta chambre, Lucas. La nuit va être courte et je vais t'empêcher de dormir.

Lucas ne savait pas comment convaincre Jack de le laisser rester.

— Je veux prendre soin de toi, Jack. S'il te plaît, ne me repousse pas. Je suis inquiet, tu es malade.

La demande de Lucas ne fut accueillie que par le regard sévère de Jack.

— Lucas, je vais bien, j'ai juste besoin de dormir parce que j'ai l'impression que mon cerveau est en train d'imploser dans mon crâne.

Lucas soupira et admit sa défaite, mais il n'était pas prêt à renoncer pour autant.

Il retourna dans son propre lit et resta couché, à écouter les bruits dans la chambre d'à côté.

Plus tard, il fut réveillé en entendant un bruit sourd et un juron étouffé. Lucas ne voulait pas se précipiter immédiatement mais quand il entendit Jack tousser et un verre se briser, il décida qu'il ferait mieux d'aller vérifier. Il savait qu'il devait éviter d'allumer la lumière pour ne pas aggraver la migraine de Jack, mais il alla jusqu'à la salle de bain où il put l'apercevoir appuyé contre l'encadrement de la porte.

— Ne t'approche pas. Il y a du verre partout.

La voix de Jack était basse et rauque.

Lucas s'arrêta, réalisant qu'il était pieds nus.

— Je peux allumer la lumière dans ce cas ?

Pour toute réponse, il entendit un grognement, mais il recula néanmoins et alluma la lumière de sa propre chambre, espérant que cela offrirait assez de visibilité sans empirer la migraine de Jack. Il enfila également des chaussures pour être sûr de ne pas s'entailler les pieds.

Quand il leva les yeux, il vit que Jack était toujours appuyé contre l'encadrement, les yeux fermés avec force et qu'il avait tourné son visage sur le côté. Il entendit des morceaux de verre craquer sous ses chaussures quand il marcha dessus.

— Ne bouge pas, Jack, je vais chercher tes chaussures.

Ce dernier le repoussa.

— Va-t'en, Lucas. Laisse... dit-il en le congédiant d'un geste de la main. Laisse-moi seul.

Lucas, qui ne se laissait pas facilement démonter, parla d'une voix calme et douce.

— Laisse-moi juste t'aider à rejoindre ton lit en sécurité. Je vais nettoyer le verre et te laisser dormir. Que faisais-tu, d'ailleurs ?

Jack, les yeux toujours fermés, poussa un soupir d'agacement.

— J'allais prendre un putain de verre d'eau, ça ne se voit pas ?

Il grimaça quand il entendit l'écho de sa propre voix dans la salle de bain.

— Bien, je vais te servir un verre d'eau, mais laisse-moi juste t'aider à...

— Casse-toi d'ici, tu n'es pas ma putain de femme et je n'ai pas besoin d'une putain de baby-sitter !

Lucas inspira profondément, tentant de contrôler ses émotions pendant qu'il traversait la pièce sombre pour récupérer les chaussures de Jack. Même s'il n'aimait pas vraiment être comparé à Maria, il tentait de rester calme, sachant que lui aussi serait énervé s'il était malade à ce point. Il rejoignit Jack et s'éclaircit la gorge pour parler, afin que sa voix reste douce et ferme.

— Écoute. Tes chaussures sont juste devant toi. Je suis sûr que tu n'es pas assez têtu pour marcher pieds nus dans le verre.

Il rejoignit sa propre chambre pour récupérer un verre propre et y verser de l'eau, puis retourna voir Jack maintenant assis sur son lit, sa tête entre ses mains, mais ses chaussures aux pieds.

Lucas tendit le verre à l'autre homme.

— Bois et je te le remplirai à nouveau après.

Jack but avidement l'eau, quelques gouttes coulant le long de son menton, mais il refusa de lui rendre le verre.

Lucas fronça les sourcils en voyant Jack agir ainsi.

— Bien. Puisque tu veux jouer les idiots et risquer de te blesser à nouveau quand tu te lèveras dans une heure à cause de la soif, tu verras si j'en ai quelque chose à foutre !

Sur ce, Lucas sortit comme une tornade de la chambre pour rejoindre la sienne.

Le lendemain, la porte communicante était fermée à clef. Lucas s'affala sur son lit et soupira. C'était donc ça, le 'pour le meilleur et pour le pire' d'une relation ? Peut-être que c'était fini entre eux, peut-être que c'était la manière que Jack avait de lui dire qu'il n'était qu'un bon coup et que quand le sexe n'entrait pas en ligne de compte, il n'avait pas besoin de lui. Mais Lucas s'inquiétait toujours pour lui, alors il se leva et alla frapper à la porte communicante.

— Jack ? Jack, pourrais-tu me laisser entrer ?

Il soupira quand il ne reçut aucune réponse.

— Dis-moi au moins si tu es réveillé et si tu vas bien ?

Toujours aucune réponse.

Il pensa à forcer la porte, mais réalisa alors qu'il agissait peut-être de manière excessive. Jack était probablement en train de déjeuner en bas.

Il ne revit son amant que lorsqu'il se rendit dans le hall pour attendre le chauffeur. Jack semblait ne pas avoir dormi de la nuit et il se retenait de tousser.

— Tu vas bien ? demanda Lucas avec hésitation.

— Ouais, je survivrai, dit Jack d'une voix neutre.

Le trajet en voiture se passa dans un silence inconfortable. Lucas se demandait ce qui se passait dans la tête de Jack. Était-il juste malade et fatigué, ou était-il fatigué de lui ? Leur liaison était-elle trop dure pour lui ? Il décida de garder ces questions pour lui, sachant parfaitement qu'ils ne pourraient en discuter que dans l'intimité de leur chambre.

Les négociations avec les autres Ambassadeurs semblèrent plus faciles ce matin-là, car la plupart d'entre eux avaient eu une bonne nuit de sommeil, alors ils furent rapidement bien préparés pour la réunion avec les dirigeants des pays qui refusaient de rejoindre les Américains et les Britanniques dans leur 'Alliance'. Lucas était impressionné par la détermination de Jack. Il savait parfaitement bien que l'homme n'avait que très peu dormi et qu'il était très malade, mais il restait concentré sur le sujet.

Comme d'habitude, les négociations n'étaient pas menées par les dirigeants des pays mais plutôt par des subalternes, les députés des affaires étrangères et, plus tard, les ministres des affaires étrangères eux-mêmes, mais il n'y avait aucun progrès remarquable. Les gens s'enflammaient toujours sur les mêmes sujets. L'Amérique insistait trop, avait agi de manière trop irrationnelle pendant l'invasion et demandait maintenant de l'aide pour restaurer la paix dans un pays qu'ils avaient eux-mêmes traîné dans la tourmente. Les représentants de la Belgique, de la France et de l'Allemagne n'étaient pas prêts à envoyer des troupes dans un pays où les risques de se faire tuer étaient grands, juste pour aider à résoudre un problème qui avait été, à leurs yeux, uniquement causé par l'arrogance des États-Unis qui avaient cru pouvoir jouer à la police du monde.

Lucas avait suffisamment appris à lire le langage corporel de Jack pour savoir qu'il était d'accord avec ce point de vue, et cela rendait le travail de Jack encore plus difficile. Il remarqua aussi qu'il commençait à avoir des problèmes de concentration, mais savait qu'il ne devait pas intervenir. Ses yeux étaient de plus en plus rouge, il était pâle et transpirait de plus en plus à mesure que de nouveaux problèmes étaient évoqués.

Le Premier Ministre belge, le Chancelier Fédéral d'Allemagne et le Président français intervinrent à la dernière minute pour finaliser les négociations.

Jack, qui avait une place dans l'Union Européenne et l'OTAN dans son pays, donna le dernier mot, se faisant le porte-parole des Ambassadeurs. Sa voix était lente et rauque, mais en professionnel accompli qu'il était, il semblait aussi calme et contrôlé et Lucas se demanda s'il était le seul à remarquer à quel point il était malade. Jack parlait de la nécessité de montrer un front uni ; de la manière dont ces trois pays montraient une vision affaiblie de la culture occidentale aux Islamistes intégristes, qui se faisaient de plus en plus nombreux dans le monde ; du fait que cela affaiblissait l'Union Européenne.

Mais bien entendu, cela ne servit à rien.

Quand Jack se leva de table pour serrer la main de ses homologues, Lucas le vit trembler avant de se reprendre rapidement. Ce ne fut que lorsque les dirigeants politiques eurent quitté la pièce et qu'ils ne furent à nouveau qu'avec les Ambassadeurs américains et les Officiers des Affaires Étrangères du Royaume-Uni que Jack s'effondra littéralement. Lucas était de l'autre côté de la table de conférence quand il vit son teint virer au gris. Quand Jack se cogna contre lui, l'Ambassadeur en poste en Allemagne fut suffisamment rapide pour le rattraper et le faire s'asseoir sur sa chaise avant qu'il ne tombe au sol.

— Eh bien, on dirait qu'ils sont partis à temps, gloussa l'Américain corpulent, avant de dire à leurs hôtes : Christensen n'a pas l'air de bien prendre notre défaite.

Lucas contourna rapidement la table et s'agenouilla face à Jack pour étudier son visage pâle.

— Vous ne voyez pas qu'il est malade ? Appelez un médecin s'il vous plaît.

L'Ambassadeur américain affecté en France haussa un sourcil et appela un de ses assistants.

Jack leva la main.

— Non, pas de médecin.

Lucas posa les mains sur les genoux de son amant.

— Jack, s'il vous plaît, vous êtes malade, vous devez...

Jack secoua la tête.

— J'ai attrapé froid, peut-être un rhume, rien de bien grave. Retournons à l'hôtel, que je puisse dormir.

Un jeune homme de grande taille, avec un accent français à couper au couteau, se pencha vers eux deux.

— Votre voiture arrivera bientôt, messieurs.

Lucas remarqua les sourcils levés et les regards incertains des autres hommes tandis qu'il aidait Jack à se lever de sa chaise puis passait un bras autour de ses épaules.

UNE FOIS dans la chambre d'hôtel, Lucas aida Jack à enlever la veste de son costume. Quand il posa les mains sur le dos de son amant, il réalisa que la chemise de Jack était trempée.

— Jack, tu es brûlant, laisse-moi t'aider.

Jack était trop épuisé pour résister et laissa Lucas lui enlever sa chemise. Lucas le poussa dans la salle de bain et mouilla un gant qu'il lui passa sur le visage, sur les épaules et sur le torse avant de le ramener dans la chambre faiblement éclairée.

— Ici, assieds-toi, chuchota-t-il et il revint un instant plus tard avec un boxer sec et un tee-shirt propre.

Avant d'aider Jack à se changer, il lui offrit un verre d'eau fraîche.

— Tu n'es pas allergique à l'aspirine, pas vrai ?

Jack ne répondit pas tout de suite.

— Amour, c'est important. Ça aidera à faire baisser la fièvre et calmera peut-être ta migraine, et tu pourras dormir.

Jack secoua la tête et sourit faiblement.

— L'aspirine m'ira très bien. Merci.

Lucas lui donna deux comprimés.

— Alors prends ça et bois tout le verre. Tu dois boire, Jack, parce que si j'en juge à ta chemise, tu as perdu bien plus d'eau que n'en contient ce verre.

Jack fit ce qu'il lui dit et voulut se coucher après lui avoir rendu le verre désormais vide.

Lucas pouvait voir sur le visage de Jack à quel point son corps entier le faisait souffrir, alors il l'aida à s'installer sur le lit. Quand le corps de Jack toucha les draps frais, Lucas le vit frissonner. Le jeune homme se déshabilla à son tour pour se mettre en boxer et tee-shirt lui aussi.

— Seigneur, j'ai froid, grogna Jack.

— Je sais, amour, tiens bon, je suis là.

Lucas enveloppa Jack dans une couverture et se coucha dans le lit à côté de lui, entourant le corps de Jack avec le sien. Lentement, les tremblements et les claquements de dents de Jack se calmèrent et il respira plus calmement.

Le lendemain matin, Lucas fut réveillé par la sonnerie du petit réveil de voyage. Il était sur le côté, Jack dormait dans ses bras. Le gant humide avec lequel il avait rafraichit la nuque de Jack encore et encore jusqu'à ce que les antalgiques fassent effet, était abandonné au sol. Il sourit en entendant les ronflements congestionnés de son amant. Au moins, ils avaient pu dormir quelques heures et Jack n'était plus aussi brûlant de fièvre qu'il l'avait été durant la nuit.

Lucas sortit silencieusement du lit et se dirigea vers sa propre salle de bain.

Quand il sortit de la douche, il enveloppa ses hanches dans une serviette et retourna dans la chambre de Jack, où il trouva le lit vide.

— Jack ? Tu vas mieux ? demanda-t-il, la voix toujours basse.

Jack sortait également de la douche et Lucas ne put s'empêcher de reluquer le corps fin et musclé de son amant, mais son regard s'arrêta sur les profonds cernes de Jack.

— Ouais, ça va mieux. Pas encore la grande forme.

Jack toussa bruyamment en se retenant au lavabo.

— Tu devrais peut-être voir un médecin quand tu rentreras chez toi, suggéra Lucas.

Jack haussa les épaules et eut un mince sourire.

— Ça va aller. Je vais déjà bien mieux qu'hier, grâce à toi.

Lucas s'approcha et passa ses bras autour de Jack, mais ce dernier le repoussa.

En voyant le visage confus de Lucas, il s'expliqua :

— Je ne veux pas te rendre malade toi aussi.

— Tu as dormi dans mes bras, Jack. Si tu dois me contaminer, je suis sûr que le mal est déjà fait.

Il soupira et baissa le regard sur le sol.

— Ou c'est juste une excuse ? Si tu veux qu'on en reste là, dis-le-moi. Je peux supporter pas mal de conneries, Jack, mais dans une relation... une vraie relation, je veux de la sincérité. Je n'ai pas rompu avec Lucy pour me lancer dans une nouvelle relation mensongère.

— Ce n'était pas une excuse, Lucas. Je suis désolé de t'avoir repoussé. Viens ici.

Jack ouvrit les bras et fit signe à Lucas de s'approcher.

— Pour l'honnêteté, c'est difficile. Tu sais que j'ai besoin de temps avant de le dire à Maria.

Lucas s'approcha face au miroir, et laissa Jack passer ses bras autour de lui.

— Il n'est pas question de Maria, Jack, mais de nous.

Le visage de Lucas se détendit un peu quand il aperçut leur reflet, tous deux à moitié nus et dans les bras l'un de l'autre face au miroir.

— Tu as vraiment une sale tête, Jack.

— Oui, j'imagine, mais je me sens bien mieux qu'hier. Pas super, mais déjà mieux.

Il toussa, comme pour souligner ce point.

Lucas lui lança un sourire plein de défis à travers le miroir.

— C'est dommage... J'aurais adoré te baiser devant ce miroir.

Jack sourit également.

— Crois-moi, ce n'est pas aussi amusant que tu sembles le penser.

Lucas se tourna vers lui, l'air taquin.

— Tu veux dire, toi et... Maria... devant un miroir ?

Jack hocha timidement la tête et leva les yeux au ciel.

Lucas gloussa.

— J'ai toujours su qu'elle était un peu cochonne. Enfin, et si j'allais demander qu'on nous monte notre petit déjeuner avant qu'on ne parte, petit cœur ?

Il embrassa le front de Jack et le serra avec force avant de quitter la salle de bain.

Jack regarda les cernes sous ses yeux. Pourquoi avait-il parlé à Lucas de ce qu'il avait fait avec sa femme devant le miroir ? Et, plus étrange encore, il n'y avait pas eu la moindre trace de jalousie dans le regard de Lucas quand ils parlaient de Maria. Lucas savait-il qu'elle n'était pas une vraie rivale ?

Il soupira. Sa seule consolation, c'était qu'il avait l'air un peu plus en forme qu'il ne l'était réellement.

XVI

LA VIE reprit son cours normal après la réunion de Paris et Lucas et Jack retrouvèrent leur propre routine. Ils se retrouvaient au bureau de Jack au moins une fois par semaine pour parler de tout ce qui concernait leur travail, et trouvait le moyen pour laisser leur passion s'exprimer après les heures de bureau. Ils faisaient alors l'amour dans l'appartement de Lucas avant que Jack ne rentre retrouver Maria.

Jack n'avait cependant toujours rien dit à Maria, et Lucas ne le forçait à rien. Leurs vies professionnelles se passaient bien et ils avaient suffisamment confiance en leurs sentiments l'un pour l'autre.

LE CONSEILLER américain à la Sécurité Nationale devait passer très exactement vingt-deux heures sur le territoire belge pour parler à l'Union Européenne ; Maria était donc occupée à organiser toute la partie sociale de cette visite. Un buffet allait être organisé à l'Ambassade après que l'accueil officiel fut fait à l'aéroport, ce qui voulait dire que Maria devait passer plusieurs heures par jour à l'Ambassade.

Gertje entra dans le bureau de Jack pour lui faire signer les détails sur la sécurité pendant la visite.

— Je serai soulagée quand toute cette visite sera terminée, soupira-t-elle.

Jack gloussa.

— Et que Maria ne sera plus sur votre dos ?

— Qu'est-ce qui vous fait dire une chose pareille ? demanda-t-elle, faussement innocente.

— Maria et vous n'avez aucun atome crochu. Nul besoin de le nier, répondit Jack avec amusement.

— Eh bien, je ne suis pas *obligée* de l'apprécier, je ne suis pas mariée avec elle, le taquina-t-elle, mais je ne nie pas que ça sera un soulagement pour vous et moi quand tout cela sera terminé.

Elle triait les documents, qui comme d'habitude étaient éparpillés pêle-mêle sur le bureau de Jack.

— Votre emploi du temps est libéré pour le reste de la journée. Pourrais-je partir un peu plus tôt ce soir ? Mon mari a un rendez-vous médical auquel il voudrait que j'assiste. Anne-Marie sera là pour me relever si vous avez besoin de quoi que ce soit.

Jack leva son regard des documents qu'il signait.

— Oui, bien sûr. En fait, je pense partir tôt moi aussi. Je n'ai pas souvent cette chance.

Quand il baissa son attention sur les documents, elle lui fit un sourire maternel. Elle savait qu'il ne rentrait pas voir sa femme, mais comme ce n'était pas ses affaires, elle n'allait pas lui dire qu'elle savait. Elle aurait juste voulu pouvoir être au travail pour le couvrir comme elle l'avait déjà fait tant de fois.

— Eh bien, voudriez-vous regarder votre agenda pour demain maintenant ou préférez-vous que nous le fassions demain matin ? demanda-elle quand il lui rendit les papiers signés.

— Demain, ça ira très bien, Gertje. Partez et saluez Eddy pour moi.

Il lui fit un large sourire et elle lui répondit par un regard reconnaissant avant de quitter le bureau et de fermer la porte derrière elle.

Elle s'inquiétait pour lui. Maria n'était pas stupide, et faire ses petites affaires dans le dos de sa femme allait tôt ou tard attirer l'attention de celle-ci.

JACK AVAIT appelé Lucas un peu plus tôt pour organiser un rendez-vous, mais il fut tout de même le premier à arriver. Heureusement, il avait sa propre clef de l'appartement de Lucas désormais.

Lucas franchit la porte à toute allure quelques minutes plus tard et ils eurent à peine le temps d'aller jusque dans la chambre tant Lucas s'empressait d'ôter ses vêtements tout en dévorant sauvagement les lèvres de Jack. Quand il réalisa que Jack ne partageait pas totalement cette passion, il s'arrêta.

— Qu'est-ce qui ne va pas ?

Jack lui fit un sourire amusé.

— J'allais te dire que nous avons tout notre temps ce soir. Maria ne rentrera pas avant minuit, alors allons-y doucement.

— Tu veux dire que je t'épuise, le vieux croulant ? répondit Lucas avec taquinerie.

— Non, je veux dire que nous avons le temps de dîner ensemble, peut-être regarder un film...

Lucas lança à Jack un faux regard désappointé.

— Mais puisque tu es déjà pratiquement nu...

Jack lança un regard taquin à Lucas, sachant qu'il rendrait son jeune amant nerveux en le scrutant de manière plus approfondie. Puis il s'élança vers Lucas, passa ses bras autour de lui et prit ses fesses à pleines mains pour le coller à la bosse qui grandissait à son entrejambe.

— Tu peux t'occuper de moi avant tout.

Lucas ne perdit pas de temps avant d'attraper Jack et de passer ses jambes autour de sa taille. Ils tombèrent tous deux sur le lit et rirent quand le premier prix Ikea craqua sous leur assaut.

— Pendant un instant j'ai cru que nous allions finir par terre, admit Lucas.

— Eh bien, tant qu'on ne passe pas à travers le plancher, je me fiche un peu de savoir où nous finissons.

Jack repoussa tendrement les boucles du front de Lucas et le jeune homme arrêta de glousser.

— Seigneur, je t'aime.

Lucas eut un petit sourire quand Jack se redressa pour venir complètement sur lui.

LA SONNERIE d'un téléphone portable réveilla Lucas. Il réalisa que le corps chaud qui s'éloignait de ses bras appartenait à Jack qui se levait pour répondre au téléphone, et il prit soudain conscience qu'ils s'étaient endormis et qu'il n'avait aucune idée de l'heure qu'il était.

Ils avaient fait l'amour lentement et tendrement, si habitués désormais à la manière dont leurs corps réagissaient que ça en était réconfortant, mais sans en être ennuyeux. Jack avait offert une lente fellation à Lucas pour l'exciter, jusqu'à ce que Lucas ne puisse plus en supporter davantage, puis l'avait laissé là, s'était étalé près de lui et lui avait demandé de le prendre.

132

Lucas ne pouvait jamais résister à Jack quand celui-ci était aussi demandeur, car Jack ne se retenait jamais de s'abandonner complètement à la sensation d'être ainsi possédé par son amant. Et Lucas savait parfaitement comment le rendre tremblant et frissonnant du plaisir de l'orgasme qu'il lui avait offert. Ils étaient ensuite restés très près l'un de l'autre, savourant la sensation de plénitude et les frissons dus à cet orgasme dévastateur, jusqu'à ce que leurs corps ne succombent au sommeil.

Jack s'allongea à nouveau près de Lucas et secoua le jeune homme pour le tirer de ses rêveries si plaisantes.

— Veux-tu m'épouser ?

Lucas fronça les sourcils et sourit.

— Qu'est-ce que tu racontes ?

Jack regardait Lucas avec tant d'amour dans le regard qu'il sut qu'il ne pouvait que hocher de la tête, mais il était curieux de savoir ce qui lui avait valu cette soudaine demande.

— Gertje vient d'appeler, expliqua Jack. C'est sur toutes les chaînes. Ils ont accepté le projet de loi, Lucas. Ils n'ont plus qu'à la publier et les gens de même sexe pourront se marier dans ce pays.

— Oui, mais quand bien même, je ne pense pas que tu puisses m'épouser avant d'avoir divorcé d'avec Maria.

Jack se pencha et embrassa tendrement son jeune amant.

— Je sais, mais... c'est très agréable de te le demander, c'est tout.

— Quelle heure est-il ? demanda doucement Lucas, les ramenant tous deux sur terre.

— L'heure de partir, je le crains.

JACK ARRIVA à la maison avant onze heures, espérant avoir assez de temps pour se laver et se mettre au lit avant que Maria ne rentre de sa visite du Ghent Film Festival qu'elle avait faite avec son club. Mais il n'eut pas cette chance.

Quand il entra il put voir de la lumière dans la bibliothèque et cela ne signifiait qu'une seule chose : Maria était rentrée avant lui. Pendant un instant, il songea qu'il pouvait s'en sortir en montant silencieusement, mais il réalisa que cela ne ferait que retarder l'inévitable, alors il alla vers Maria, assise sous une lampe de lecture avec un livre.

— Tu es rentrée tôt.

Sa voix paraissait forte dans le silence de la pièce.

133

— Et tu es rentré tard, monsieur l'Ambassadeur.

À chaque fois qu'elle l'appelait ainsi, elle était douce et taquine. Mais pas cette fois.

— Oui, j'ai été retenu.

Il tenta de rester vague.

— Un rendez-vous ? demanda Maria, froide.

— Oui, quelque chose comme ça.

Jack sentait qu'il était sur la corde raide.

— D'après ta secrétaire, tu es parti tôt aujourd'hui. Tu devrais vraiment t'arranger pour trouver une histoire plausible si tu as l'intention de me mentir, Jack.

Elle le transperça de son regard sombre.

— En fait, madame Claessens est partie avant moi, elle ne pouvait donc pas savoir, tenta Jack.

— Ce n'était pas à ta petite fan que j'ai parlé, Jack, c'était à la jeune fille, Anne-Marie.

Jack se demanda un moment s'il ne devait pas juste lui dire la vérité, mais elle avait l'air furieuse et contrariée, et ils ne pourraient avoir une conversation décente que si elle était calme et détendue. Il devrait donc improviser.

— Elle n'est que secrétaire générale, elle ne connaît pas mon emploi du temps. Tu fais une montagne de pas grand-chose, Maire. Je suis fatigué, je vais au lit.

— Pas si vite, mon gars. Tu penses vraiment que tu peux me cacher ton pathétique petit secret ? Ne sois pas ridicule.

Jack sourit, tentant d'apaiser la situation.

— De quoi parles-tu ?

— Je suis au courant pour toi et ton... ton charmant petit ami.

Elle plissa un peu plus les yeux en crachant ces mots.

— En fait, ça fait des semaines que je sais.

Jack haussa les sourcils et lui demanda 'qu'est-ce que tu racontes ?' d'un simple regard.

— Je n'arrivais simplement pas à croire que tu serais assez stupide pour foutre nos vies en l'air comme ça.

Jack savait qu'elle ne plaisantait pas. Ils allaient jouer franc jeu et Maria gagnait toujours à ça, mais il n'allait pas renier Lucas.

— Je ne vois pas en quoi nos vies ont changé, Maria, dit-il d'un ton raisonnable. Tu vois toujours les femmes américaines. Tu organises toujours les événements sociaux à l'Ambassade. Tu es toujours la femme de l'Ambassadeur.

Il remarqua qu'elle retrouvait son calme.

— Je t'ai vu regarder les autres hommes, je me suis même déjà demandé...

— Demandé quoi ?

— Dans quel camp tu jouais réellement. Mais je m'en fichais.

Elle montrait maintenant son vrai visage.

— Bien sûr que tu t'en fichais. Tant que tu obtenais ce que tu désirais de cette relation, n'est-ce pas ?

Maria se leva de sa chaise et se pencha sur le bureau qu'il y avait entre eux.

— Parce que jamais je n'aurais pensé que tu serais prêt à risquer de tout perdre en baisant des mecs derrière mon dos, Jack. On fait une bonne équipe, à quel jeu penses-tu jouer ?

Jack soupira, tentant de remettre de l'ordre dans ses idées, tentant de trouver le courage. Que se passerait-il s'il lui disait aimer Lucas ? S'il lui disait qu'il ne pouvait pas vivre sans lui et qu'ils devraient juste divorcer à l'amiable, pour sauver les apparences ?

Il voyait qu'elle se calmait un peu ; elle penchait la tête sur le côté comme elle le faisait toujours quand elle tentait de le convaincre de son point de vue.

— On a tout ce qu'on veut ici, pourquoi risquer de tout perdre ?

Il ne pouvait plus revenir en arrière.

— Eh bien, peut-être que *tu* as tout ce que tu veux...

Elle haussa les épaules et fut à nouveau sur la défensive.

— Oh, alors je ne suis plus assez bien ? C'est ça ? Après tout ce que j'ai fait pour ta carrière ?

— Maria, tu sais que ça n'est pas le problème.

— C'est comme ça que tu me remercies ? Mon adorable époux ambassadeur, si fiable, se tape des mecs dans mon dos, et de tous les putains de mecs qu'il aurait pu choisir, il a décidé de baiser cette petite pute de l'Ambassade britannique.

— Tu ne sais pas de quoi tu parles. Il n'a pas eu à me persuader.

135

Jack tenta de rester calme et de faire comme s'il ne l'avait pas entendue agresser Lucas.

— Je ne vais pas te demander ce qu'il a que je n'ai pas, parce que c'est évident. Mais Seigneur, Jack, pourquoi maintenant ? Pourquoi lui ?

Elle s'adoucissait à nouveau, parlait avec moins de colère. Sur ce coup, il détestait à quel point ils se comprenaient si bien. Il détestait de pouvoir lire en elle comme dans un livre et il savait qu'elle pouvait en faire autant avec lui.

— J'aimerais savoir, Maire. J'aimerais savoir. Ça serait tellement plus facile ainsi, de pouvoir expliquer pourquoi j'ai pu noyer ces sentiments pendant si longtemps jusqu'à aujourd'hui.

— Non, tu ne sais rien, pas vrai ? cracha Maria, furieuse d'entendre Jack utiliser son surnom pendant une dispute. Si tu savais, tu aurais pu réfléchir deux secondes au lieu de penser avec ta bite ! TU AS FOUTU NOS VIES EN L'AIR, tu m'as humiliée, ET TU NE SAIS PAS ?

Maria se jeta sur Jack et il lui attrapa les mains pour l'empêcher de le frapper.

Il ferma les yeux, tenta de la repousser, tout en s'empêchant de hurler comme elle l'avait fait. Il ne voulait pas perdre le contrôle de lui-même.

— Maria, c'est... je l'aime.

Et voilà. Jack n'avait pas dit le nom de Lucas, mais il savait qu'elle avait compris. Il ne pouvait pas nier son amour pour Lucas, pas à elle. Elle méritait de connaître la vérité.

Maria s'éloigna, la respiration courte, ses cheveux tombant de son chignon normalement si bien serré.

— Tu l'aimes ? Ne me parle pas d'amour. Tu m'as utilisée, et c'est comme ça que tu me remercies ?

Jack inspira profondément, tentant de retrouver son souffle.

— Je ne t'ai pas plus utilisée que toi tu ne l'as fait. Ma position t'a conduite exactement là où tu voulais être, Maria.

— Et alors ? Tu remarqueras bien vite que ta petite pute t'utilise, lui aussi !

Il était temps de défendre Lucas, puisque Lucas ne pouvait le faire lui-même.

— Pourquoi m'utiliserait-il, hein ? Ce n'est pas comme s'il pouvait tirer un quelconque bénéfice à être avec moi. Ce n'est pas comme si mes contacts pouvaient l'aider dans sa carrière comme ils t'ont aidée toi.

— Ne sois pas naïf, Jack. Il collectionne probablement les ambassadeurs comme des trophées, puis va dans un autre pays pour se taper un autre cul de premier choix, dit-elle avec le regard supérieur et condescendant que Jack avait toujours haï.

— Il n'est pas comme ça, Maire. Tu ne le connais pas.

— Oh, mais toi oui, après quelques semaines à laisser ta bite penser pour toi ? Je t'en prie...

Elle tremblait de fureur.

Jack réalisa que s'il ne retrouvait pas son calme maintenant, ils finiraient tous deux dans les journaux.

Mais Maria n'était pas prête à renoncer.

— Je n'arrive pas à croire que tu sois aussi égoïste ! Qu'est-ce qu'il t'a fait ? Si une seule fois tu avais pensé à moi, tu n'aurais pas fait tout ça. Tu es un idiot, Jack.

Jack déglutit.

— J'ai pensé à toi. Je voulais que tu puisses sortir de tout ça avec la tête haute.

Maria poussa un grognement de mépris.

— Sortir de tout ça ? Tu peux oublier ! Tu arrêtes ça ici et maintenant !

— Tu crois pouvoir décider ?

— Bien sûr, comme toujours.

— Tu ne peux plus me dicter ma vie comme tu l'as fait ces quinze dernières années, Maria.

Elle lui lança un regard dégoûté.

— Pardon ?

— Tu sais ce que je veux dire.

Jack n'allait pas se taire maintenant.

— Tu veux dire que tu ne vas pas stopper cette bêtise ? Oh, pour l'amour de Dieu, Jack, réveille-toi !

— Je n'en peux plus. Je ne peux plus continuer cette mascarade.

— Tout à fait. Dégage-le de ta vie.

— Et ensuite ? On retourne à ce faux mariage ?

— Jack, ce n'est pas un faux mariage, nous faisons une bonne équipe, tout le monde le dit...

Maria revenait sur un ton plus charmeur et il ne voulait pas entendre ça.

— On a été plus amis qu'amants pendant des années, Maire.

Elle secoua la tête.

— Et quel mal y a-t-il à cela ? C'est bien plus que ce qu'ont certains couples.

— Je veux plus. J'ai besoin de plus. Maria... je l'aime. Je ne peux pas renier ça.

— C'est une liaison, Jack, une liaison stupide. Ça va ruiner nos vies si tu la continues.

— Je me sens bien plus en vie avec lui que je ne me suis jamais senti ces vingt dernières années.

Elle rit.

— Oh, Seigneur, écoute-toi un peu. On dirait un roman de gare.

— Maria, tu peux passer à autre chose. Je suis sûr que tu peux mener ta propre carrière. Tu as une excellente réputation au service des affaires étrangères.

— TA GUEULE, JACK ! Je ne veux pas passer à autre chose, je veux ce que j'ai là. Ne pense pas une seule seconde que je vais rendre les choses faciles pour toi et ta pute.

Elle referma un poing et le serra jusqu'à ce que ses articulations soient blanches. Pendant un instant, il crut qu'elle allait encore tenter de le frapper.

— Tu ne réalises pas les répercussions que ça aura sur nous ?

— Il n'y en aura pas si on gère bien les choses, Maria. Beaucoup de gens divorcent.

— Tu vas ruiner tout ce pour quoi on a travaillé. Tous tes succès tomberont aux oubliettes.

Jack tenta de l'apaiser par un sourire.

— Non, c'est faux, pas si...

— Tout ce dont les gens se souviendront, c'est du scandale au sujet de l'Ambassadeur et de son petit ami britannique.

— Pas si on est prudents.

— Prudents ? Ça n'arrivera jamais, si tu crois qu'il va s'en tirer comme ça tu te fous le doigt dans l'œil.

— Laisse-le en dehors de tout ça, Maria !

— Je vais m'assurer que les bonnes personnes à l'Ambassade du Royaume-Uni entendent parler de ça.

— Maria, non... ne fous pas sa vie en l'air.

— J'imagine que Lucy était au courant ?

138

— Tu veux dire que ce n'est pas Lucy qui te l'a dit ?

— Non, Lucy a disparu sans dire un mot. Mais deux personnes te couvrent, ta 'secrétaire' et ton agent des Services Secrets. Ils devraient apprendre à accorder leurs histoires.

— Pourquoi fallait-il que tu les entraînes dans tout ça ?

— Parce qu'ils croient que je suis stupide. Ils croient qu'ils peuvent m'entourlouper.

— Eh bien je peux te l'assurer, Gertje n'a jamais pensé que tu étais stupide.

— Oh, elle ne voit rien d'autre que son fabuleux 'monsieur l'Ambassadeur'.

Tout cela ne menait à rien.

— Maire, reparlons de tout ça quand on se sera un peu calmés, veux-tu ?

— Il n'y a rien à ajouter. Tu dis à ton mec que c'est terminé et nous reprenons notre travail. Sans ça, tu ne seras plus jamais le bienvenu au sein de la diplomatie quand j'en aurai fini avec toi !

— Sois compréhensive, Maria. Cessons ce petit jeu avec dignité ou toi aussi, tu perdras ta réputation.

— Dis-le-moi quand tu auras choisi entre ta pute et moi. Ta réputation, c'est ma réputation, imbécile, et maintenant...

Elle regarda sa montre.

— Je vais au lit... seule. On se verra au petit déjeuner.

— N'y compte pas, ne put s'empêcher de dire Jack.

XVII

IL ÉTAIT minuit passé quand Lucas fut réveillé par la sonnette. Il ne connaissait pas une seule personne qui aurait l'audace de le réveiller à cette heure de la nuit pendant la semaine, à moins que le bâtiment ne soit en feu ou une autre menace mortelle du genre. Il farfouilla dans le noir pour trouver un pantalon et l'enfila entre la chambre et le salon.

Quand il ouvrit la porte, il protégea ses yeux avec une main contre la lumière vive du couloir.

— Jack, qu'est-ce que...

— Je lui ai dit, Luke.

— Eh bien, ne reste pas là. Entre ! Elle t'a mis à la porte ?

Lucas frottait ses yeux pour en chasser le sommeil et tenter de retrouver une vue nette.

— Tu veux du thé ?

Jack se laissa tomber sur le canapé et attendit que Lucas revienne avec deux tasses fumantes.

— Elle était déjà à la maison quand je suis arrivé. Elle a dit qu'elle savait... pour nous deux.

Lucas, désormais bien réveillé, tenta de lancer un regard compatissant à son amant tout en s'asseyant à côté de lui sur le canapé.

— Est-ce que Lucy lui a dit ?

Sa voix était à peine audible.

Jack s'appuya contre Lucas, secouant la tête qu'il venait de poser sur l'épaule du jeune homme.

— Je lui ai demandé le divorce, et elle a dit non.

Le cœur de Lucas fit un bond en entendant la confession de Jack. Il détestait voir son amant aussi triste, mais en même temps, il sautait presque de joie de savoir que Jack l'avait très clairement choisi lui.

140

Il tenta de garder une voix neutre tout en parlant.

— Je suis sûr qu'elle a besoin de temps pour y réfléchir, Jack. Une fois que la nuit sera passée et qu'elle aura réalisé qu'elle t'a vraiment perdu, elle comprendra qu'il vaut mieux faire ça calmement et dans une... certaine compréhension mutuelle. Elle ne va pas résister et rendre les choses publiques.

Il posa une main douce sur la cuisse de Jack et ce dernier se recroquevilla contre lui, alors il passa ses bras autour de son amant comme son cœur lui hurlait de faire. Ils restèrent ainsi un moment, sans parler ni même se regarder, restant juste l'un contre l'autre. Lucas sentait Jack se détendre dans ses bras et réalisa alors qu'il pourrait facilement s'habituer à une telle proximité.

— Tu peux rester ici, Jack.

Jack le regarda.

— Je dois régler cette histoire, Lucas. Je ne peux pas la laisser transformer ça en spectacle. On doit se faire discrets quelques temps. Tu crois qu'on peut y arriver ?

Le cœur de Lucas se serra à la vue de l'incommensurable tristesse dans le regard de Jack.

— On a déjà été discrets jusqu'ici, non ?

Jack s'approcha pour l'embrasser, ses yeux se fermèrent et Lucas put presque sentir les larmes s'agglutiner derrière les paupières de son amant.

— S'il te plaît, laisse-moi du temps et de l'espace pour que je règle ça, bébé ?

Lucas ne put que hocher de la tête quand Jack se leva et le laissa seul sur le canapé. Quand il entendit la porte d'entrée claquer, il remonta ses genoux sous son menton et les entoura de ses bras, ayant tout à coup très froid.

— MERCI DE m'avoir retrouvé ici.

Quelques jours après sa dispute avec Maria, Jack avait appelé Sean pour l'inviter à boire un verre après le travail. Ils allèrent dans un café du centre-ville de Bruxelles, suffisamment loin du quartier européen pour qu'ils ne risquent pas de rencontrer quelqu'un d'une autre Ambassade.

Ils sirotaient tous deux leur troisième bière et avaient parlé du bon vieux temps, quand ils étaient des jeunes employés anonymes envoyés dans les Ambassades qui avaient besoin de leur expertise particulière.

Sean savait que même si Jack et lui étaient de vieux amis, leur temps était trop précieux pour qu'ils le perdent en se saoulant dans un bar.

— Je sais très bien que tu ne m'as pas demandé de venir ici pour parler du passé, alors envoie. De quoi veux-tu réellement parler ?

— Eh bien, j'ai besoin de tes conseils d'expert, Sean, soupira Jack. Sur une affaire personnelle.

Sean gloussa et prit une autre gorgée de sa pinte.

— Et tu t'es dit 'allons poser la question au gars qui a fait de sa vie personnelle un vrai désastre'. Normalement, c'est toi qui me donnes des conseils, tu te souviens ?

Jack ne sourit pas.

— J'ai demandé le divorce.

Sean regarda Jack et son sourire quitta son visage quand il réalisa que ce dernier ne plaisantait pas.

— Seigneur, Jack. J'ai toujours pensé que vous étiez parfaits ensemble. Que s'est-il passé ?

Jack haussa les épaules.

— Nous faisions une très bonne équipe, mais nous étions loin d'être parfaits, Sean.

Il ignorait jusqu'à quel point il pouvait en révéler à Sean. Son vieil ami comprendrait-il ?

— Eh bien, aucun mariage n'est parfait, mon pote, mais Maria et toi avez toujours donné l'impression que tout était facile, et elle est une bien meilleure diplomate que mes trois ex-femmes réunies.

Sean gloussa avant de reprendre plus sérieusement :

— Que s'est-il passé ?

Jack soupira. Il ne pouvait pas tout dire, qu'importe à quel point ils étaient proches, pas tout de suite.

— J'ai rencontré quelqu'un d'autre.

— Arrête tes conneries, Jack.

Sean retrouva le sourire.

— C'est cette rouquine qui travaille à l'accueil ? Elle doit être une sacrée affaire si tu es prêt à quitter madame Parfaite pour elle.

— Ce n'est pas elle.

Jack sortit son porte-monnaie pour payer les bières.

— Écoute, Sean, j'ai eu tort de venir ici. Je suis désolé de t'avoir fait perdre ton temps.

142

— Tu crois donc qu'elle va partir si je quitte mon travail ? Eh bien ce n'est pas mon genre de démissionner, Sean ! Je ne suis pas arrivé jusque-là en renonçant.

Jack soupira après avoir dit ça.

— Regarde ça avec objectivité, mon pote. Maria est une super femme de diplomate, on est d'accord, mais si tu n'es plus un diplomate, et puisque tu me dis que les choses ne sont de toute manière pas parfaites entre vous, alors pourquoi resterait-elle ?

— Je crois qu'elle se fiche un peu de comment les choses vont entre nous, Sean. Elle se raccroche à son style de vie. Elle dit qu'elle a travaillé toute sa vie pour ça et qu'elle ne me laissera pas le lui arracher.

— Je sais que ce n'est pas ton style, mon pote, mais il y a une différence entre démissionner et se faire jeter dans la gueule du public. Qu'est-ce que tu préfères ?

— Je préférerais largement me passer du scandale. Mais Maria menace d'en parler aux journalistes de toute manière.

— Écoute-moi. Si tu es vraiment sérieux au sujet de cette... enfin bref, tu ferais mieux de partir maintenant tant que tu es au sommet. Si tu pars maintenant, alors les journaux ne seront plus aussi intéressés par tout ça. Trouve-toi un travail à Washington, quelque chose d'un peu moins excitant, et elle n'aura plus très envie de te suivre, non ?

— Je ne peux pas partir au milieu de cette pagaille, Sean. J'ai des choses à régler avant. Après ça... je ne sais pas, parfois j'ai envie d'en finir et voir ce qui se passe, et parfois je me dis que je ne peux pas lui faire ça.

— Comment ça, lui faire ça ? Pourquoi tu t'inquiètes pour *lui* ? C'est toi qui vas perdre ton travail, ta carrière, ta femme...

— Il n'y a pas que moi, Sean.

Jack regarda le plafond, murmura 'bon sang, trois mariages...' dans sa barbe avant de regarder directement Sean.

— Nous sommes deux dans cette relation !

— Ne me dis pas que ce type est marié et qu'il a lui aussi une carrière haut placée ?

— Je ne te dirai rien de plus, Gallagher !

— Non, je m'en doute... et c'est ce qui m'inquiète. Alors, que vas-tu faire ? Et que puis-je faire ?

— Je vais devoir te retourner la question, Sean.

— Parce que tu ne sais pas, ou parce que tu ne veux pas le dire ?

Jack soupira et secoua la tête. Il ne pouvait pas vraiment parler de Lucas à Sean. Sean était le patron de Lucas et le renverrait probablement sur le champ. Ou peut-être que non, mais il ne pouvait quand même pas le dire, pas sans en avoir parlé à Lucas avant.

Sean plissa encore plus les yeux.

— C'est comme quand tu as su que Shannon voyait ce journaliste. Tu as tenté de me le dire, de m'avertir. De me préparer à la chute. Tu as la même expression sur le visage.

— Eh bien, je suis désolé, Sean. Je ne peux pas... Fais-moi confiance sur ce point, d'accord ?

— Pourquoi j'ai cette impression de déjà vu, comme si encore une fois je ne voyais pas quelque chose d'important ? Au moins, je sais que ce n'est pas ma putain de femme que tu es en train de te taper.

— Voilà le Gallagher que je connais. Brillant stratège, mais toujours aveugle quand cela concerne les sentiments.

— D'accord, donc tu as parlé de ce mec à Maria, alors j'imagine que c'est du sérieux ?

Sean regarda son ami avec sympathie.

Jack souhaitait pouvoir se confier à lui à ce sujet, pouvoir lui faire assez confiance pour lui avouer qu'il était amoureux de cette personne.

— Ouais. Je crois que c'est... sérieux. Mais je n'ai rien dit à Maria. Elle l'a découvert.

— Et maintenant elle est furieuse ?

— Comme tu peux l'imaginer... tu la connais, Sean.

— Bon sang, mon pote, tu as vraiment bien foutu la merde. Que va dire Washington à ce sujet ?

— Je suppose que je peux dire adieu à mon poste. Ça sera la dernière fois qu'ils choisiront un Démocrate, je pense. Nous sommes un peu trop libéraux à leur goût de toute manière, et là je leur démontre clairement qu'ils ont raison.

Jack haussa les épaules.

Quand Jack le regarda, il vit les yeux de Sean briller de malice.

— Même si je suppose qu'une fois tout... réglé, Maria ne restera pas ici, non ? J'imagine que tu vas démissionner ? Plutôt que de les laisser te faire fuir...

Jack regarda Sean, la mine sérieuse.

145

— Je dois d'abord tenter de régler cette affaire avec Maria, et si vraiment je ne peux pas la faire changer d'avis...

— C'est une femme très déterminée, Jack. Elle me rappelle notre bonne vieille Maggie, cette femme n'avait jamais été encline à se rendre.

— J'aurais peut-être besoin de ton soutien pour parler aux Belges.

— Eh bien, je suis sûr que Lucas pourra t'aider. Il est un peu l'étoile montante de notre Ambassade, tu sais. Si seulement il avait une femme comme Maria...

Jack tenta de garder un visage inexpressif. La dernière chose qu'il voulait, c'était que Sean ne remarque sa réaction à ses paroles.

— Écoute, je ferais mieux de rentrer avant que Maria ne fasse changer les serrures.

— Thatcher l'aurait fait à peine aurais-tu franchi la porte !

— Eh bien, techniquement, je ne suis pas encore parti.

Jack se leva et lança dix euros vers Sean.

— Dix euros ? D'accord, je ne vais pas le prendre contre moi. J'ai toujours su que je ne valais pas plus.

Jack ne put s'empêcher de sourire. Sean était un bon ami. Il espérait juste que ça reste toujours le cas.

TOUTE LA semaine, Lucas arriva tôt au travail. Il avait des problèmes pour dormir. Jack lui manquait et il réalisa que se noyer dans le travail était préférable à rester là à réfléchir à leur relation. Cela n'aidait pas à calmer la souffrance, mais au moins son esprit était-il occupé.

Jack avait dit à Lucas qu'il l'aimait, et le lui avait prouvé nombre de fois, mais maintenant Maria était au courant et le doute s'insinua après que Jack lui eut demandé de faire profil bas. C'était donc ça, de coucher avec un homme marié.

Lucas termina un long rapport sur son travail de liaison anglo-américain au sujet de la guerre, et réalisa qu'il avait le temps de boire une tasse de thé avant de présenter ce dossier à Sean. Les boissons étaient derrière les secrétaires, juste sous un écran télé qui était habituellement branché en continu sur la chaîne BBC World. Le regard de Lucas fut attiré par le logo de la CNN et les titres qui défilaient. Les mots disparaissaient déjà au coin de l'écran, mais il eut le temps de lire 'ENLEVÉ À BRUXELLES'.

Lucas fixa l'écran, se demandant combien de temps il faudrait avant que le titre n'apparaisse à nouveau, mais quand, au bout de quelques secondes, il ne reparut pas, il se tourna vers une secrétaire.

— Qui a la télécommande ? Vous pouvez monter le son, s'il vous plaît ?

Une jeune femme fouilla dans son tiroir et en sortit la télécommande.

— On ne peut pas trop monter le son, et on doit laisser sur BBC World.

Elle pointa la télécommande et appuya sur un bouton, faisant disparaître l'écran de CNN au profit de celui de BBC World News.

— Non ! gronda Lucas. J'ai vu un titre dans les infos et j'aimerais en savoir plus, remettez la chaîne !

Elle haussa un sourcil en le regardant, pas du tout impressionnée, mais remit malgré tout CNN. Le volume était monté et les informations parlaient d'explosions de voiture en Iraq et d'attentats suicides dans des bus en Israël. Lucas fixa intensément le téléscripteur, attendant que l'on parle de Bruxelles. Lucas ignorait pourquoi les mots l'avaient rendu aussi anxieux et il tenta de se convaincre que ce n'était rien de grave, mais quelque chose au fond de lui, lui rappela les paroles de Mark, quand il lui disait qu'il y avait une raison pour toutes ces consignes de sécurité à l'Ambassade des États-Unis. Il voulait juste être sûr, il voulait pouvoir retourner dans son bureau avec sa tasse de thé et rire de tout ça, peut-être même appeler Jack plus tard pour lui en parler.

Puis ce fut à l'écran, pendant que le journaliste parlait toujours de l'aide financière que le Président des États-Unis demandait au Congrès pour soutenir l'effort de guerre :

'L'AMBASSADEUR DES ÉTATS-UNIS ENLEVÉ À BRUXELLES'

Lucas inspira avec force. *Oh mon Dieu ! Jack.* Puis il se tourna vers la jeune femme et lui arracha la télécommande des mains.

— Monsieur Carlton, enfin !

Il sentit son estomac se retourner et son sang quitter son visage tandis qu'il zappait à la recherche de plus d'informations. La chaîne flamande répétait les nouvelles nocturnes, mais rien de plus. Les chaînes wallonnes ne montraient aucune information du tout. Pas plus que les chaînes allemandes, alors il retourna sur BBC World, ne se rendant même pas compte qu'il murmurait 'merde, merde, merde' en boucle à chaque fois qu'il cliquait et ne trouvait rien de plus.

148

... il y a quelques minutes. Des témoins oculaires ont annoncé que deux ou trois coups de feu avaient été tirés. L'Ambassadeur était accompagné de son chauffeur et d'un homme des Services Secrets. Nous donnerons plus d'informations dans la matinée, dès que nous les recevrons.

Lucas était figé, incapable de penser clairement. Jack avait été enlevé. Qui ? Pourquoi ?

Et si jamais un des coups de feu tirés lui avait été destiné ?

Appelle l'Ambassade des États-Unis.

Lucas se retourna et attrapa un téléphone, appelant le numéro de Gertje de mémoire.

— Ambassade des États-Unis, que puis-je pour vous ?

Ce n'était pas Gertje, c'était l'accueil.

— Vous n'êtes pas Gertje, heu... madame Claessens.

La voix amicale répondit.

— Non, monsieur. Tous les appels sont transférés à l'accueil. Puis-je savoir qui la demande ?

Lucas savait qu'il devait essayer. Il prit une profonde inspiration, tentant de retrouver le contrôle de lui-même.

— Je suis Lucas Carlton. Officier de liaison entre l'Ambassade britannique et la vôtre. J'aimerais parler à la secrétaire de Jack... de monsieur Christensen, Gertje Claessens.

— Je suis désolée, je ne peux pas vous la transmettre. Puis-je prendre un message ?

Il pourrait tout aussi bien parler à un répondeur téléphonique.

— Non, vous ne pouvez pas. Laissez tomber !

Lucas laissa le téléphone retomber sur le bureau, faisant sursauter la secrétaire près de lui tandis qu'il se précipitait vers le bureau de Sean.

Il ouvrit brutalement la porte et entra sans frapper. Sean n'eut qu'à lancer un regard vers son officier de liaison et son apparence tendue pour comprendre que quelque chose n'allait pas du tout.

— Ils refusent de me parler à l'Ambassade des États-Unis et rien n'est dit aux informations non plus, lâcha Lucas sans préambule.

Sean lança un regard sévère au jeune homme et fit un signe de la tête aux hommes assis autour de la table.

— Nous pourrons reprendre demain quand vous aurez terminé vos rapports. Merci, messieurs.

Lucas se figea quand il réalisa qu'il était entré dans le bureau de Sean alors qu'il était en pleine réunion.

Pendant que les hommes quittaient le bureau, Sean se tourna vers Lucas.

— Fermez la porte, et vous feriez mieux d'avoir une très bonne explication pour avoir ainsi perturbé ma réunion !

Lucas inspira profondément et se lécha les lèvres avant de répondre.

— Jack a été enlevé.

XVIII

— MARK ?

    — Mark, Vous allez bien ?

    — Mark, réveillez-vous.

Jack était assis près de son garde du corps, sur le sol sale de ce qui semblait être un garage. Il souffrait d'être brutalement tombé quand Mark avait chuté sur lui, incapable de se défendre, les mains liées dans le dos. Il bougea un peu ses épaules, puis ses mains, pour permettre à sa circulation de ne pas se couper totalement, mais ses bras le faisaient toujours souffrir du manque de sang. Il avait des problèmes pour respirer, mais il ne pensait pas que c'était un souci majeur. Tant qu'il n'inspirait pas trop profondément, il allait bien.

Pour Mark, c'était une autre histoire. L'agent des Services Secrets avait réussi à se détacher les mains, mais les deux hommes masqués l'avaient remarqué et l'un d'eux avait pointé son arme sur lui. Jack était dans la ligne de tir et Mark avait fait ce pour quoi il était entraîné : il avait sauté devant Jack. Ce réflexe avait surpris le jeune assaillant, qui avait tiré, et Mark avait reçu la balle destinée à son Ambassadeur. Jack ne pouvait qu'espérer que la veste en Kevlar de Mark avait amorti l'impact, mais il était sûr d'avoir vu du sang jaillir sur la chemise blanche de l'agent.

Et puis... Mark ne bougeait pas, mais Jack espérait qu'il était toujours en vie. Il n'entendait pas sa respiration et cela l'inquiétait, car tout était assez silencieux pour qu'il entende les battements de son propre cœur. Jack tenta de bouger pour pouvoir placer son oreille contre la poitrine de l'autre homme et soupira de soulagement. Il entendait un faible battement de cœur et une respiration courte et rapide. Mark était en vie.

Quand Jack retira son oreille du torse de son garde du corps, l'homme blessé bougea et ouvrit ses yeux sombres. Il semblait désorienté et effrayé, et sa respiration, désormais bien audible, était rapide et courte.

Jack savait que s'il restait calme, il serait plus facile pour Mark de s'apaiser. Il avait été entraîné à réagir dans ce genre de situation après tout.

— Doucement, Mark. Vous êtes blessé, mais vous allez vous en sortir. Restez calme et respirez doucement.

Mark déglutit et son visage se tordit de douleur.

— Peux pas...

— D'accord, regardez-moi dans les yeux et respirez avec moi. Vous pouvez le faire.

— Que... ?

Mark faisait de son mieux pour calmer sa respiration, mais il tremblait violemment.

Jack tenta de garder un ton égal, mais ce n'était pas facile.

— On nous a pris en embuscade à un feu rouge, deux hommes sont montés dans la voiture et nous ont braqués avec une arme. Ils ont tiré en l'air plusieurs fois, et ils ont fait accélérer le chauffeur. Ils se sont débarrassés de lui quand il a refusé de leur obéir.

Il s'arrêta, se demandant jusqu'à quel point il pouvait en raconter à son garde du corps.

— Je crois qu'on vous a tiré dessus, Mark. Ils m'ont ligoté les mains, alors je ne peux pas vérifier. Pouvez-vous bouger ?

Mark secoua la tête, la respiration un peu moins désespérée mais toujours courte.

— Non...

LUCAS ET Sean regardaient BBC World News qui était assez avare d'informations.

Sean avait été mis en attente par l'Ambassade américaine après avoir explosé et crié sur une jeune réceptionniste. Finalement, quelqu'un d'autre décrocha.

— Stacey Tanner, Chargée Subalterne du Protocole. Puis-je vous aider, monsieur ?

Sean sourit nerveusement.

— Stacey Jolie, que se passe-t-il ?

— Monsieur Gallagher, bonjour. Je crains que nous n'en sachions pas plus que ce qui a été dit aux informations, monsieur. Deux hommes armés sont entrés dans la voiture de monsieur Christensen. Mark Jones était avec lui. Le chauffeur a été jeté de la voiture et abandonné sur le bord de la route. Il est à l'hôpital, mais il va bien. Personne n'a encore revendiqué l'action, personne n'en a parlé, et aucune demande de rançon n'a été faite. Nous sommes enfermés et tentons de rapatrier dans le bâtiment tout le personnel de l'Ambassade que nous pouvons.

Sa voix était nerveuse, mais Sean pouvait voir qu'elle avait été formée à ça.

— Maria ?

— Nous l'avons consignée chez elle et avons ajouté des agents de sécurité sur place.

Sean soupira.

— Elle sait ce qui s'est passé ?

— Elle a été informée, monsieur.

— Bien, répondit Sean de la manière la plus professionnelle qu'il put. Je pourrais avoir votre ligne directe, s'il vous plaît ?

— Je viens de donner l'ordre à l'accueil de me transmettre immédiatement tous vos appels, monsieur.

— Merci, Stacey.

Sean reposa le combiné et se tourna vers Lucas.

— Et maintenant, dîtes-moi la nature de votre relation avec Jack.

— ON M'A bien tiré dessus, monsieur. Je suis désolé.

Jack soupira. Il craignait justement ça. Il allait devoir garder Mark calme et alerte.

— Je crois que vu les circonstances, tu peux m'appeler Jack. Et arrête de t'excuser. Tu m'as sauvé la vie.

— Ça fait partie du boulot, monsieur.

Mark serra les dents, chassant de toute évidence la douleur.

— Jack.

Jack tenta de se rappeler sa formation contre le terrorisme.

— Il faudrait qu'on vérifie s'il nous reste des objets. Tes mains sont détachées.

— Je ne peux pas bouger, Jack, le coupa Mark. Je ne peux pas bouger du tout.

LE CHAUFFEUR d'origine Belge de l'Ambassadeur a été trouvé au bord de la route et conduit à l'hôpital. Il a pu être interrogé par les forces de l'ordre, mais ils gardent pour eux toute information capitale à l'enquête en cours.

Jack Christensen est un Ambassadeur américain expérimenté, ayant déjà été en poste en Europe et en Amérique du Sud, tout comme en Orient. Il était accompagné d'un agent des Services Secrets dont nous ignorons le nom, mais qui est bien entraîné et très expérimenté dans son travail.

— Ils ne disent rien ! s'écria Lucas.

— Calmez-vous, Carlton.

Sean n'avait jamais vu le jeune homme aussi terrifié. Lucas était toujours si sûr de lui et contrôlé, mais la manière dont il agissait désormais montrait très clairement qu'il était personnellement inquiet pour la vie d'un certain Ambassadeur américain. Sean commençait à réaliser pourquoi Jack n'avait pas pu lui dire qui était l'homme pour lequel il songeait quitter sa femme.

— Lucas. Je sais pour vous et Jack, commença Sean avec prudence.

Le jeune homme détacha son regard de l'écran télé pour regarder son supérieur. Pendant un instant Lucas eut l'air acculé, puis retrouva son sang-froid.

— Je... J'ignore de quoi vous voulez parler. Jack et moi travaillons ensemble, alors oui, je m'inquiète pour lui. On a passé beaucoup de temps ensemble, il est normal que nous soyons devenus amis...

— Et puis un peu plus semble-t-il. Lucas...

Sean soupira. Comment allait-il dire au jeune homme que Jack lui avait tout confessé ? Ah, tant pis.

— Jack me l'a dit.

Lucas s'enfonça dans son siège, vaincu.

— Il n'a pas mentionné votre nom, Lucas. Il a été très discret. Il m'a juste dit qu'il songeait à quitter sa femme pour un homme, et je pense que cet homme, c'est vous.

Lucas avait maintenant sa tête dans ses mains. Sean se demanda s'il pleurait, mais quand le jeune homme redressa la tête, ce n'était pas du tout l'expression qu'il affichait. Il était déterminé, résolu, avait son attitude de fonceur, toutes ces qualités qui avaient fait que Lucas avait été engagé pour ce poste. Son air effrayé avait disparu.

— Alors on reste là et on ne fait rien ?

— Eh bien...

Sean réfléchit rapidement.

— J'ai un ami dans les forces de police de Bruxelles, je pourrais l'appeler.

— Alors faites-le ! ordonna Lucas avant de se rappeler à qui il était en train de parler. S'il vous plaît. Monsieur.

Sean prit le téléphone et appela. Lucas l'entendit parler à un autre homme qui lui expliqua la situation. Après quelques hochements de tête et des 'je vois', il raccrocha le téléphone.

— Mark portait une balise GPS. Si Jack et lui sont toujours ensemble, on devrait les retrouver d'ici une heure.

JACK FUT tiré d'un sommeil agité par un bruit sourd dans la pièce d'à côté. Ses blessures lui faisaient mal et s'endormir sur le sol dur en béton, le corps de Mark sur lui, avait été inconfortable. Son garde du corps ne bougeait plus et il fut à nouveau envahi par la peur que le jeune homme soit mort. Comment avait-il pu s'endormir ?

Une lumière aveuglante envahit la pièce noire quand la porte s'ouvrit sur deux hommes en tenue de combat qui venaient de briser la serrure. Trois autres hommes suivirent et Jack les regarda avec appréhension. Soit ils venaient les secourir, soit ils venaient les tuer.

Les yeux de Jack étaient toujours en train de s'habituer à la clarté quand un homme cagoulé, portant un fusil d'assaut, s'accroupit à côté de lui et parla dans un anglais parfait mais avec un fort accent français.

— Monsieur l'Ambassadeur ? Je suis le Sergent Lefebvre, Police Militaire de Belgique. Nous sommes venus vous sauver. Êtes-vous blessé ?

Jack secoua la tête.

— Occupez-vous d'abord de Mark. Il s'est fait tirer dessus, je ne sais pas s'il est encore...

— Ne vous inquiétez pas, monsieur, on va prendre soin de lui.

Un jeune homme portant une veste avec des bandes fluorescentes venait de parler, rassurant Jack pendant qu'il examinait Mark.

Jack fut tiré de sous le corps mou de Mark et une violente douleur le prit sur le côté, lui coupant le souffle.

LUCAS ENTRA en courant dans le service des urgences de l'hôpital universitaire et frappa de ses mains le comptoir d'accueil.

— Monsieur Christensen ! aboya-t-il. Je dois vois monsieur Jack Christensen, l'Ambassadeur des États-Unis. Il a été emmené ici il y a peu de temps !

La femme en blouse blanche derrière le comptoir lui lança un regard ennuyé.

— Monsieur Carlton ?

Lucas se retourna vivement et vit un homme vêtu d'un costume noir, les bras croisés devant lui et un petit écouteur accroché à l'oreille.

— Veuillez me suivre, monsieur.

Lucas fut escorté à travers nombre de couloirs et d'ascenseurs jusqu'à une porte fermée que l'agent de sécurité ouvrit avec une clef magnétique. Sur la porte, une large plaque annonçait *Intensieve Zorgen*. L'allemand de Lucas était suffisant pour qu'il comprendre que cela signifiait *Soins Intensifs*, et cela le fit s'arrêter net. Jack était gravement blessé, sinon il ne serait pas aux soins intensifs. On lui avait probablement tiré dessus. Cette pensée lui glaça le cœur.

— Monsieur Carlton.

L'homme lui tenait la porte ouverte et continua à parler, calmement mais avec une certaine insistance.

— Ne traînez pas, s'il vous plaît.

Lucas prit une profonde inspiration et entra dans la salle. Au moins, Jack était en vie et ils allaient le laisser le voir. Il fut cependant assez déçu quand il fut conduit dans une petite salle d'attente.

— Quelqu'un pourrait juste me dire s'il va bien ? demanda-t-il à l'homme qui l'avait conduit ici.

— Quelqu'un va bientôt venir vous voir, monsieur Carlton, lui dit-il d'un ton froid avant de le laisser seul.

Lucas ne pouvait pas s'asseoir. Il tenta de voir à travers les rideaux qui couvraient les fenêtres, mais il ne put apercevoir que le mur de l'autre côté du couloir. Les infirmières et les médecins allaient et venaient d'une pièce à l'autre à travers ce couloir, certains portaient des équipements médicaux.

156

Lucas ne pouvait lire leur émotion sur le visage et sa peur grandissait à chaque seconde.

Et si Jack était mort ? Les hôpitaux laissaient parfois les proches venir dans la salle de soin pour qu'ils puissent voir le défunt une dernière fois. Il secoua la tête. Non. C'était impossible.

— Lucas ?

Il se tourna et vit Maria qui se tenait près de l'entrée de la salle d'attente. Elle portait un treillis et un gilet et ses cheveux étaient défaits. Son visage était marqué par son inquiétude et ses yeux étaient creusés de cernes noirs.

— Maria... comment va...

— Il va bien. Quelques contusions, mais rien qui ne puisse guérir, répondit-elle rapidement.

Lucas voyait qu'elle se forçait à rester impassible et qu'elle évitait son regard.

— Je peux le voir ? tenta Lucas, la voix douce.

— Non, décréta-t-elle fermement. Je ne pense pas que ce soit une bonne idée, Lucas. C'est déjà suffisant que tu saches qu'il va bien.

Elle commença à se détourner, alors Lucas avança de quelques pas pour l'attraper par le bras.

Elle se dégagea et lui lança un regard hostile.

— Tu n'as rien à faire à ses côtés.

Lucas tenta de contenir ses émotions.

— Tu ne crois pas que c'est à lui de décider ?

— Il a décidé, l'agressa Maria.

Puis elle retrouva très visiblement sa contenance et plissa le regard.

— Sais-tu ce qu'il arrive aux diplomates américains discrédités, Lucas ?

— Jack n'a rien fait de mal, Maria. Il est tombé amoureux, c'est tout.

Lucas tentait de contrôler sa respiration, mais il n'y arrivait pas vraiment.

— Chez les fonctionnaires d'État, c'est bien assez, jeune homme, continua-t-elle d'un ton condescendant. Ils ne le vireront pas, tu sais. Il en sait bien trop sur le fonctionnement interne de la diplomatie américaine. Ils l'enverront dans un bureau à Washington, ils lui feront écrire des rapports sur des propositions de loi étrangères, ils utiliseront son expérience dans les affaires étrangères pour le maintenir dans un travail sans avenir ni débouchés, juste pour garder un œil sur lui. C'est ça, son avenir. Et pourquoi ? Pour une aventure avec un jeune aspirant diplomate britannique. Il te haïra pour ça, parce que tu auras ruiné tout ce pour quoi il aura travaillé pour sa carrière. Parce que tout ce qu'il a toujours voulu se retrouvera hors de sa portée. Il n'y a pas de seconde chance, Lucas. J'aimerais bien savoir si cet 'amour' vous conduira où que ce soit.

Ses yeux étaient écarquillés et sombres et fixaient Lucas avec insistance. Puis, elle sembla se calmer à nouveau.

— Il le sait, maintenant.

La poitrine de Lucas se serra. Elle avait raison. Le Président américain et ses partisans tentaient de bannir le mariage pour les personnes de même sexe écrit dans la constitution. Ils ne laisseraient jamais un homme gay avoir un poste d'influence. Un Ambassadeur représente la signature du Pays et doit montrer tout ce qui est bon dans une nation. Maria avait raison. L'amour de Lucas allait coûter à Jack tout ce pour quoi il avait travaillé.

— Laisse-moi au moins lui dire au revoir, demanda Lucas, luttant contre les larmes.

Maria le regarda droit dans les yeux et inspira profondément.

— Bien. Suis-moi.

Lucas fut stupéfait qu'elle soit prête à le conduire auprès de son amant et il tenta de se reprendre pendant qu'il la suivait dans le couloir. Il devait être fort pour Jack.

Elle lui désigna la porte de la tête et Lucas entra seul.

Jack était sur le lit, dans sa chemise d'hôpital avec le logo de l'hôpital. Il sourit à Lucas quand il le vit entrer.

— Salut toi. Quelle vision agréable pour mes yeux fatigués.

Lucas sentit les larmes le menacer à nouveau, mais il prit une profonde inspiration. La dernière chose qu'il voulait était de pleurer comme une fillette.

— Salut.

Il prit la main tendue de Jack et la serra.

— Tu vas bien ? demanda doucement Jack.

Lucas sentit une larme couler sur sa joue et l'essuya.

— Pourquoi tu me demandes ça à moi ? C'est toi qui es dans un lit d'hôpital.

Jack tenta de glousser, mais cela le fit apparemment trop souffrir.

— Juste quelques éraflures, c'est tout.

— Ouais, Maria me l'a dit, répondit Lucas.

— Tu as vu Maria ?

Lucas hocha la tête.

— Alors, quel genre d'éraflures as-tu ?

Jack sourit.

— Deux côtes fêlées, des bleus sur d'autres, fracture à la clavicule et un bleu à la mâchoire. Oh, oui, et une contusion due au coup qu'ils m'ont mis pour m'assommer. Les médicaments m'aident à chasser la douleur. C'est pire pour Mark, ceci dit. Il a pris une balle pour moi. Ils m'ont dit qu'il était toujours en vie, mais encore en chirurgie.

Lucas s'assit au bord du lit, porta la main de Jack à ses lèvres et l'embrassa.

— Je suis tellement heureux que tu ailles bien.

Il inspira plusieurs fois pour s'empêcher de devenir trop émotif.

Jack le fit taire.

— Tout va bien, Luke. Tout va s'arranger.

Il tendit la main pour toucher la joue de Lucas et ils restèrent assis un moment, savourant le contact de leurs mains liées, jusqu'à ce que Jack s'endorme.

Il embrassa une nouvelle fois la main de son amant et la reposa précautionneusement sur le lit.

— N'oublie jamais que je t'aime, Jack, chuchota-t-il à son amant endormi avant de quitter la chambre.

IMPASSE

RÉCEPTION OFFICIELLE : Un mal nécessaire pour ses fonctions publiques.

Pour Jack, Noël avait toujours le parfum d'une fête hypocrite à l'Ambassade. C'était une de ces choses que l'on devait célébrer en famille, et pourtant il était censé se montrer à la réception que Maria avait organisée pour tous les Américains qui ne pouvaient le célébrer avec leurs proches. Quelle ironie, pensa Jack, qu'il ait perdu presque toutes les personnes qu'il aimait en l'espace de quelques mois. D'abord Lucas était parti. La dernière fois que Jack avait vu le jeune homme, c'était à l'hôpital. Pas d'adieu, rien. Sean lui avait appris que Lucas avait obtenu une permission pédagogique pour aller terminer sa maîtrise à l'Université de Stanford. Puis Jack avait reçu un appel téléphonique d'un de ses frères, qui lui apprenait que ses parents avaient été tués dans un accident de voiture en Namibie. Les corps avaient été rapatriés à New York pour l'enterrement et il avait réglé toutes leurs affaires, divisant l'héritage de façon équitable entre lui et ses deux frères. Pendant un moment, il songea à partir en Californie pour tenter de contacter Lucas, mais il eut l'impression que cela ne ferait qu'empirer les choses.

Maria était toujours là, bien sûr, toujours dans son rôle de femme dévouée. Comme si rien ne s'était passé.

Il aimait toujours sa dévotion, la manière dont elle mettait de côté ses sentiments personnels pour s'occuper de ce qui devait être fait. Mais il ne l'aimait plus, plus comme une femme. Il s'était installé dans la chambre d'amis, ne souhaitant plus partager un lit avec elle, et elle n'avait pas protesté. Les nuits étaient longues et solitaires. Lucas lui manquait et il se réveillait souvent en pleine nuit en réalisant qu'il venait de rêver de son jeune amant. Ex amant. Rien ne changerait ça désormais. Pas maintenant qu'il avait choisi de poursuivre sa carrière diplomatique.

Dans quelques instants ils iraient accueillir leurs invités, et sans nul doute il recevrait à nouveau des compliments au sujet de son adorable femme. La mascarade continuait.

— Alors, tu es prêt ?

Maria était belle dans sa robe bleu nuit sans bretelles, ses cheveux parfaitement coiffés et tirés en arrière. Son maquillage ne présentait aucun

160

défaut et elle lui fit un sourire chaleureux tendit qu'elle lissait les revers de la veste de Jack et enlevait quelques bouloches imaginaires de ses épaules.

— Tu es ravissante, Maria.

— Merci, toi aussi.

Elle accepta le compliment avec grâce, lui prit la main et le conduisit dans la salle de réception.

Il y avait beaucoup de monde. Stacey avait fait du bon travail en accueillant leurs invités et Maria et lui entamèrent rapidement leur ronde, saluant les pasteurs des Presbytères et les hommes d'affaires. Il y aurait du lait de poule et des sandwichs à la dinde, ainsi qu'un discours sur le sens de Noël à travers le monde.

Jack laissait son regard voyager de temps en temps vers la porte d'entrée, espérant secrètement qu'un magnifique jeune homme aux boucles brunes entrerait à nouveau.

Mais il savait que cela n'arriverait pas.

REPRISE DES NÉGOCIATIONS

XIX

— LUCAS, J'AI besoin que tu me rendes un immense service.

Liz se pencha sur son bureau avec son air de ne pas y toucher qui lui était habituel.

— J'ai vraiment besoin d'avoir cet après-midi de libre, mais puisque je suis cadre supérieur, je suis coincée avec des missions apocalyptiques.

Lucas savait qu'elle exagérait toujours un peu, alors il ne prit pas ces 'missions apocalyptiques' trop au sérieux.

— Alors tu veux que je te remplace afin que tu puisses avoir ton après-midi de libre pour aller forniquer avec ce type de la délégation italienne, me trompé-je ?

— Lucas ! protesta-t-elle, feignant d'être insultée. On ne fait pas que forniquer. Sa femme est toujours en Italie, et il m'a dit qu'ils allaient divorcer.

— Oui, c'est ce qu'ils disent tous, Liz, dans le but de t'attirer au pieu. Mais ils ne quittent jamais vraiment leur femme, crois-moi, je le sais.

Il secoua la tête et accepta.

— Bien ! C'est quoi le boulot ? Monsieur Italie et toi pouvez bien aller baiser comme des lapins, je resterai ici et travaillerai pour vivre.

— Voilà tout ce que je sais : ancien Ambassadeur des États-Unis, qui a un entretien professionnel ici dans le bâtiment des Nations Unies. Tu ne dois *pas* le laisser errer ici tout seul. Après l'entretien, on te dira si tu dois ou non l'aider à remplir ses informations de sécurité. Alors soit tu l'escortes dehors, soit tu l'aides à obtenir son badge de sécurité.

Liz était en mode turbo, de toute évidence empressée de partir au plus tôt, alors Lucas ne perdit pas de temps en bavardages.

— Dossier pour le briefing ?

Liz lui tendit une pochette bleu sombre qu'elle cachait dans son dos.

163

— Tu trouveras notre diplomate de carrière très banal, très ennuyeux et très vieux au bureau d'accueil...

Elle regarda sa montre.

— ... dans environ dix minutes.

Lucas savait qu'il lui faudrait environ quinze minutes pour rejoindre le bureau d'accueil, il était donc techniquement déjà en retard. Heureusement, il connaissait le bâtiment des Nations Unies comme le fond de sa poche et, s'il courrait à travers la place publique, il arriverait juste à temps.

Dans la dernière ligne droite, il ouvrit le dossier, pour au moins savoir qui il était censé trouver. Son cœur s'arrêta.

Sur la photo du laissez-passer, il y avait la tête de Jack.

Il s'arrêta à l'angle du couloir qui menait au bureau et s'appuya contre le mur en pierre froide. Comment pouvait-il affronter Jack ? Pouvait-il juste marcher vers lui et prétendre que rien ne s'était passé entre eux deux ans et demi plus tôt ? Peut-être que Jack ne voudrait pas le voir ? Il ne pouvait pas le blâmer s'il était plein de ressentiments, après tout, Lucas était parti sans même lui dire au revoir à l'hôpital.

Il s'était souvent demandé s'il avait fait ce qu'il fallait. Après réflexion, il avait eu le sentiment qu'il aurait dû rester, attendre que Jack ne prenne une décision et qu'ils puissent en parler. Maintenant, tous deux avaient des carrières bien différentes, mais Lucas se demandait ce qui se passerait si Jack le voyait ici. Il se sentait déchiré. D'un côté, il voulait appeler son supérieur et demander à ce qu'on envoie quelqu'un d'autre pour faire visiter les lieux à Jack, mais d'un autre, il voyait là sa chance d'y mettre un terme. D'arrêter tous ces 'et si' qui le torturaient depuis cette nuit à l'hôpital. Et puis, si Jack obtenait le travail, ils se croiseraient régulièrement.

Lucas prit une profonde inspiration et rendossa son rôle professionnel. Il pouvait faire ça, il pouvait être accommodant, plaisant et accueillant, quelle que soit la personne en face de lui. Il était chargé des relations publiques pour les Nations Unies, nom de Dieu !

Quand il franchit l'angle, Jack était là. Lucas reconnut immédiatement le costume gris clair qu'ils avaient choisi ensemble lors de leur premier week-end à Anvers et il sentit sa gorge s'assécher. C'était comme si le temps n'avait pas passé, comme s'il pouvait aller le rejoindre et voir des étincelles dans ses beaux yeux bleus. Jack était beau, peut-être un peu maigre mais quand même...

—Jack ?

Lucas s'éclaircit la gorge, tentant d'avoir l'air professionnel, mais il échoua lamentablement à masquer l'émotion de sa voix.

Leurs regards se croisèrent par-dessus le bureau d'accueil et le visage de Jack pâlit.

— Lucas.

Un petit sourire se dessina un instant sur le visage de Jack quand ils se regardèrent dans les yeux. Jack prit une profonde inspiration et regarda autour de lui dans le hall.

— Je ne savais pas... tu travailles ici ? demanda-t-il avec beaucoup d'hésitation.

Lucas acquiesça.

— Je suis dans les relations publiques maintenant, et c'est moi qui vais te faire visiter le bâtiment cet après-midi. Si ça te va, bien sûr ?

Les deux hommes se fixèrent pendant un moment, jusqu'à ce que Lucas reprenne contenance et fasse signe à Jack de passer à travers le portique de détecteur de métaux. Puis il lui tendit son passe visiteur.

— Tu dois...

Il fit signe sur sa propre veste pour montrer son passe, puisqu'il était trop mal à l'aise pour faire un pas en direction de Jack.

— ... attacher ça. Il doit rester tout le temps visible. Si tu es engagé, je te ferai faire un badge personnel plus tard.

Jack hocha la tête et clipsa son badge sur sa veste.

— Alors, à quelle heure est ton entretien ? demanda Lucas tandis qu'ils avançaient dans le hall en direction des ascenseurs.

— Quatre heures, répondit Jack d'un ton neutre, regardant autour de lui pour admirer la vue majestueuse.

— Tu es en avance.

Lucas était amusé de ce fait, car c'était si différent d'avant, quand ils étaient toujours trop occupés et que Jack arrivait toujours en retard.

ALORS QU'IL traversait ce grand bâtiment au côté de Lucas, Jack réalisa qu'il n'était pas du tout nerveux pour son entretien. Obtenir ce travail rendrait sa vie bien plus facile, mais ce n'était pas une nécessité absolue et de plus, on le trouverait probablement surqualifié une nouvelle fois. Désirait-il travailler à un endroit où il aurait toutes les chances de croiser régulièrement son ex-amant ? Même si Lucas ne le voulait de toute évidence plus dans sa vie, les

165

sentiments de Jack envers le jeune homme n'avaient pas changé. Il ignorait s'il voulait savoir pourquoi Lucas était parti, mais peut-être que cela l'aiderait à clore ce chapitre de sa vie.

Jack regarda sur le côté et vit que Lucas souriait toujours du dernier commentaire qu'il avait fait. Quelque chose sur le fait d'être en avance.

— Eh bien, on m'avait promis une visite, répondit abruptement Jack.

— Tu as de la chance dans ce cas. Depuis que j'ai commencé à jouer les guides touristiques ici, je connais l'endroit par cœur.

Lucas commençait à se détendre un peu face à l'idée de devoir parler pendant une bonne heure à Jack. Peut-être que c'était bien de clarifier la situation, de mettre une fin à leur relation une bonne fois pour toutes.

— Alors, comment va Maria ? demanda-t-il, prudent.

Jack leva les yeux, mais ne les posa pas directement sur Lucas.

— Elle va bien, je crois. Elle travaille au Soudan, pour l'UNICEF.

Lucas s'arrêta et se tourna vers Jack, le cœur battant.

Remarquant que le jeune homme n'était plus à côté de lui, Jack s'arrêta et se retourna.

— On a divorcé, Lucas.

La voix de Jack ne laissait transparaître aucune émotion, mais Lucas respira tout de même plus difficilement. Maintenant, ils devaient vraiment parler. Si Jack était divorcé, alors leur relation avait peut-être réellement eu une signification.

— Jack...

Lucas fixa le sol, effrayé à l'idée de le regarder droit dans les yeux.

— Il faut qu'on parle... de quelques trucs.

Il leva les yeux.

— Et si nous allions dans la salle de repos prendre un café. On pourra profiter d'un peu d'intimité là-bas.

LUCAS FUT heureux que le petit salon soit presque désert quand ils y entrèrent.

— Je n'étais pas au courant pour toi et Maria, Jack. Je suis désolé.

— Non, tu ne l'es pas, réfuta rapidement Jack en souriant à Lucas.

Il commençait à nouveau à se détendre en sa présence, retrouvant leur vieille répartie.

— D'accord, je ne le suis peut-être pas, répondit Lucas, se souvenant parfaitement de la manière dont Jack devinait toujours ces moments où il ne le pensait pas vraiment. Que s'est-il passé ?

Jack gloussa.

— Toi, idiot.

Lucas sentit les larmes lui monter aux yeux quand il réalisa toute la signification des paroles de Jack. *Arrête d'agir comme une fillette, Luke.* Il secoua la tête.

— Alors je suis vraiment désolé. Désolé d'être parti comme ça, désolé de n'avoir pas eu la patience d'attendre, désolé d'avoir eu trop peur pour affronter Maria, et désolé d'avoir mis nos carrières avant tout le reste.

Il sentit la main de l'autre homme couvrir la sienne et Jack parla doucement.

— Pas un jour n'est passé sans que je ne pense à toi, Luke. Après l'hôpital, quand Sean m'a dit que tu étais parti, je n'ai pas compris. Puis Maria semblait si fière d'elle quand elle disait que tu étais parti pour sauver ma carrière, alors j'ai compris qu'elle avait eu son rôle à jouer dans le fait que tu sois parti... sans dire au revoir. J'ignorais par contre la portée de son chantage et combien de cette décision avait été de ton fait.

Jack prit la main de Lucas et l'embrassa tendrement, lui envoyant des frissons à travers le corps.

— Je ne fais aucune supposition ici. Je suis sûr que tu as déjà quelqu'un d'autre dans ta vie maintenant, alors dis-le moi simplement et je te laisserai tranquille.

Lucas avait besoin d'être honnête avec Jack, mais il ignorait comment.

— Eh bien, il y a plus ou moins quelqu'un, c'est difficile à expliquer.

Il attendit un moment, tentant de se décider sur ce qu'il pouvait lui dire.

— Pourquoi je ne te ferais pas faire cette visite, puis je te dépose là où tu as ton entretien. Après ça, viens me retrouver au second étage du bâtiment DC-2 et j'essaierai de t'expliquer.

Lucas prit une profonde inspiration.

— Et c'est pour quoi cet entretien ? Secrétaire général ?

Jack poussa un grognement.

— Non, merci, plus de poste à haute responsabilité pour moi. Je suis heureux de rester dans l'ombre. Ils auraient apparemment besoin d'un

Interprète expérimenté qui parlerait couramment trois langues des Nations Unis et qui aurait de l'expérience en politique internationale.

Lucas sourit.

— Ça te ressemble. Anglais, Espagnol et Français, pas vrai ? Sans bien sûr mentionner le Danois, le Suédois, le Norvégien et un peu d'Allemand. Ce ne sont pas des langues officielles ici, mais les délégués de ces pays pourraient avoir besoin de toi également. Je ne vois pas pourquoi tu n'aurais pas le poste, Jack, tu es parfait.

Jack eut un sourire timide.

— Eh bien, on verra ce qu'ils en disent, d'accord ?

L'ENTRETIEN SE passa bien, et ils furent clairement impressionnés qu'un homme avec l'expérience de Jack soit prêt à accepter un poste de simple interprète.

Il avait été ouvert et honnête avec eux, leur expliquant son désir de retourner à l'université à temps partiel, tout en reconstruisant sa vie après son divorce, et voulait un travail loin des projecteurs.

Les hommes qui recrutaient savaient qu'ils seraient idiots de laisser filer un homme pareil et l'engagèrent sur le champ.

SUR LE chemin pour se rendre là où Lucas lui avait demandé de le retrouver, Jack commença à se demander ce qu'il voulait lui montrer. Le jeune homme était resté très vague en répondant aux questions sur sa vie privée, et cela rendait Jack curieux. Bien sûr, il savait qu'il ne pouvait pas s'approprier Lucas. Ce n'était pas comme si son mariage avait été la seule difficulté qu'ils aient eu à affronter, mais son intérêt était tout de même aiguisé.

Au second étage, l'ascenseur s'ouvrit sur une petite aire d'attente et beaucoup de couloirs, alors Jack décida d'attendre. Il était un peu plus détendu maintenant qu'il savait qu'il avait le travail et qu'il pourrait venir régulièrement ici. Cela signifiait cependant qu'il devrait clarifier les choses avec Lucas, et faire le point sur ses propres sentiments. Alors qu'il réfléchissait à tout ce qui s'était passé entre ce soir-là à l'hôpital et aujourd'hui, il réalisa qu'il avait pris depuis longtemps sa décision. La fin de sa carrière diplomatique et son divorce l'avaient clairement conduit à ce moment, mais il savait qu'il ne devait pas se faire trop d'illusions.

Ce fut plus de dix minutes plus tard que Lucas émergea de l'ascenseur, de toute évidence pressé.

— Pardon, je suis en retard.

Il sourit, les joues encore rouges et essoufflé comme s'il avait couru.

— Alors, tu as eu le travail ?

Jack regarda le visage excité de son ancien amant et se demanda s'il ne devait pas le taquiner un peu. Il y renonça.

— Oui.

— Je le savais ! Ils auraient été idiots de ne pas t'embaucher !

Lucas prit les bras de Jack, les serra et les relâcha. Il s'approcha un peu et chuchota.

— J'ai envie de te prendre dans mes bras, mais ils ont beau être ouverts d'esprit par ici, on devrait quand même éviter.

— On remet ça à une autre fois.

Jack sourit, reconnaissant envers Lucas pour sa maîtrise, puisqu'il n'était pas sûr d'y arriver lui-même.

— Alors, pourquoi m'as-tu emmené ici ?

Le sourire radieux de Lucas faiblit un peu et il demanda avec nervosité à Jack de le suivre.

XX

ILS ENTRÈRENT dans un couloir bordé de dessins d'enfants et, avant que Jack ne commence à comprendre, il entendit une voix perçante quelque part en face d'eux.

— Papa, papa, papa.

Il vit Lucas se pencher pour rattraper une magnifique petite fille qui courait vers lui, les bras ouverts. Elle avait un large sourire qui rendait ses beaux yeux bruns tout petits, et son visage était encerclé de superbes boucles brunes épaisses. Il était impossible de ne pas voir qu'elle était la fille de Lucas.

— Tu t'es bien amusée aujourd'hui ? demanda Lucas à la petite fille.

Elle hocha la tête, faisant danser ses boucles autour de son visage, et planta un baiser bruyant et étudié sur les lèvres de Lucas.

— J'aimerais te présenter quelqu'un, ma chérie, tu es d'accord ?

Elle regarda Jack par-dessus l'épaule de son père et cacha son visage dans le creux de son cou.

Lucas se retourna, sa fille dans ses bras, et fit un sourire d'excuse à Jack.

— Je suis désolé, elle n'a que deux ans.

Il repoussa les boucles de sa joue pour montrer le visage boudeur de la fillette.

— Chérie, c'est un ami très spécial, quelqu'un de très important pour moi. Dis bonjour à Jack.

Puis il dit à Jack :

— Elle s'appelle Ann-Elise.

Quand la petite fille se réfugia à nouveau dans les bras de Lucas, Jack aperçut son regard désespéré et tenta de transformer le sien en regard compréhensif.

170

— Elle va s'en remettre, Jack. Elle a juste besoin d'un peu de temps, elle n'a pas l'habitude des étrangers.

Jack sourit encore, tentant d'assimiler toutes les informations qu'il venait de recevoir. Il avait tant de questions à poser à Lucas, mais il savait qu'il ne pouvait en poser aucune en présence d'Ann-Elise. Il devrait faire preuve de patience.

Lucas sembla lire dans ses pensées.

— Jack, j'aimerais t'expliquer tout ça plus en détails, mais je comprendrais si tu ne...

Il ne savait clairement pas comment aborder le sujet.

— Ce que j'aimerais vraiment, c'est t'inviter à dîner, mais pourquoi ne viendrais-tu pas à la maison avec moi. Elle se couche à sept heures trente et je te ferai à manger.

Tentant de détendre l'atmosphère, Jack répondit rapidement.

— Oh, tu sais cuisiner maintenant ?

Lucas sourit, semblant soulagé.

— Plus ou moins, oui, enfin, j'ai de la nourriture à la maison et parfois même j'arrive à faire quelque chose de comestible.

— Et si je voyais ce que je peux nous préparer avec ce que tu as, pendant ce temps tu t'occupes d'Ann-Elise et on parlera après qu'elle soit couchée, d'accord ?

Lucas acquiesça et Jack vit les yeux du jeune homme se remplir de larmes. Il vérifia autour d'eux qu'il n'y avait personne, mais nul ne faisait attention à eux, il plaça donc une main sur la nuque de Jack, juste au-dessus du bras d'Ann-Elise, et il l'attira pour un baiser rapide.

— Tout va bien, Lucas. On a beaucoup à discuter.

JACK ÉTAIT dans la petite cuisine du deux-pièces de Lucas, ouvrant placards et tiroirs, tentant de décider ce qu'il leur ferait à dîner. Il sourit en voyant que c'était une cuisine très fonctionnelle, avec beaucoup d'ustensiles, dont la plupart quasiment neufs mais utilisés. De toute évidence, Lucas cuisinait de temps en temps.

Quand ils étaient entrés, il avait scanné le salon et n'avait trouvé aucun indice qui démontrerait que quelqu'un d'autre vivait ici. C'était assez désordonné, avec beaucoup de jouets traînant partout. Il y avait quelques photos sur le frigo, la plupart d'Ann-Elise, quelques-unes de Lucas, mais nulle part la mère de l'enfant. Il était quasiment sûr que Lucas vivait seul avec sa fille.

Il pouvait les entendre dans la salle de bain qui discutaient. Ann-Elise ne disait pas plus que quelques mots, mais elle était très douée pour se faire comprendre.

Quelques instants plus tard, elle arriva en courant dans la cuisine, vêtue simplement de sa couche et riant avec joie, suivie de près par Lucas qui la poursuivait avec une serviette.

— Viens ici, petit monstre, il faut encore sécher tes boucles.

Quand elle vit Jack dans 'sa' cuisine, elle s'arrêta, le fixant avec suspicion.

Cela laissa à Lucas le temps de l'attraper et de la soulever.

— Tu es prête pour un sandwich ?

— Oui, papa !

— Est-ce que Jack peut te faire un sandwich ?

Elle regarda Jack et décida alors de lui donner une chance, avec un sourire qui illumina son visage.

— Tu veux un sandwich à quoi, ma puce ? demanda Jack, restant à distance mais appréciant le fait que la fillette s'habitue à lui.

— Au mice, te plaît, répondit-elle d'un air décidé.

— Au mice ? demanda Jack à Lucas, curieux.

— Saucisse, articula Lucas silencieusement, ce qui fit ricaner les deux hommes.

Jack lui fit un sandwich avec des petits bouts de saucisse et s'assit près de Lucas, qui portait Ann-Elise sur ses genoux pendant qu'elle mangeait son sandwich avec appétit. Il fut amusé de la voir tenter de partager la croûte du pain avec Lucas, et se sentit apaisé par ce joyeux portrait familial. Était-il trop tôt pour espérer en faire un jour partie ? Il savait qu'il aimait toujours Lucas. Il n'en avait jamais douté, mais revoir le jeune homme ne faisait que le confirmer. Pouvait-il espérer que Lucas l'aime aussi ? Ann-Elise l'accepterait-elle dans la vie de son père ?

Il fut tiré de ses pensées en entendant Lucas dire à sa fille qu'il était l'heure d'aller au lit.

— Tu fais un bisou à Jack ?

— Ack ? demanda-t-elle.

Lucas pouffa.

— Oui, Jack.

Elle se tortilla pour descendre des jambes de Lucas et alla vers l'autre homme.

— Nuit nuit Ack.

Elle se redressa, plissa les lèvres et Jack ne put s'empêcher de rire. Il reçut un gros baiser de la fillette sur les lèvres.

— Nuit nuit, Ann-Elise.

QUAND LUCAS revint dans la cuisine un quart d'heure plus tard, Jack était en train de servir les *Fettuccini Alfredo* encore fumantes.

— J'espère que tu as faim ? Ça fait une éternité que je n'ai pas cuisiné pour deux.

Lucas se frotta la cuisse et s'assit.

— Je suis affamé, en fait. C'est rare de manger ça.

C'était bizarre, mais c'était un bizarre agréable, d'être assis ensemble dans cette petite cuisine, à partager un repas. Leur relation s'était toujours composée de moments volés ensemble, de séjours à l'hôtel, ou de Jack qui venait chez Lucas pour un coup rapide après le travail. Ils n'avaient jamais été aussi... domestiques.

Lucas fixa Jack pendant que ce dernier décrivait son entretien de l'après-midi, et disait pourquoi il voulait travailler aux Nations Unies. Jack tentait de trouver la bonne chose à dire et y arrivait, comme d'habitude, mais il faisait tellement d'efforts qu'il fixait un point invisible sur la table plutôt que Lucas.

Et Lucas retomba totalement amoureux. Pouvait-il espérer que les sentiments que Jack lui avait porté soient toujours là ? Jack était venu chez lui, mais peut-être se sentait-il juste seul, dans une nouvelle ville, et désirait juste reprendre contact avec un vieil ami. Il ne savait pas s'il pouvait supporter de n'être qu'un vieil ami pour lui. D'un autre côté, retrouver son ancien amant après plus de deux ans n'avait pas eu l'air de décontenancer Jack.

— C'était vraiment délicieux.

Lucas repoussa son assiette vide et se frotta l'estomac.

Jack sourit, terminant les dernières pâtes dans son assiette.

— C'était agréable de pouvoir à nouveau cuisiner pour quelqu'un.

Alors il se sentait juste seul.

Jack commença à débarrasser la table, mais Lucas l'arrêta.

— Hé, tu as cuisiné, tu n'as pas à faire la vaisselle ! On peut la laisser dans l'évier et je la ferai demain matin.

— Papa !

Lucas eut un sourire d'excuse.

— Elle ne se réveille jamais d'habitude.

Jack lui répondit par un regard compréhensif.

— Tu ferais mieux d'aller la voir.

Lucas jura en silence tout en allant voir sa fille.

QUELQUES MINUTES plus tard, quand il revint dans la cuisine, Lucas trouva Jack penché au-dessus de l'évier, en train de faire la vaisselle.

Il vint vers lui et ne put s'empêcher de poser une main sur son dos.

— Tu n'avais pas à le faire, Jack.

— Ça ne me dérange pas. Je ne peux pas te laisser tout faire tout seul, Luke.

Quand Jack tourna la tête pour le regarder, Lucas put voir la tristesse dans son regard, alors il passa derrière lui, l'entoura de ses bras et posa son menton sur son épaule.

— Tu m'as manqué.

Il sentit Jack déglutir difficilement.

— Toi aussi. Seigneur, Luke, toi aussi.

Lucas tenta de ne pas se sentir déçu quand Jack recommença à laver le dernier plat. Il attrapa une serviette par-dessus l'épaule de Jack et commença à essuyer les assiettes.

Quand il rangea le dernier plat dans le placard, il vit Jack qui nettoyait le plan de travail et il l'arrêta.

— Ça suffit, Jack.

Lucas prit la main de l'autre homme et l'attira hors de la cuisine.

— On doit parler, clarifier la situation, sérieusement.

Il pencha la tête en voyant que Jack ne souriait pas et l'embrassa rapidement sur les lèvres.

— Viens.

— Hé, je me souviens de ce canapé, remarqua Jack, tentant de détendre l'atmosphère.

— Livré avec les compliments du Service des Affaires Étrangères britannique de Bruxelles. Assis ! ordonna Lucas.

Il revint quelques minutes plus tard avec deux tasses de thé et s'installa à côté de Jack.

— Je te dois une explication pour Ann-Elise.

— Non, tu ne me dois rien.

Jack leva les yeux au ciel.

— Non pas que je ne veuille pas savoir. Mais je ne veux pas que tu aies le sentiment de me 'devoir' quelque chose. Elle est adorable et il est impossible de ne pas remarquer qu'elle est ta fille.

Jack prit la main de Lucas et la serra.

— Elle est de Lucy, déclara Lucas en regardant leurs mains.

— Et où est Lucy maintenant ? demanda prudemment Jack.

— En fait, je ne l'ai pas vue depuis qu'elle m'a quitté à Bruxelles. Je ne savais même pas qu'elle était enceinte.

Jack parut confus.

— Alors comment ?

Lucas soupira.

— J'ai quitté Bruxelles après notre... tu sais. Tu sais quand je suis parti.

Il sourit à Jack.

— J'avais besoin de partir, de revoir mes priorités. Alors je suis allé à Stanford en pensant que si je me noyais sous les bouquins, ça mettrait de l'ordre dans ma tête, et que je pourrais même obtenir la Maîtrise dont j'avais tant besoin.

Jack se déplaça sur son siège et se tourna un peu plus vers Lucas sans jamais lâcher sa main.

— Je sais que c'était idiot de tenter de reprendre contact avec elle. Ce n'était pas comme si je voulais la récupérer et je savais qu'elle ne voudrait pas de moi, donc... Un matin, j'ai reçu un coup de fil de sa sœur. Je veux dire, cette femme ne me supportait pas quand je voyais Lucy et tout à coup, elle m'appelait ?

Lucas regarda le plafond et inspira profondément.

— Elle m'a dit de venir à l'hôpital universitaire si je voulais voir ma fille avant qu'elle ne soit laissée à l'adoption.

Jack haussa un sourcil.

— Wow, très bonne manière d'annoncer ça.

Lucas eut un rire sarcastique.

— Eh bien, je t'ai dit qu'elle ne m'aimait pas.

— Si elle ne t'aimait pas, elle aurait pu ne rien dire du tout.

Jack semblait vouloir comprendre la situation.

— Je dirais plutôt qu'elle voulait te faire souffrir.

— Je suppose. Bref, tu imagines bien le choc que ça a été, mais j'y suis allé, que pouvais-je faire d'autre ? L'infirmière me l'a montrée et j'ai su tout de suite que je devais me battre pour elle. *Elle* allait abandonner ma fille ! J'ai parlé à un médecin et à un conseiller pour l'adoption et ils m'ont dit qu'elle avait écrit 'père inconnu' sur son acte de naissance.

Jack ne manqua pas de remarquer que Lucas n'avait pas prononcé le nom de Lucy une seule fois de toute la soirée.

— Ça m'aura pris deux tests de paternité et une visite chez un juge, mais deux semaines plus tard j'étais comme un fou, à acheter tout ce que je pouvais pour le bébé.

— Et tu n'es jamais revenu en arrière après ça, hein ? demanda Jack, plein de compassion.

— Seigneur, c'était dur !

Lucas pouffa en se souvenant.

— Je te jure. Des nuits blanches à faire les cent pas dans la chambre, à essayer de la calmer. Je me suis souvent demandé ce qui m'était passé par la tête quand j'ai signé les papiers.

— Et maintenant ?

Jack tenta de regarder le visage de Lucas, mais le jeune homme fixait le sol.

Quand il leva enfin les yeux, Jack y aperçut des larmes.

— Elle fait totalement partie de moi, Jack, de ma vie. Tous ces sacrifices ne sont rien comparés à l'amour qu'elle m'apporte. Elle m'aime, Jack, même quand elle me tient tête parce que je ne lui permets pas certaines choses, même quand je lui dis non et qu'elle me fait une crise. Au final, elle revient toujours vers moi et met ses petits bras autour de mon cou, et je fonds.

— Eh bien, j'imagine parfaitement bien qu'elle puisse avoir ce don, oui, reconnut Jack.

Il voulait prendre Lucas dans ses bras, mais avait peur de le faire. Ils n'étaient pas assis très près l'un de l'autre, alors il tenta une différente approche.

— Ce canapé me rappelle pas mal de bons souvenirs.

Lucas pouffa.

— Oui, moi aussi. C'est pour ça que je n'ai pas pu le laisser à Bruxelles. J'ai vendu tous mes autres meubles, mais je n'arrivais pas à accepter l'idée que quelqu'un d'autre... s'assoit dessus.

Ils pensèrent tous deux au passé, le sourire aux lèvres, quand un cri perçant brisa le silence.

— C'est elle ? demanda Jack.

Lucas hocha la tête et se leva.

— Je ne sais pas ce qui lui prend ce soir.

Jack se leva également.

— Écoute, je ferais mieux de partir.

XXI

— Non !

Lucas soupira.

— Je veux dire, je reviens tout de suite, je suis sûr qu'elle va bien et... et je veux te dire au revoir comme il faut, cette fois.

Jack ne put résister au visage suppliant du jeune homme et se rassit. Quand Lucas partit dans la chambre, il put l'entendre parler doucement à Ann-Elise. Il ne pouvait comprendre ce qu'il disait, mais son intonation était douce et aimante. Après un moment, sa voix se tut et Jack se demanda ce qui se passait. Il se leva à nouveau et, sur la pointe des pieds, se dirigea vers la porte entrouverte de la chambre. Quand il entra, il vit Lucas debout à côté du lit d'enfant. La lampe de chevet d'Ann-Elise éclairait faiblement et projetait des silhouettes d'éléphants, de souris et de girafes sur le plafond ainsi que sur son père et Jack vit clairement le sourire de Lucas.

Il s'approcha en silence dans le dos de Lucas, faisant en sorte de ne pas le surprendre. Il pouvait sentir la chaleur irradier du corps du jeune homme et tenta de ne pas le toucher, mais quand Lucas se pencha lentement en arrière vers lui, Jack s'approcha de manière à ce que le dos de Lucas touche son torse.

— Elle est belle, pas vrai ?

Jack s'approcha encore, regardant par-dessus l'épaule de Lucas Ann-Elise qui dormait paisiblement, tout en gardant néanmoins ses mains dans son dos.

— Hmm, oui.

Jack embrassa l'épaule et la nuque de Lucas.

— Tout comme son père.

Lucas pencha sa tête en arrière. Il passa sa main derrière lui pour la poser sur le cou de Jack et ce dernier passa fermement ses bras autour du corps de Lucas. Lucas tourna la tête et lui offrit ses lèvres, alors Jack fit ce qu'il voulait faire depuis que ses yeux s'étaient posés sur lui quelques heures plus tôt : il goûta ses lèvres, sa bouche, sa langue.

Lucas se retourna dans les bras de Jack et approfondit le baiser. Les deux dernières années et demie disparurent tandis que Lucas gémissait sous le baiser passionné, s'abandonnant totalement à Jack.

Ils réussirent à stopper le baiser quand Ann-Elise s'agita, mais ils restèrent dans les bras l'un de l'autre pendant qu'ils regardaient le berceau. Ann-Elise bougea beaucoup, mais resta endormie.

Lucas gloussa.

— Quoi ? demanda Jack à voix basse.

— J'ai la sensation qu'un thème récurrent dans notre relation est en train de réapparaître.

Jack lui lança un regard interrogateur.

— Tu restes ici, hein ? demanda Lucas effrontément.

Jack acquiesça.

— J'aimerais.

Lucas l'embrassa rapidement puis lui prit la main et éteignit la lampe de chevet.

— Viens.

Il conduisit Jack hors de la chambre jusqu'au canapé.

— Je suis désolé, mais je ne suis pas prêt à ce qu'une enfant de deux ans nous regarde nous embrasser.

Jack sourit.

— Eh bien, ce canapé est rempli de souvenirs précieux.

Le canapé avait des coussins doux et larges, ce qui permit à Jack et Lucas de s'allonger côte à côte pour refaire tranquillement connaissance, se toucher et s'embrasser de temps en temps. Après toutes leurs rencontres charnelles sur le pouce dans le passé, ils avaient désormais l'impression d'avoir tout le temps du monde.

— Comment as-tu réussi à enfin divorcer d'avec Maria ? demanda Lucas en caressant lentement le dos de Jack. Elle avait été très claire sur le fait qu'elle ne te laisserait jamais partir.

Jack embrassa son front.

— Oui, pardon pour ça.

Il leva les yeux au ciel.

— J'ai dû prendre des mesures drastiques.

— Oh ? demanda Lucas, un peu amusé par le froncement de sourcils de Jack.

— C'est une longue histoire.

Lucas regarda sa montre.

— On a environ six heures avant qu'Ann-Elise ne se mette à crier pour attirer mon attention. Jusque-là, je suis toute ouïe.

Jack gloussa.

— D'accord.

— Tu joues à quoi, Christensen ?

Gallagher était très clairement furieux, mais Jack n'en avait rien à faire. Ils prenaient une pause dans leur réunion avec le Premier Ministre belge et le Secrétaire de la Défense. Ils tentaient de les convaincre du point de vue américano-britannique, sur le fait que l'OTAN devait envoyer le plus de troupes possible pour préserver la paix et aider à l'effort de guerre, et leur démontrer que les Belges n'aidaient pas à montrer un front uni.

Jack était fatigué, ses côtes fêlées et de les bleus qu'on lui avait fait durant son enlèvement n'étaient toujours pas totalement guéri, et il se battait pour une chose en laquelle il ne croyait pas.

— Penses-tu qu'on devrait envoyer des centaines de jeunes hommes et femmes se battre pour ça ?

Jack fronça les sourcils en regardant son ami.

— Ce que je veux dire, c'est que notre opinion ne compte pas, Jack. Notre travail, c'est de soutenir les choix de notre pays et de le défendre.

Sean se détourna et leva les mains en signe de défaite.

— Pourquoi dois-je t'expliquer cela ?

Il le regarda et chuchota.

— C'est de la trahison, Jack ! Ces gars qui t'ont enlevé t'ont déglingué le cerveau, c'est ça ?

Jack soupira et prit une gorgée de son café.

— Cette décision a été prise pour satisfaire leur ego, Gallagher, et tu le sais. Mon Président pour des raisons économiques et ton Premier Ministre parce que c'est un fayot. Seigneur, Gallagher, ce type lèche tellement le cul de mon Président qu'il peut faire une carte routière de son côlon.

Gallagher grogna et secoua la tête.

— Il y a d'autres façons d'agir, Jack, et celle-ci n'est pas diplomatique. Ils auront ta tête sur un plateau, et la mienne aussi, si je ne suis pas prudent.

Le Premier Ministre belge et son Secrétaire de la Défense rondouillard revinrent à la table, et Jack et Sean s'assirent également.

Jack s'éclaircit la gorge.

— On pourrait parler de manière officieuse un moment ?

Sean le fusilla du regard.

Le Premier Ministre congédia son Secrétaire d'un signe de la tête et Jack se leva à nouveau. Il alla vers la porte pour la refermer puis se dirigea vers la fenêtre.

— Je sais que mon Secrétaire d'État a reçu pour ordre de vous menacer de sanction si vous ne nous aidiez pas à persuader la France et l'Allemagne de resserrer les rangs. On m'a demandé de vous dire également que l'armée américaine cesserait d'utiliser le port d'Anvers et qu'il y aurait des sanctions d'import-export. Comme dernier recours, on m'a demandé de menacer d'extirper le quartier général de l'OTAN.

Jack regarda Sean, qui était assis avec raideur sur sa chaise et fixait le dessus de la table.

— Je peux vous assurer que ces menaces, c'est des conneries.

Il vit le ministre le regarder, regarder Sean, puis le regarder à nouveau.

— Si vos citoyens ne soutiennent pas cela, alors vous ne devriez pas. Vous êtes un petit pays, mais vous êtes importants, parce que vous ne laissez pas les grands vous regarder de haut. Je ne dis pas que vous pouvez cesser cette guerre, ni que vous pouvez accomplir quoi que ce soit en refusant de vous joindre aux forces de maintien de la paix de l'OTAN, mais je vous dis de suivre votre cœur, car c'est quelque chose que j'aurais dû faire depuis bien longtemps.

Jack fit un signe de la tête aux deux politiciens sous le choc et partit.

— TU AS vraiment dit ça ? demanda Lucas, les yeux tellement écarquillés que ses sourcils arrivaient presqu'à ses cheveux.

— Ouais, répondit timidement Jack. J'étais malade et fatigué de me cacher, de mentir à tout le monde.

Il embrassa tendrement Lucas.

— Je savais que Maria n'accepterait jamais le divorce, sauf si je devenais précisément celui qu'elle ne voulait pas que je devienne.

Lucas le regarda avec gravité.

— Sean avait raison. Ce que tu as fait, Jack, c'était de la trahison !

— Je sais, mais tu sais quoi ? Ça m'a vraiment soulagé. C'était comme si je m'étais dégagé d'un énorme poids. Je suis sorti du bâtiment, et l'air était rempli d'oxygène. Je pouvais enfin respirer. Le Premier Ministre savait très bien qu'il ne devait pas répéter ce que j'avais dit, alors personne en dehors de cette pièce n'était au courant. Ils en ont conclu que j'avais fait une dépression nerveuse, et je n'ai pas contredit. J'ai même vu un psy. Elle a accepté de me diagnostiquer fragilisé et comme un véritable danger pour moi-même. Ils m'ont offert six mois de 'congés'.

— Et Maria ?

Lucas avait toujours ses rides d'inquiétude sur le front et Jack les effleura doucement de ses doigts, tout en repoussant une mèche bouclée.

— Elle a compris que si j'étais prêt à foutre en l'air ma carrière, alors j'étais sérieux. On a beaucoup parlé. On a même un peu pleuré. Puis parlé encore.

Le sourire inquiet de Lucas le força à continuer.

— On a partagé beaucoup de choses en quinze ans de mariage, Lucas. C'est une femme formidable, je le penserai toujours. Elle méritait une explication.

— Qu'est-ce qu'il y avait à expliquer ? demanda Lucas un peu sèchement.

Jack posa son front contre celui du jeune homme.

— Je lui ai dit que je l'aimais. Comme une sœur, ou une amie. Je lui ai dit que je t'aimais, de manière si totalement différente que je n'arrivais plus à le cacher.

— Mais j'étais parti. Je n'étais plus là, et tu ignorais où j'étais allé.

Jack sourit en voyant Lucas tentait de le regarder sans briser le contact.

— Tu parles comme Maria.

Lucas lui donna un coup dans les côtes.

— Aie.

Jack posa une main là où Lucas l'avait frappé et feignit une grande douleur, s'éloignant autant qu'il le pouvait.

— Je suis désolé, tu as encore mal aux côtes ?

Jack tira Lucas près de lui, espérant ainsi faire disparaître l'inquiétude de son visage.

— Non, idiot. C'est guéri. Je pensais ce que je lui ai dit, Luke. Je savais que je t'aimais plus que je n'avais jamais aimé personne. La douleur de t'avoir perdu s'est peu à peu calmée avec le temps, mais quand je t'ai revu aujourd'hui...

— Je ne savais pas si je pouvais me montrer devant toi, admit Lucas. J'ai vu ta photo sur le passe visiteur dans mon dossier de briefing et mon cœur s'est arrêté.

— Pourquoi ?

— Je t'ai abandonné, Jack ! Et même si tu m'avais pardonné, il y avait Ann-Elise et...

Jack le fit taire d'un baiser.

— Ann-Elise est parfaite, Luke. Quand je te vois avec elle, la manière dont tu t'occupes d'elle et comme tu l'aimes... ça me fait retomber une nouvelle fois amoureux de toi.

Il regarda Lucas avec sérieux.

— Je sais que c'est très soudain, mais j'espère pouvoir faire partie de votre vie, Luke, à toi et à Ann-Elise.

Lucas leva les yeux vers lui.

— Tu es sérieux ?

Jack hocha la tête.

— Si tu veux de moi.

Lucas se serra un peu plus fort contre Jack.

— Tu en auras bien rapidement marre de nous, Jack. Ann-Elise est une enfant difficile, tu sais.

Jack se contenta de sourire.

ILS SE réveillèrent quelques heures plus tard en entendant Ann-Elise parler seule.

Quand Lucas réalisa qu'ils étaient toujours sur le canapé, les membres entrelacés, il s'excusa.

— Elle fait ça tout le temps.

— Elle ne pleure jamais ?

Lucas secoua la tête.

— Elle le faisait quand elle était bébé mais plus maintenant, sauf si elle se blesse vraiment. Elle courrait à travers la maison la dernière fois et elle s'est pris le coin de la porte. Elle a juste dit 'Lise Bang' avant de se remettre à courir.

— Elle doit se sentir en sécurité avec toi, répondit doucement Jack.

— Tu crois ? demanda Lucas, un peu incertain.

Jack hocha la tête.

— Alors, quels sont tes plans pour la journée ?

— Eh bien on est samedi, alors on se lève, on déjeune et, vers onze heures, je dépose Ann-Elise chez Liz pour qu'elle joue avec ses garçons, qu'elle adore d'ailleurs, et pendant ce temps je fais les courses et me promène un peu. C'est mon moment à moi, mais j'aimerais le partager avec toi !

Lucas regarda Jack d'une telle manière que ce dernier ne put rien lui refuser. Non pas qu'il l'aurait voulu.

— Et tu récupères Ann-Elise à quelle heure ?

— Vers trois heures. C'est l'heure vers laquelle Liz ne supporte plus les gamins, tu peux me croire !

— C'est gentil à elle de la garder, remarqua Jack.

— Oui, nous autres parents célibataires, nous devons nous entraider. Tu connaîtras bien assez tôt ses garçons, vu que c'est chacun notre tour.

Jack sourit, appréciant que Lucas semble prendre pour acquis le fait que Jack serait toujours là à partir de maintenant.

XXII

LA MATINÉE se déroula sans incident. Ann-Elise était toujours un peu timide avec Jack, mais quand ils arrivèrent chez Liz elle insista pour dire au revoir à Jack en même temps qu'à son père, avant de partir dans la salle de jeux en courant.

Liz était toujours aussi franche pendant les présentations.

— Alors vous êtes l'Ambassadeur qui possède le cœur de Lucas depuis ces trois dernières années.

Jack sourit un peu timidement, mais se dit que la meilleure défense restait encore l'attaque.

— Oui, j'étais l'homme marié, il était l'homme irrésistible.

Il lança un regard en coin à Lucas et remarqua que Liz appréciait clairement ce qu'elle voyait.

— Oui, au moins il a bon goût en manière d'homme.

Elle se tourna vers Lucas et lui embrassa la joue.

— Va t'amuser. Tu peux la laisser ici aussi longtemps que tu le voudras.

Elle fit un clin d'œil à Jack.

Une fois à nouveau dehors, Jack ne put se retenir.

— C'est quelque chose cette femme, hein ? À quel point tu lui en as dit à notre sujet ?

Lucas gloussa.

— Un soir vraiment dramatique, on s'est retrouvés aux urgences avec Ann-Elise. Elle avait une forte fièvre et je n'arrivais pas à la calmer, alors j'ai appelé Liz, dont le petit ami venait de l'abandonner alors qu'elle était enceinte de jumeaux. Elle a un peu vidé ce qu'elle avait sur le cœur pendant qu'on attendait aux urgences, alors je l'ai fait aussi. Elle sait à peu près tout, Jack.

185

Jack ne savait pas vraiment ce qu'il ressentait par rapport à ce que Lucas venait de lui apprendre.

— Elle est vraiment géniale, et elle ne s'intéresse pas aux personnes avec lesquelles un homme peut coucher si cette personne n'est pas elle. Alors tu ne crains rien. En fait, elle a même probablement arrangé le coup le jour où j'ai dû te faire visiter. Je suis sûr qu'elle a compris qui tu étais en lisant ton CV, parce que je n'ai jamais donné ton nom.

AU SUPERMARCHÉ, Jack réalisa qu'ils parlaient comme un vieux couple, à se demander ce qu'ils allaient manger ce soir-là au dîner et demain matin au petit déjeuner. Ils n'avaient pas encore évoqué leur avenir ensemble, mais ils faisaient déjà leurs courses comme s'ils vivaient ensemble. Cela aurait normalement dû effrayer Jack, mais étrangement ce n'était pas le cas. Ils allaient faire de leur mieux pour construire une vie ensemble, et toutes les discussions qu'ils allaient avoir sur cette nouvelle situation étaient réservées à plus tard.

Ils étaient pour le moment au rayon d'hygiène intime et Lucas regardait les 'lubrifiants intimes'.

— Ça c'est un indice révélateur, répondit Jack d'une voix un peu basse.

Lucas se fit plus sérieux.

— Ça te dérange si la caissière comprend qu'on est gays en voyant nos courses ?

Jack prit le temps de réfléchir sérieusement à la question, mais répondit finalement :

— Non, je crois que non. Ça prend juste du temps pour m'y habituer, je crois. Je dois commencer à me voir différemment.

Un sourire timide se fit sur le visage de Lucas.

— Tu n'es pas différent de quand tu étais marié, Jack. Être gay, ce n'est pas ce que tu es ou qui tu es. Ça ne te définit pas en tant que personne.

Jack regarda autour de lui et passa un bras autour de Lucas pour l'attirer à lui et lui embrasser la tempe.

— Je sais. C'est juste un peu bizarre d'être enfin ouvert sur ça alors que je me suis caché pratiquement toute ma vie.

Lucas gloussa.

186

— Tu es idiot, mais je t'aime comme ça. Maintenant dis-moi, avons-nous également besoin de préservatifs ?

Jack se fit à nouveau un peu timide.

— Eh bien, si je me souviens bien, tu es la dernière personne avec laquelle j'ai couché, et j'ai fait des tests depuis, donc...

Lucas l'attrapa et l'embrassa pleinement sur les lèvres.

— Pareil pour moi, que tu le crois ou non. Alors pas de capotes.

Il fit un clin d'œil à Jack qui le regardait d'un air dérouté.

— Quoi ? Je suis père célibataire d'une enfant de deux ans. Mais toi tu me surprends. J'aurais cru que tu te serais un peu lâché, tu sais, pour découvrir un peu plus en profondeur ce nouveau centre d'intérêt ?

Jack secoua la tête, le visage doux.

— Je dois avouer que j'y ai pensé, mais je n'ai jamais... ça n'aurait pas été pareil.

Lucas sentit une douce chaleur l'envahir à la confession de Jack.

— Je crois qu'on va avoir besoin de se retrouver en privé très rapidement, tu ne penses pas ?

Jack pouffa.

— Oui. Et si je te faisais visiter mon appartement ?

Ils reçurent un gentil sourire de la caissière quand elle scanna le lubrifiant.

L'APPARTEMENT DE Jack était situé à l'autre bout de la ville, quelque part dans un beau quartier de Manhattan d'où on pouvait presque se rendre à pieds aux bureaux des Nations Unies. Il y avait un portier, et les ascenseurs et les couloirs étaient bien entretenus.

Lucas s'imbiba de l'élégance des lieux, de l'opulence un peu prédominante.

— J'ai hérité cet appartement de mes parents. Quand ils sont morts, mes frères ont eu un haras en Argentine et moi j'ai eu ça, dit-il sur un ton d'excuse.

— Je suis désolé pour tes parents, répondit rapidement Lucas.

— Ouais, ça je peux dire que c'était vraiment deux années de merde.

Ils posèrent leurs courses sur le comptoir de la cuisine ouverte et Jack prit la main de Lucas.

— Viens, je vais te faire visiter.

L'appartement était pratiquement vide, les murs étaient blancs et il y avait peu de meubles, tout juste un confortable canapé en cuir dans le salon et une large peinture sur le mur. C'était un abstrait coloré, avec des écritures à peine lisibles, des morceaux de journaux collés à la toile puis peints. Lucas s'approcha un peu, toujours sans lâcher la main de son amant, et réalisa alors que Jack avait signé cette peinture.

Il le regarda d'un air stupéfait.

— Jack, c'est toi qui as peint ça ?

Jack haussa ses sourcils, l'admettant en silence.

— Oh mon Dieu, c'est impressionnant !

— Mais est-ce que ça te plaît ? demanda Jack, apparemment incertain.

— Oui, tu as des talents cachés, mec. 'Me plaire' n'est pas le mot qui convient. Je trouve que c'est incroyable.

Jack sourit de l'air ébahi de Lucas.

— J'ai une vingtaine de toiles dans l'atelier, mais celui-ci est mon préféré. J'ai toujours voulu peindre, mais je n'ai jamais trouvé le temps.

Lucas se retourna dans les bras de Jack et l'embrassa passionnément.

— Même si j'adorerais rester ici à admirer tes œuvres, je dois récupérer Ann-Elise dans deux heures, donc...

Jack acquiesça.

— Je vais te montrer la chambre.

Lucas plongea la main dans un des sacs de courses avant de le suivre, tenant triomphalement le tube de lubrifiant.

Jack gloussa.

— Seigneur, que tu es romantique ! dit-il en tirant Lucas contre lui.

— Non, je ne veux pas te faire de mal, c'est tout, répliqua Lucas avec insolence.

Lucas eut à peine le temps de regarder la chambre avant que Jack ne commence à passer ses mains partout sur lui pour le déshabiller.

— À la réflexion, je te veux en moi, Jack, ça m'a tellement manqué.

Ils continuèrent, explorant la bouche de l'autre, tels des affamés, se frottant chacun contre la peau nue de l'autre.

Jack avait peine à croire qu'il faisait l'amour à Lucas, alors qu'il s'était résigné à l'idée que cela n'arriverait plus jamais. Il voulait y aller doucement, craignant de ne pas tenir assez longtemps tant il avait refoulé sa passion, et qu'il n'ait pas le temps d'entrer en Lucas. Mais c'était si bon de laisser ses mains glisser sur la peau douce et presque imberbe.

— Doucement, supplia-t-il à bout de souffle en se laissant retomber sur le dos.

Lucas sourit et tira Jack pour qu'il revienne sur lui.

— Je ne veux pas y aller doucement. Je te veux maintenant et on aura tout le temps d'y aller doucement... plus tard.

Jack sourit dans leur baiser, réalisant que Lucas ressentait le même désir urgent que lui. Il sentit son amant tendre le bras vers le lubrifiant et gloussa quand il l'attrapa avant lui.

— Vite, haleta Lucas. Je n'ai pas besoin de beaucoup de temps, juste de beaucoup de... gel.

Ils rirent tous deux de la situation et de leur impatience, mais recommencèrent rapidement à haleter quand Jack entra un premier doigt en Lucas, puis un second. C'était tellement familier et Lucas réalisa que c'était rassurant, il savait exactement à quoi s'attendre. Il savait qu'il faisait totalement confiance en Jack et c'était tout ce qui importait.

Le regard de Lucas était sombre, rempli de passion et un peu brumeux quand il regarda Jack. Il gémit quand ce dernier prit en main son érection déjà dressée.

— Viens en moi, Jack, je suis prêt.

Lucas imita son geste, lubrifiant Jack avec prudence. Il était étrange de penser qu'il n'y aurait désormais aucune barrière entre eux, aucun préservatif pour les séparer.

Quand Lucas écarta largement les jambes, Jack se positionna entre elles et glissa lentement dans son amant.

— Tu vas bien ? demanda-t-il.

Il dut faire appel à toute sa volonté pour se retenir de plonger en Lucas quand la chaleur du jeune homme l'entoura, et qu'un profond gémissement montait de sa gorge.

— C'est trop bon, Jack, s'il te plaît... commence à bouger... doucement, supplia Lucas avant de refermer ses bras autour de lui pour l'entraîner dans un baiser passionné.

Il laissa glisser ses mains pour empoigner les fesses de Jack et l'encourager à chaque coup de butoir.

Lucas était étroit et, quand il entra un doigt en Jack, ce dernier ne tint que quelques coups avant de jouir dans son amant en tremblant.

Il fallut un moment à Jack pour réaliser que Lucas n'avait pas encore joui. Haletant encore difficilement, il se glissa le long du corps de son amant jusqu'à prendre sa verge turgescente dans sa bouche.

— Putain ! cria Lucas, accrochant ses doigts dans les cheveux de Jack pour le guider.

Jack savait que Lucas était proche, alors il le suça avec vigueur, laissant sa langue frôler toute sa longueur.

— Oh mon Dieu, Jack ! pantela Lucas alors qu'il se tendait, puis il jouit dans sa bouche avec un long soupir.

Jack remonta, embrassant et léchant son chemin, faisant sursauter de temps en temps Lucas, puis termina en demandant avec langueur la bouche de Lucas. Quand ils s'écartèrent pour respirer, Lucas rit.

— Ça faisait longtemps que je n'avais pas senti mon propre goût dans ta bouche.

Jack l'attira à lui et après quelques tâtonnements, réussit à remonter les couvertures du lit sur eux deux puisqu'ils ne les avaient pas défaites.

— Tu n'imagines même pas à quel point tu m'as manqué, Luke.

— Si, j'imagine très bien, admit Lucas en souriant et en regardant les yeux bleus de Jack.

Jack enfouit son visage dans le creux du cou de Lucas.

— Je suis désolé de ne pas être venu te chercher.

Lucas prit le visage de Jack entre ses mains et le força à le regarder. Il réalisa que son amant ne plaisantait pas.

— Je suis tellement désolé, Lucas.

Jack avait des larmes dans les yeux.

— Jack, non. C'est moi qui me suis enfui. Alors que tu étais si vulnérable, je suis parti.

Il serra encore plus Jack dans ses bras.

— Ça me paraissait être la meilleure chose à faire à ce moment-là. Je ne voulais pas que tu renonces à tout ce à quoi tu avais tant travaillé, et que tu m'en veuilles par la suite.

— Je ne t'en aurais pas voulu, répondit Jack, un peu plus calme. J'aurais renoncé à tout ça avec joie, pour toi. Mais je n'étais pas doué pour te le montrer, je crois.

Il embrassa doucement Lucas. Ils étaient maintenant confortablement installés, chacun allongé sur le côté et faisant face à l'autre, enlacés sous les couvertures, profitant simplement de la proximité de leur corps nu et apaisé.

— Nous devons rester réveillés, pour ne pas récupérer Ann-Elise trop tard, dit Lucas avec paresse entre deux baisers, mais ce fut inutile.

Il faisait déjà sombre quand ils arrivèrent chez Liz. Heureusement, elle trouva cela très amusant et les mit tous deux très mal à l'aise, car elle saisissait toutes les opportunités possibles pour se moquer d'eux sans pitié.

XXIII

ALORS QU'ILS reprenaient à peine leur relation où ils l'avaient laissée, les décisions à prendre leur étaient faciles. Lucas et Ann-Elise emménagèrent dans l'appartement de Jack car celui-ci était plus grand, localisé dans une meilleure partie de la ville et bien plus proche de leur lieu de travail. Et plus important encore, il n'y avait aucun loyer à payer, même si Lucas fit remarquer qu'ils avaient les charges mensuelles, comprenant l'entretien de l'ascenseur, les charges de copropriété et le salaire du gardien, et cela ressemblait à un loyer pour lui !

Jack s'inscrivit à l'université Cornell pour suivre des cours, comme il l'avait prévu en arrivant à New York, et même s'il avait promis à Lucas de ne rien précipiter, il fit néanmoins quatre heure de route plusieurs fois par mois pour aller à Ithaca, et passa un nombre incalculable d'heures derrière son bureau à la maison pour faire ses recherches et écrire ses mémoires.

Ann-Elise était heureuse et Jack réalisa qu'il aimait vraiment être père. Il rougit des pieds à la tête mais fut infiniment fier quand Ann-Elise l'entraîna à la garderie des Nations Unies pour pouvoir le présenter officiellement comme étant son 'autre papa' aux jeunes femmes qui travaillaient là.

La plupart de leurs collègues savaient qu'ils vivaient ensemble et, à la plus grande surprise de Jack, la réaction habituelle des gens face à cela allait de l'indifférence la plus totale à un éventuel 'ah, c'est cool pour vous'. C'était encore étrange pour Jack d'être aussi honnête vis-à-vis de Lucas, il ne savait jamais s'il devait l'appeler son petit ami, son amant, sa moitié ou son partenaire, mais quel que fut son choix d'appellation, il ne se cachait plus. De ce côté-là, Liz était d'une grande aide, elle faisait de son mieux pour les traiter de la même manière qu'elle traitait ses amis hétérosexuels.

Jack et Lucas avaient un cercle d'amis très éclectique, venant de différents pays. Ainsi, quand Ann-Elise eut quatre ans, elle parlait français,

192

espagnol et italien avec les autres enfants comme si cela était naturel, et ses deux papas aimaient beaucoup ça.

— TU TE souviens, quand tu m'as demandé de t'épouser ?

Lucas repoussa le communiqué de presse sur lequel il avait travaillé toute la soirée et se pelotonna contre Jack qui lisait le *Libération*, un des nombreux journaux étrangers auxquels ils étaient abonnés.

— Je me souviens, répondit Jack, fronçant les sourcils alors qu'il se souvenait avec tendresse de ce soir-là.

— Eh bien, j'avais accepté, pas vrai ? continua Lucas.

— C'est vrai, dit Jack avec hésitation, ne comprenant pas trop où Lucas voulait en venir.

— Tu le veux toujours ? demanda Lucas, plus sérieusement.

— Serais-tu en train de me demander si je veux toujours t'épouser ?

Lucas hocha la tête.

— Chéri, mes sentiments n'ont pas changé, tu sais que je t'aime toujours, peut-être même plus encore que le jour où je te l'ai demandé.

Jack posa une main sur la nuque de Lucas.

— Mais ? le coupa Lucas.

— Mais quoi ?

Jack put voir la déception sur le visage de son amant.

— Luke, on n'a pas besoin d'un bout de papier. Sans compter que ce n'est pas légal ici aux États-Unis.

— Je sais ça, répondit Lucas à voix basse tout en se déplaçant pour mettre de la distance entre Jack et lui.

— Lucas, qu'est-ce qui ne va pas ? Pourquoi, tout à coup, tu me demandes de te prouver mon amour ?

Jack posa son journal et se tourna vers Lucas.

— Ce n'est pas ça. Mais si jamais il m'arrivait quelque chose ? Si jamais j'avais un accident ? J'aimerais que tu prennes les décisions pour moi, et j'aimerais que tu t'occupes d'Ann-Elise.

— C'est pour ça que je suis son représentant légal, et tu as fait noter dans ton testament que c'est à moi de prendre les décisions pour toi si jamais tu es incapable de le faire.

— J'ai juste peur que si jamais quelque chose devait m'arriver, ils contacteraient d'abord Lucy.

193

Jack savait à quel point Lucas aimait sa fille, mais il savait aussi que quelque chose avait dû se produire pour le rendre tout à coup inquiet à ce point.

— Parle-moi, Luke.

— Elle m'a appelé, dit rapidement Lucas.

— Lucy ?

Il acquiesça, puis les mots se bousculèrent pour sortir.

— Elle m'a dit de la laisser tranquille, qu'elle ne voulait rien avoir à faire avec moi ou 'l'enfant'. Elle ne veut même pas connaître son nom !

Lucas s'assit au bord du lit, tournant le dos à Jack, son visage dans ses mains.

Jack attendit un moment puis vint derrière son amant, passa une jambe de chaque côté de son corps pour pouvoir entourer ses bras autour de la silhouette fine du jeune homme. Lucas tenta d'abord de s'écarter, mais Jack le serra un peu plus et il le sentit s'abandonner dans son étreinte.

— Apparemment, ils l'auraient appelée, dit finalement Lucas, la voix brisée par l'émotion.

— Qui l'a appelée ? demanda doucement Jack en tentant de calmer Lucas.

— L'école maternelle où on a rempli une demande d'inscription. Je leur ai donné une copie de l'acte de naissance de Lise ainsi que ses papiers d'adoption, et je suppose que quelqu'un à l'administration a été un peu trop fouineur et a retrouvé Lucy, dit Lucas en soupirant. Je veux dire, je n'ai même pas son numéro de téléphone, je ne sais même pas où elle vit, mais quelqu'un dans cette école a eu le culot de la rechercher et de lui demander pourquoi je remplissais une demande d'inscription pour Ann-Elise sans la permission de sa mère.

— Ça n'ira pas plus loin, Lucas. On a inscrit Ann-Elise dans une école internationale des Nations Unies. Ils n'ont pas besoin de l'accord de la mère. Lucy a renoncé à ses droits parentaux.

Jack serra fermement son amant.

Lucas s'enfonça un peu plus dans son étreinte.

— C'est ce que Lucy m'a dit elle aussi, et elle m'a dit que c'est ce qu'elle avait répondu à cet homme qui l'a appelée.

— Ça a dû être étrange d'entendre à nouveau sa voix.

Lucas hocha la tête et Jack lui embrassa le sommet du crâne puis posa sa joue contre ses cheveux.

— On pourrait porter plainte pour violation de la vie privée.

— Non, chuchota Lucas, je ne veux pas porter plainte. Je veux juste que les gens nous acceptent pour ce que nous sommes. *Nous* sommes les parents d'Ann-Elise, Jack, toi et moi.

— Alors c'est pour ça que tu veux te marier ? Pour le prouver ?

Jack tentait de retrouver le sujet de départ. Il savait qu'il faudrait plus qu'un bout de papier pour que les gens puissent comprendre.

— Il n'y a pas que ça. Si quelque chose m'arrivait, je veux que tu t'occupes de Lise, Jack.

Lucas était appuyé contre son amant et caressait doucement les bras forts qui l'entouraient.

— Tu sais que je le ferais.

— Mais ça marche dans les deux sens. Et si quelque chose t'arrivait, Jack ? On serait à la rue.

Lucas se tourna un peu et passa ses jambes par-dessus celle de Jack pour pouvoir faire face à l'autre homme.

— Même si tu dis dans ton testament que nous devons garder cet appartement, je ne pourrais jamais en hériter. Nous ne sommes pas légalement liés et les impôts sur la succession seraient énormes.

— Tu as vraiment pensé à tout, pas vrai ? demanda Jack tout en passant une main dans les cheveux doux de Lucas. Je peux régler les choses au niveau financier, Lucas. J'ai déjà réfléchi et je pense que je devrais prévoir des fonds fiduciaires pour Ann-Elise. Ça aiderait à résoudre le problème des impôts sur la succession et vous aiderait beaucoup. Ann-Elise et toi êtes ma famille désormais.

— Tu ferais ça pour moi, pour nous, mais tu refuses toujours de te marier ?

Lucas questionna Jack du regard.

Jack soupira.

— J'ai peur, Lucas.

Lucas se redressa et se retourna vers Jack, stupéfait.

— Mais de quoi ?

— Je vois d'ici les gros titres des journaux : *Un ancien Ambassadeur des États-Unis épouse son amant homosexuel*, fit remarquer Jack. Je ne voudrais pas que toi et Ann-Elise souffriez des mauvaises réactions des autres. On sait que ça ne leur fait rien qu'on vive ensemble, mais c'est surtout parce qu'on est très discrets sur notre relation. C'est un sujet délicat pour beaucoup de pays, et je suis sûr que les Nations Unies n'ont que faire que leur nouveau Chargé des relations publiques vive avec un autre homme, mais si on venait à se marier, alors que c'est illégal dans l'état de New York, ils pourraient dire que ça 'attire une attention défavorable'. Je ne sais pas si tu as lu les petites lignes dans ton contrat, Lucas, mais...

Lucas leva les yeux au ciel.

— Je sais qu'ils peuvent me virer pour ça.

— Écoute.

Jack serra fermement Lucas dans ses bras et les fit se balancer doucement.

— Tu sais que je t'aime et tu sais que mes frères ne te mettront pas à la rue si je devais me faire rouler dessus par un taxi demain.

Lucas trembla.

— Ne dis pas ça !

— Tu sais qu'ils ne le feraient pas, Luke.

Lucas se tourna un peu plus pour regarder son amant dans les yeux.

— Tu ferais mieux de faire attention à ne pas te blesser. Je veux danser avec toi au mariage de notre fille et je veux te voir faire bondir nos petits enfants sur tes genoux.

Jack regarda l'expression sérieuse de Lucas et ne put s'empêcher de rire.

— Qui a dit qu'elle voudra se marier ?

Lucas sourit et prit les mains de Jack tout en bougeant pour se mettre à califourchon sur lui.

— Je m'en fiche.

Il tressaillit en embrassant Jack avec force.

— Je veux vieillir avec toi, qu'on puisse ou non danser à un mariage !

Jack se laissa tomber sur le dos pour permettre à Lucas de continuer à s'attaquer à son corps. Il savait que quand Lucas ne gagnait pas totalement une bataille, il avait tendance à prendre les devants au lit. C'était une des raisons pour lesquelles Jack appréciait un bon débat de temps en temps.

Il aimait sentir l'entrejambe gonflé de Lucas se frotter contre le sien, à travers leurs vêtements, pendant que ses mains étaient bloquées sur le lit près de ses oreilles. Il aimait sentir Lucas envahir sa bouche avec sa langue et gémir, faisant frissonner tout son corps. Il aimait voir les yeux du jeune homme s'assombrir pendant qu'il lui disait 'allonge-toi et laisse-moi faire le travail', pendant qu'il se débattait pour les déshabiller. Jack protestait en silence, se débattait un peu, mais uniquement parce qu'il savait que cela augmentait le désir de Lucas pour lui. Lucas le gâtait, lui faisait sucer un de ses longs doigts fins pendant que sa bouche à lui était occupée avec le sexe rougi de Jack et que les doigts de son autre main étaient profondément plongés en lui.

Jack savait qu'il aurait besoin de toute sa volonté pour ne pas jouir sur place. Il savait qu'il devrait attendre que Lucas donne des coups de butoir profondément en lui et frappe son point sensible à chaque coup. Jusqu'à ce qu'ils ne sachent même plus où l'un commençait et où l'autre finissait, jusqu'à ce qu'il entende les gémissements rauques de Lucas à son oreille qui le suppliait de jouir avec lui. Là seulement il se laissait aller, laissait les sensations de plaisir et d'amour envahir tout son corps et voyait les mêmes émotions dans le regard de Lucas.

— Je te promets que dès que ça sera légal, je te le demanderai, chuchota Jack, la voix un peu tremblante.

— Non, c'est mon tour de demander, corrigea Lucas, un sourire paresseux aux lèvres pendant qu'il tirait son amant dans ses bras.

XXIV

LUCAS COURAIT à travers le hall central, un porte-documents bleu dans la main, pour accueillir un directeur d'Hollywood et son garde du corps. Apparemment, le directeur aurait eu la permission de tourner un film à l'intérieur du bâtiment des Nations Unies, ce qui était inhabituel. L'assistant du Secrétaire Général avait demandé à Lucas de faire visiter aux deux hommes 'l'arrière scène', la chambre de l'Assemblée Générale ainsi que les postes des interprètes. Puisqu'il n'y avait personne aujourd'hui, la voie serait libre.

Lucas reconnut vaguement l'homme, mais fut bien incapable de retrouver le titre d'un de ses films. Son agent de sécurité, lui, était bien connu, en revanche.

— Mark ! Ça fait... quoi ? Quatre ans maintenant ?

Lucas tendit la main et serra celle de l'agent de sécurité qui se tenait un peu en retrait.

— Monsieur Carlton, si je me souviens bien. Anciennement à l'Ambassade britannique ? Et ça fait plutôt cinq ans, monsieur, répondit Mark, laissant à peine un petit sourire rompre son allure solennelle.

— Aux Nations Unies maintenant, et appelez-moi Lucas s'il vous plaît.

Mark regarda son employeur.

— Monsieur Carlton et moi nous connaissons de l'époque où je travaillais pour l'Ambassade des États-Unis en Belgique.

— Oh, oui ! répondit le directeur en serra la main de Lucas avant de regarder Mark. Ce n'est pas là où vous vous êtes fait tirer dessus ?

Mark eut un petit rire.

— Oui, monsieur. Merci de me le rappeler.

Lucas leur donna leur badge de visiteur et les conduisit à travers les salles qui avaient été dégagées pour leur visite. Il put remarquer que Mark avait toujours son regard d'aigle. Le garde du corps scannait les alentours comme s'il s'attendait à voir des snipers à chaque coin.

Le directeur expliqua de quoi parlerait le film qu'ils allaient tourner, puis demanda s'il pouvait rencontrer un des interprètes.

— Je pense que ça doit pouvoir se faire, monsieur. Pourquoi je ne vous ferais pas encore visiter un peu, puis je passerai quelques coups de fils pour voir ce que je peux faire ?

Dans la chambre de l'Assemblée Générale, Lucas expliqua comment se passaient les réunions et laissa le directeur faire un tour dans la pièce pour 's'imprégner de l'atmosphère' comme il le dit lui-même.

Lucas resta près de Mark et prit l'un des téléphones internes.

— Jack ? Tu es très occupé là ? Non ? Bien. Tu pourrais venir à l'Assemblée Générale ? Il y a quelques personnes qui voudraient te rencontrer. Cinq minutes, c'est très bien. D'accord.

Quand Lucas s'assit à côté de Mark, l'homme haussa un sourcil.

— Vous venez bien de dire Jack ? demanda Mark, plus amusé que curieux. Vous voulez parler de Jack Christensen ?

— Oui. Vous savez qu'il ne travaille plus aux affaires d'État, pas vrai ?

— Vous voulez dire qu'il travaille ici ? demanda Mark avec un signe de la tête vers le couloir.

Lucas sourit.

— Oui, il est interprète. Il sera là dans cinq minutes pour vous donner les informations techniques dont vous aviez besoin, et j'imagine que vous voudrez lui parler également.

— Eh bien, il m'a sauvé la vie, dit Mark d'un air neutre.

— Étrange, commenta Lucas. J'ai cru que c'était l'inverse.

— Alors vous êtes toujours ensemble ?

Lucas fut un peu surpris par la franchise de Mark.

— Vous ne tournez pas autour du pot, hein ?

Mark haussa les épaules.

— Dans les situations tendues, il vaut mieux être direct. Je suis désolé si ça vous met mal à l'aise.

— Non, ce n'est pas le cas. Pas vraiment. J'ignorais juste qu'on était aussi transparents.

Mark lui fit un regard en coin.

— Dans mon travail, on comprend vite qu'il nous faut connaître toutes les informations possibles pour pouvoir les utiliser à notre avantage.

Lucas ne sut pas trop comment réagir face à cela et réalisa qu'il en était sans voix, ce qui était très inhabituel venant de lui.

Heureusement, Jack arriva au même instant, fit un signe de la tête à Lucas et attrapa Mark par la main pour l'entraîner dans une étreinte serrée.

Lucas regarda le large sourire qui illumina le visage de l'agent de sécurité et réalisa que sous son apparence sévère, l'homme était très charmant. Lucas eut l'impression d'être un intrus face à l'évidente profonde amitié qui liait Jack et Mark. Il savait qu'il n'avait aucune raison d'être jaloux et les laissa entre eux. Il rejoignit le directeur artistique qui prenait des notes et était de toute évidence en train de planifier les futures séances de tournage.

— ALORS TU fais de la sécurité pour les films, maintenant ? demanda Jack.

Mark et lui avaient convenu de se retrouver ce soir-là dans un bar près du bâtiment des Nations Unies. Lucas était invité, mais Jack savait qu'il préférerait rester à la maison avec Ann-Elise et il ne fut donc pas surpris quand son amant refusa.

— J'ai dû quitter les Services Secrets pour raison de santé, alors je devais bien trouver autre chose, répondit Mark en sirotant sa bouteille de bière. Ce n'est pas si mal. Beaucoup de travail de conseils, tu vois, je donne mon opinion sur qui devrait être engagé pour quel poste, je sécurise les plateaux de tournage et parfois, comme pour ce film, on me demande si les agents de sécurité sont joués de façon réaliste.

— Qui va jouer ton rôle dans ce film ? demanda Jack, un peu amusé.

— Sean Penn, répondit Mark faiblement. Il se débrouillera bien. C'est un bon acteur.

Jack ricana.

— Il ne te ressemble pas beaucoup.

— Il n'en a pas besoin vu que ce n'est pas moi qu'il jouera, tu sais. Et puis, devine qui jouera ton rôle ?

C'était au tour de Mark d'être amusé, et Jack ne savait pas si c'était un bon signe. Il prit une gorgée de bière et secoua la tête.

— Nicole Kidman.

Les deux hommes éclatèrent de rire. C'était absurde, bien sûr, mais c'était agréable de retrouver cette amitié qui avait grandi entre eux durant les semaines que Jack avait passées dans la chambre du garde du corps, après que Mark ait failli mourir et que Jack ait volontairement tué sa carrière.

Jack avait réalisé à cette période difficile que les vrais amis étaient rares, surtout vu le nombre de personnes qui lui avaient tourné le dos alors qu'il les côtoyait quand il était diplomate. Ainsi, craignant de sombrer dans la dépression après avoir été un drogué du travail pendant si longtemps, il avait passé ses après-midi à soutenir l'homme qui lui avait sauvé la vie en prenant une balle pour lui.

Mark avait besoin de tout le soutien qu'il pouvait obtenir. La balle avait traversé un de ses poumons et déchiré plusieurs larges artères dans sa poitrine. En fait, les docteurs lui avaient même dit plusieurs fois qu'il n'aurait jamais dû survivre après une blessure pareille, mais il avait survécu. L'aide que Jack lui avait apportée pendant sa guérison avait été très appréciée, et les deux hommes savaient qu'ils affrontaient un avenir incertain, professionnellement parlant.

Et maintenant, quatre ans plus tard, leur amitié leur revenait bien facilement.

— J'en conclus que Lucas et toi êtes toujours ensemble ? demanda Mark en détournant le regard.

— Ouais, répondit Jack, un peu surpris par sa propre hésitation.

— Bien, déclara Mark.

— Bien ?

— Oui, bien.

Jack voyait bien que Mark s'amusait à le taquiner.

— Que veux-tu dire exactement ?

Mark but encore et prit son temps pour répondre, ce qui rendit Jack un peu nerveux.

— Ça veut dire qu'après toutes ces nuits que j'ai passées à attendre dans le froid, dans une voiture inconfortable, devant son appartement, en ont valu la peine.

— Tu... tu veux dire que tu étais là...

— Sans parler de toutes ces fois où j'ai dit à ta femme que tu étais en réunion alors que j'étais assis là, à me peler le cul.

Jack eut un petit rire nerveux et regarda Mark qui fixait toujours un point quelque part dans le bar.

— Pourquoi avoir fait ça ?

— C'était mon travail de savoir où tu étais. Tout le temps, répondit Mark.

Jack était confus.

— Je sais ça, mais pourquoi avoir menti à Maria ? Je suis sûr que ce n'était pas dans ton profil de poste, de m'offrir un alibi pour mes activités extraconjugales.

Mark le regarda droit dans les yeux.

— Pensais-tu être le seul homme dans le métier qui trompait sa femme ?

Jack secoua la tête.

— Mais je ne me contentais pas de tromper ma femme, non ?

— Je n'étais pas payé pour dire si c'était pire de tromper ta femme avec un homme ou avec une autre femme. Ce qui importait, c'était que je savais où tu étais et que tu y étais en sécurité. En plus, une partie de mon travail consistait à préserver ta réputation et si pour cela je devais mentir à ta femme...

Jack ne savait pas quoi répondre à ça.

— Mais je suis sûr que tu avais une opinion à ce sujet ?

— Et tu avais ton opinion sur les crises que tu traitais. Nous en parlions de temps en temps dans la voiture, tu te souviens ? Ça ne t'empêchait pas de défendre une chose en laquelle tu ne croyais pas. Et soyons honnêtes, mon travail ne consistait pas à faire changer le point de vue des dirigeants mondiaux, je faisais juste de mon mieux pour que tu puisses faire ton travail, alors mon avis était sans conséquence.

La discussion prenait une tournure vraiment sérieuse, et Jack fut surpris de voir un sourire franc se former sur le visage de Mark.

— Mais il y a une chose que je meurs d'envie de te demander, ceci dit.

— Envoie, répondit Jack, heureux de passer à un sujet moins grave.

— Le jour de la quarantaine, quand ce fou voulait faire exploser sa voiture dans le tunnel devant l'Ambassade ?

Jack hocha la tête, se souvenant de ce jour-là.

— Tu t'es vraiment envoyé Lucas sur ton bureau ?

Jack s'étrangla sur une gorgée de bière et toussa. Il en était sans voix. Comment Mark le savait-il ? Et si Mark le savait, Gertje devait le savoir également. Dieu savait combien de personnes étaient passées devant la porte de son bureau et s'étaient demandé ce qu'étaient ces étranges bruits qui en en sortaient

Mark était un bon ami, même s'ils s'étaient perdus de vue quand ils étaient partis à la recherche d'un nouveau travail. Pouvait-il vraiment le dire ? Pouvait-il vraiment admettre que, sous l'angoisse de la situation, Lucas et lui s'étaient retrouvés si excités qu'ils n'avaient pas pu s'empêcher de faire l'amour dans le bureau ?

— Je prends ça pour un oui, déclara Mark avant de vider sa bière et de faire un signe au barman pour qu'il lui en apporte une autre.

— Comment l'as-tu su ? Je ne savais pas qu'on avait été si bruyants.

Jack tenta de retrouver son sang-froid.

— Ne t'inquiète pas, Jack. Mais je devrais quand même appeler Gertje, elle me doit cent euros.

Jack cacha son visage dans ses mains. C'était très embarrassant. Dire qu'il pensait être totalement à l'aise dans sa relation avec Lucas, mais voilà qu'il rougissait comme une collégienne à la pensée que Mark et Gertje aient pu connaître et accepter leur relation cinq ans plus tôt. Et ils étaient assez à l'aise avec ça pour prendre des paris ?

— Je n'arrive pas à le croire.

Jack secoua la tête, tentant de s'arrêter de rougir.

Mark rit.

— Alors tu vois, c'est bien que vous soyez toujours ensemble tous les deux.

Jack commença à se reprendre.

— On a vraiment été si bruyants ?

— Naaan. J'ai entendu quelques, heu, bruits bizarres quand j'ai posé mon oreille contre la porte, mais c'est ce que j'ai vu quand tu as ouvert la porte qui m'a permis de comprendre.

Jack avait presque peur de poser la question.

— Qu'est-ce que tu as vu ?

— Vous étiez tout rouge, les vêtements froissés, les chemises débraillées. Ton bureau était dégagé, mais les documents étaient partout sur le sol et monsieur Carlton... Lucas ressemblait à un gamin qui venait d'être surpris à faire une bêtise. Et toi tu étais calme et nonchalant, comme toujours.

Jack hocha la tête. Il aurait dû savoir que rien ne pouvait échapper au regard acéré de Mark.

203

XXV

LUCAS ÉTAIT au téléphone avec Liz tout en tentant de ranger un peu les jouets qui traînaient au sol, quand il entendit la sonnette de la porte.

— Attends, il y a quelqu'un à la porte. Donne-moi une seconde, je vais voir qui c'est.

Le téléphone bloqué entre son épaule et son oreille, il coinça un ours en peluche et un Furby sous son bras et regarda par le judas. Il ne reconnut pas la femme blonde, coiffée avec une queue de cheval, qui attendait dos à la porte, mais puisque le portier l'avait laissée monter, il ouvrit.

La petite femme se retourna pour lui faire face et il en eut le souffle coupé.

— Oh mon Dieu, Liz, je te rappelle plus tard.

Lucas raccrocha et laissa tomber le combiné sur la table de l'entrée.

— Maria, je... je ne m'attendais pas à te voir ici. Heu, Jack n'est pas là, il m'a dit que vous deviez vous retrouver en ville plus tard ?

— Oui, c'est ça. Je peux entrer ?

Lucas se décala pour la laisser entrer et remarqua par la même occasion qu'elle était magnifique. Elle ouvrit son chaud manteau d'hiver, dévoilant un jean moulant et un pull-over blanc à col roulé.

— Je ne suis pas venue pour parler à Jack, je suis venue pour te voir toi.

Sa voix était calme, mais Lucas détecta une pointe de nervosité.

Elle regarda l'appartement et sourit.

— J'aime ce que vous avez fait de cet endroit. C'est plein de vie. Pas comme quand les parents de Jack étaient encore parmi nous et que ce n'était qu'un lieu où passer les vacances de Noël.

Lucas ne savait pas trop comment réagir et se tenait là, portant toujours les jouets de sa fille.

— Alors, tu voulais me voir pour quoi ?

Il savait que son ton était clairement froid. La dernière fois qu'ils avaient parlé, c'était à l'hôpital, quand elle avait menacé de ruiner la carrière de Jack si Lucas ne quittait pas son mari.

— Écoute, Lucas, je sais que tu n'es pas très fan de moi mais...

Tout à coup, elle ne fut plus la femme qu'il avait tant haïe à Bruxelles. Elle était dans son salon, dans sa parka, et il la vit de la manière dont Jack l'avait si souvent décrite : une femme gentille mais déterminée, qui avait le cœur à la bonne place. Quel mal cela pouvait-il faire qu'il soit gentil avec elle ? Jack avait dit à Lucas qu'il allait voir Maria et lui avait assuré qu'elle n'était pas là pour tenter de le récupérer.

— Et si je nous faisais une tasse de thé, puis nous parlerons ?

Il lui fit signe de lui donner sa veste et ils allèrent à la cuisine. Quelques minutes plus tard, ils tenaient leur tasse fumante de thé et Lucas s'excusait pour le bazar.

— Je faisais un peu de ménage. Avoir trois enfants à la maison ne rend pas la tâche facile.

Les yeux de Maria s'écarquillèrent et, comme si elle n'avait attendu que ça, Ann-Elise se précipita dans la cuisine, courut autour de la table et se cacha derrière les jambes de Lucas. Elle tira sur son pantalon et chuchota.

— C'est qui ?

Lucas sourit et la prit dans ses bras.

— Ann-Elise, voici Maria. C'est une très bonne amie de Jack.

— Elle vient pour jouer avec Jack ? demanda la petite fille avec sérieux.

Lucas et Maria eurent du mal à se retenir de rire.

— Non, elle va dîner avec lui ce soir, pendant que je serai ici avec toi et Émile et Charlie. Tu veux bien être gentille et dire bonjour ?

Ann-Elise gigota jusqu'à ce que Lucas la repose au sol, puis avança vers Maria et tendit la main droite.

— Bonjour, je suis Ann-Elise Carlton. Enchantée.

Maria prit la petite main de la fillette dans la sienne et la serra.

— Bonjour, Ann-Elise Carlton, je suis Maria Donnelly.

La petite fille gloussa, reprit sa main et quitta la cuisine en courant.

Lucas s'excusa du regard.

— Elle a quatre ans, on ne peut pas l'empêcher de glousser et de s'enfuir.

— Elle est magnifique, Lucas. Comment va Lucy ? Elle est de Lucy, n'est-ce pas ?

Lucas était un peu perplexe face à la réaction de Maria, il n'y avait aucun des reproches auxquels il s'attendait.

— Oui, c'est ça. Lucy va bien, elle a épousé un héritier d'une chaîne de supermarchés qui ignore qu'elle a une fille. Lucy m'a donné une adorable petite fille et je lui en serai toujours reconnaissant, mais elle ne veut plus jamais revoir Ann-Elise et, aussi triste que ce soit, je ne peux pas m'empêcher de penser que c'est mieux comme ça.

Il ne voulait pas donner de détails sur la manière dont Lucy avait presque abandonné sa fille aux services sociaux.

— Eh bien, il est impossible de douter que c'est ta fille, elle a les mêmes mimiques que toi. Sa manière de se présenter était vraiment charmante.

Lucas eut un petit sourire.

— Elle est également folle de Jack.

— J'ai toujours su qu'il ferait un très bon père, déclara Maria avec enthousiasme, à la grande surprise de Lucas. Mais tu as dit trois enfants ? Vous en avez adopté deux autres ?

— Non, non, ce sont les fils de Liz. Une collègue de travail. Ann-Elise adore les garçons et Liz avait besoin d'un week-end sans ses enfants, donc... Enfin, elle m'a pas mal aidé avant que... que Jack ne revienne.

Il ne savait pas pourquoi cela le rendait si mal à l'aise de parler des enfants avec elle. Était-ce parce qu'il avait l'impression d'avoir arraché ça à Maria ? Que s'il n'était jamais arrivé, elle et Jack auraient probablement des enfants à l'heure qu'il est ?

Maria le regarda tout à coup.

— Je suis heureuse que tu aies donné à Jack l'opportunité d'être père. Je n'aurais jamais pu.

Lucas détourna son regard un moment, tentant de reprendre ses esprits.

— Ça ne te dérange pas ?

Elle secoua la tête.

— Il m'a fallu beaucoup de temps pour véritablement comprendre, Lucas.

Elle soupira.

— Je t'ai vraiment haï. Pour m'avoir arraché Jack. Pour m'avoir coupé l'herbe sous le pied. D'un simple geste, tu m'as pris mon mari, ma carrière et ma vie, que j'avais passé vingt ans à construire.

Elle regarda Lucas avec intensité, ce qui le mit mal à l'aise.

— Il m'a fallu deux ans, à vivre parmi des gens qui ignoraient quand serait leur prochain repas, pour comprendre à quel point c'était superficiel. Pour réaliser que oui, j'aimais cet homme, mais lui ne m'aimait pas, pas comme il t'aimait toi !

— Il t'aimait aussi, Maria. Il m'a dit à quel point il lui était difficile de te parler de nous. Il n'arrêtait pas de repousser. Je suis désolé.

— Non, tu ne l'es pas, déclara-t-elle d'un ton sans réplique.

Lucas ne put s'empêcher de glousser.

— Tu parles comme Jack. Mais... je *suis* désolé. Pas d'aimer Jack, jamais je ne m'excuserai pour ça, mais parce que nous t'avons fait souffrir.

Maria eut un petit sourire.

— Je ne peux pas nier ça. C'est dur, de voir l'homme que tu as aimé la moitié de ta vie tomber amoureux de quelqu'un d'autre. Il m'a fallu du temps pour comprendre que je pouvais avoir une vie même sans être sa femme, et pour admettre que j'aimais le voir heureux, même si c'était avec toi. Ce n'est que quand j'ai trouvé un but dans la vie que j'ai pu voir au-delà de ma propre jalousie.

Même si au fond de lui il ne lui faisait pas confiance, Lucas réalisa qu'il commençait à l'apprécier.

— Jack m'a dit que tu travailles à l'UNICEF ?

Elle acquiesça et sourit largement.

— Oui, je dirige les équipes d'aide humanitaire. Je reviens tout juste du Darfour. C'est dommage mais c'était devenu si instable qu'il nous fallait partir, alors que nous étions en train de construire des écoles et de préparer des classes. Tu sais, Lucas, j'ai été une très bonne organisatrice, ce qui m'a valu une bonne réputation auprès des Ambassadeurs, mais tout ça c'était du vent pour le plaisir des yeux. Les dîners de gala parfaits, les réceptions, les déjeuners. Montrez-vous ici, faites un petit discours là. Maintenant je suis dans le vrai monde, je fais des choses qui vont changer la vie des gens pour le meilleur, et je n'ai pas à être déguisée dans des robes de grand couturier avec une coiffure parfaite et un maquillage parfait. Alors je devrais vraiment te remercier de m'avoir pris Jack. Je n'aurais jamais compris ce qui me rendait si malheureuse si vous n'aviez pas renversé mon monde.

Ses yeux étaient grands ouverts et son visage brillait. Lucas pouvait voir qu'elle était sincèrement heureuse maintenant. Peut-être disait-elle la vérité, peut-être leur avait-elle pardonné ? Lucas ne serait pourtant jamais totalement à l'aise. Seul le temps dirait s'il pouvait vraiment lui pardonner.

L'ambiance tendue fut brisée quand la porte d'entrée s'ouvrit et ils levèrent tous deux la tête.

JACK FRANCHIT la porte de son appartement et fut accueilli, comme d'habitude, par une voix excitée chantant son prénom. Jamais il ne se lasserait de la voix d'Ann-Elise qui l'accueillait. La porte était à peine fermée et il tenait encore les clefs dans sa main qu'elle fut dans ses bras, lui fit un gros câlin et l'embrassa. Même si sa journée de travail l'avait épuisé, elle arrivait toujours à le faire sourire. Elle lui dit qu'Émile et Charlie étaient ici et Jack sourit car il savait très bien qui était le chef dans leurs jeux.

Il posa ses clefs dans le petit bol sur le meuble de l'entrée et était en train de pendre sa veste quand Ann-Elise lui fit un sourire taquin.

— Il y a une fille pour toi.

Elle gloussa, pensant de toute évidence que l'idée était comique.

— Elle s'appelle Maria.

Il sentit son cœur s'arrêter. Pauvre Lucas. Il espérait seulement que Maria était gentille avec lui.

Puis la voix de son amant s'éleva.

— On est dans la cuisine !

Il n'avait pas l'air tendu ou désespéré. Peut-être venait-elle juste d'arriver ?

Il dit à Ann-Elise d'aller jouer avec les garçons, puis alla dans la cuisine, avec une sensation de poids sur la poitrine.

À sa grande surprise, Lucas était assis au comptoir et Maria s'appuyait contre un meuble de cuisine de l'autre côté de la pièce, ils buvaient du thé et souriaient tout en parlant avec animation. Peut-être que son appréhension était inutile ?

Jack fit une bise sur la joue de Maria, puis réalisa qu'il était gêné à l'idée d'embrasser Lucas devant elle. Il hésita un instant et vit sur le visage de Lucas que le jeune homme avait compris. *Merde !* Pourquoi l'intimidait-elle encore autant ?

L'atmosphère de la cuisine se rafraîchit un peu et Jack se déroba, disant à Maria :

— Écoute, je vais me changer et on part dans une dizaine de minutes, ça te va ?

PLUS TARD ce soir-là, Lucas se coucha tôt. Surveiller trois enfants de trois à cinq ans après une journée de travail était déjà épuisant, mais le stress dû à l'arrivée de Maria et le malaise de Jack l'avaient achevé pour la soirée.

Il avait remarqué l'hésitation de Jack qui avait l'habitude de l'embrasser sur la bouche quand il rentrait du travail. Lucas ne l'avait pas pris contre lui, puisque lui aussi était assez mal à l'aise face à cette situation, mais il voulait savoir si Jack était gêné parce qu'il était dans la même pièce que deux personnes avec qui il avait eu une relation sérieuse, ou s'il y avait autre chose.

Lucas secoua la tête et se rappela qu'il n'y avait aucune raison de douter de l'engagement de Jack envers lui. Vraiment. Pourquoi tout était si bizarre tout à coup ? Pourquoi Jack s'était-il réfugié dans leur chambre et était réapparu quelques minutes plus tard, vêtements changés, pour précipiter Maria hors de la cuisine afin d'aller dîner en ville ?

Il éteignit la lumière et se recroquevilla sous le duvet, sachant très bien qu'il ne dormirait pas avant que Jack ne rentre à la maison, même s'il n'y avait aucune raison d'être jaloux. Jack avait quitté Maria, ils avaient divorcé et il avait changé de vie, et Lucas ne faisait même pas partie du tableau à ce moment-là. Alors pourquoi doutait-il de Jack maintenant ?

Il entendit la porte d'entrée s'ouvrir et le bruit familier des clefs de Jack qui atterrissaient dans le petit bol. Il put voir que Jack faisait de son mieux pour ne réveiller personne et, plus tard, il l'entendit entrer furtivement dans leur chambre, se déshabiller et se glisser sous les couvertures.

Dans le noir, Lucas se retourna vers son amant.

— Je ne voulais pas te réveiller, chuchota Jack.

— Tu ne m'as pas réveillé. Je ne dormais pas, répondit Lucas. Comme s'est passé ton dîner ?

— Bien, je crois. C'était agréable de lui parler à nouveau.

Lucas entendait l'hésitation dans la voix de Jack, il s'approcha donc et passa ses bras autour de son amant.

— Ce n'est rien, Jack. Tu as le droit d'apprécier le fait de retrouver un vieil ami, tant que ce n'est que ça.

Il soupira quand il réalisa que la jalousie était bien là, ancrée.

— Je sais que je peux te faire confiance, Jack.

Jack s'approcha un peu plus dans ses bras et l'embrassa tendrement.

— Merde ! Tu as mangé Thaï sans moi ? le taquina Lucas.

— Comment tu fais ça ? demanda Jack, et Lucas put deviner son sourire malgré les pénombres.

— Lait de noix de coco, citronnelle et une pointe de coriandre.

— Tu peux sentir tout ça ? le taquina Jack à son tour.

— Et plus encore, répondit Lucas, et il serra Jack un peu plus, et la jalousie s'envola pour laisser place à un sentiment bien plus agréable.

XXVI

— OH, J'AI failli oublier, dit Lucas en regardant Jack se pencher sur la table pour la nettoyer, finissant ainsi les tâches ménagères après le dîner. Il y a une lettre pour toi. Grande enveloppe, papier de luxe, écriture calligraphiée et adressée uniquement à l'attention de monsieur Jack Christensen.

Jack lui jeta le chiffon mouillé et alla dans l'entrée récupérer la lettre. En revenant dans le salon, il l'ouvrit et lut l'invitation officielle.

— Stacey va se marier. Tu te souviens d'elle ? Chargée subalterne du Protocole ? À Anvers, ni plus ni moins. Et nous sommes invités. Tu veux y aller ? demanda Jack en terminant la lecture.

— Elle t'est adressée à toi, répondit Lucas avec gêne en se réfugiant dans la cuisine, suivi de près par Jack.

— C'est écrit 'Monsieur Jack Christensen et son invité', répliqua Jack en passant ses bras autour de Lucas et en le poussant contre le comptoir.

— Ça pourrait être n'importe qui, bouda Lucas, sachant que Jack allait tomber droit dans son piège.

— Si je me souviens bien, il n'y a qu'un seul invité que je puisse emmener, dit-il en embrassant les cheveux de Lucas. Mon petit ami, dit-il en embrassant son cou. Mon amant.

— Vous voulez bien faire ça dans votre chambre ? Il y a des enfants dans cette cuisine, vous savez.

Ann-Elise se tenait dans la cuisine, les mains sur les hanches. Elle se tourna, prit une canette de Coca Light dans le frigo et sortit avant que les deux hommes, dans les bras l'un de l'autre, ne puissent répondre.

— On n'aurait pas raté quelque chose ? Depuis quand notre fille est-elle devenue une adolescente ? demanda Lucas, la bouche entrouverte alors qu'il regardait la petite fille marcher d'un pas décontracté hors de la cuisine.

— La dernière fois que j'ai vérifié, elle avait six ans. C'est *elle* qui *me* lit des histoires le soir avant de dormir, maintenant, mais elle veut toujours être bordée, répondit Jack, également perplexe face à la remarque prétentieuse d'Ann-Elise.

— Tu crois qu'on devrait dire quelque chose ? demanda Lucas, un sourcil levé.

— Nan, laisse couler, gloussa Jack. Ça sera pire quand on reviendra du mariage et qu'elle aura passé une semaine chez Liz. Je te jure que cette manière de poser ses mains sur les hanches est signée Liz.

SIX SEMAINES plus tard, ils arrivèrent au Hilton Antwerp pour le mariage de Stacey.

Quand ils l'avaient appelée pour confirmer leur venue, elle leur avait expliqué que tout été déjà organisé, ce qui incluait les chambres d'hôtel pour une arrivée un jour avant le mariage et un départ le lendemain du mariage, et ce pour tous les amis et la famille qui venaient de partout dans le monde.

Quand la réceptionniste leur donna leur clef magnétique et leur annonça qu'ils avaient la chambre VIP, Jack se tourna vers Lucas.

— Luke, tu as... ?

Lucas lui fit un regard innocent et secoua la tête.

Il s'agissait de la même suite qui leur rappelait tant de souvenirs si particuliers. Après que le bagagiste les eut conduits et soit reparti, Jack regarda Lucas.

— Et bien, si tu ne t'es pas arrangé pour qu'on soit ici, qui l'aurait fait ? demanda Jack en enleva tranquillement sa veste. Je suis presque sûr que Stacey ignore tout de ce qui s'est passé dans cette chambre il y a sept ans, Luke.

Lucas termina de fermer les rideaux et courut se jeter sur Jack de l'autre côté de la pièce, avec tant de force qu'ils tombèrent sur le lit.

— Joyeux anniversaire, mon amour, gémit Lucas sur les lèvres de Jack.

Ils s'embrassèrent passionnément, se débarrassèrent de la plupart de leurs vêtements et frottèrent leurs érections grandissantes l'une contre l'autre.

— La voiture sera là dans trente minutes, haleta Jack tout en cherchant de l'air, pour nous récupérer, pour que je puisse faire ajuster mon costume.

212

— Rien à battre de la voiture, répondit Lucas avec désespoir en tirant Jack plus près encore.

— Luke, on n'aura pas le temps de se laver après, si on...

Jack regarda Lucas d'un air sidéré quand celui-ci se retourna sur le lit, une lueur sauvage dans le regard. Il sentit la bouche chaude de son jeune amant sur son sexe, par-dessus ses vêtements, et en même temps Lucas porta son entrejambe devant le visage de Jack. Ils étaient tous deux à bout de souffle, ça ne serait l'affaire que de quelques minutes et de toute façon, il n'arriverait pas à s'en empêcher. Non pas qu'il le voulait, ceci dit.

Ils étaient nostalgiques et avaient faim l'un de l'autre. Dans cette chambre, Lucas lui avait montré qu'il n'y avait pas de retour en arrière possible, qu'il ne pouvait plus continuer à renier les sentiments qu'il avait rejeté toute sa vie.

Même maintenant, après sept ans, il aimait toujours le goût du sexe luisant de Lucas dans sa bouche, et la sensation de sa bouche sur la sienne. Il aimait voir à quel point ce qu'il faisait au jeune homme les faisait tous deux gémir avec force et envoyait des vibrations à travers leur bas-ventre. Lucas copiait ses mouvements, rendait chaque coup de langue et chaque caresse, chaque succion passionnée, jusqu'à ce qu'ils ne puissent que donner des coups de rein dans la bouche de l'autre.

Lucas jouit le premier et Jack se contorsionna pour pouvoir voir son visage crispé de plaisir, tandis qu'il goûtait son sperme blanc et chaud au fond de sa gorge. Jack avala avec enthousiasme, sentant Lucas vibrer encore de plaisir, puis ce dernier enleva sa bouche du sexe rouge de Jack, pour le prendre à deux mains et le masturber avec une adresse surprenante.

La vue de son jeune amant repu, qui faisait pourtant de son mieux pour le faire jouir, fut suffisante pour qu'il sente un tiraillement dans son bas-ventre. Il donna des coups puissants dans les mains de Lucas et sentit son orgasme l'envahir pendant que son amant ouvrait paresseusement sa bouche pour engloutir son gland.

Après un moment passé à haleter, Lucas rampa pour changer de position, un sourire paresseux sur le visage tandis qu'il se rapprochait pour embrasser profondément Jack, mélangeant leur goût sur leur langue. Jack sentait encore le contrecoup dans tout son corps et devinait que Lucas était encore sensibilisé par leur orgasme précipité alors qu'il le caressait. Sans surprise, ils avaient encore du temps devant eux avant que la voiture n'arrive pour les récupérer.

Jack et Lucas pouffèrent de rire, l'esprit léger, pendant qu'ils se brossaient les dents ensemble devant le large miroir de la salle de bain. Lucas avait pris une douche rapide et enfilé un jean et Jack s'était levé du lit uniquement une fois Lucas habillé, craignant de ne jamais pouvoir quitter la chambre s'ils prenaient une douche ensemble. Maintenant fraîchement lavé lui aussi, ils seraient à l'extérieur dans quelques minutes.

LE LENDEMAIN matin, Jack fut réveillé par quelqu'un qui frappait furieusement à la porte. Lucas était affalé sur lui et il se dégagea en douceur pour ne pas réveiller le jeune homme. Quand il regarda le réveil à côté du lit, il vit qu'il était sept heures trente.

Qui frappait à leur porte à cette heure-là ? Le mariage ne commençait pas avant dix heures, non ?

Il enfila un peignoir blanc offert par l'hôtel sur son corps nu et alla à la porte. Quand il regarda vers le lit, il vit que Lucas était délicieusement nu, à plat ventre sur le matelas. Rapidement, il tira les couvertures sur lui avant d'ouvrir la porte.

Ce qu'il vit le fit pouffer de rire.

— Stacey ? Tu vas bien, ma belle ?

Stacey se tenait devant la porte, vêtue d'un peignoir rose, des bigoudis dans les cheveux et sans maquillage. Elle était en panique, une chose que Jack n'avait encore jamais vue.

— Un de mes garçons d'honneur m'a plantée !

Avec une tête de six pieds de long, elle passa à côté de Jack pour entrer dans la chambre.

Elle recouvrit sa bouche de la main, comme une enfant qui vient de dire un gros mot.

— Je n'ai rien interrompu, j'espère ?

Jack lui fit un large sourire.

— Non, Stacey, il dort. Et moi aussi je dormais, mais quel est le problème ?

— Eh bien, le frère de Roy, qui était censé être son témoin, a été retenu à Bahreïn à cause d'un incident diplomatique là-bas. Vu que son meilleur ami est ici, il peut prendre sa place, mais du coup il me manque un garçon d'honneur. Tu crois que Lucas accepterait ?

Elle raconta cette crise à Jack d'un trait, sans reprendre son souffle.

214

— Bien sûr, je ne vois pas pourquoi il refuserait, répondit Jack. Mais il n'a pas de costume adapté, et je suis sûr que tu veux qu'on soit tous assortis ?

— Je reviens tout de suite, lui dit-elle en leva un index avant de retourner dans le couloir pour rejoindre sa suite.

Elle revint un instant plus tard, portant un cintre recouvert de plastique transparent.

— Fais-lui essayer ça. Si ça ne lui va pas, appelez le numéro sur le sachet et dites-leur que c'est une urgence.

Jack pouffa de rire et accepta le costume, puis regarda Stacey qui repartait en courant. Il pendit le sac au portemanteau et retourna au lit, où Lucas dormait toujours. Il s'assit avec prudence sur le bord et laissa sa main voyager sous les couvertures, pour trouver la peau douce de Lucas. Son amant gémit pendant que Jack caressait doucement l'arrière de sa cuisse, remontait jusqu'à ses fesses, caressait l'inclinaison dans le bas de son dos, là où la raie commençait. La peau de Lucas était encore chaude de sommeil et il ne se laissait pas de cette douceur satinée.

— Laisse-moi dormir encore, marmonna Lucas en remontant les couvertures sur sa tête.

Jack s'allongea près de Lucas qui était désormais englouti sous les draps et les couvertures, et serra fermement le jeune homme dans ses bras.

— Je suis sûr que je peux te persuader de te lever, dit Jack, tentant malicieusement de l'amadouer.

— Nooon, bouda Lucas en gardant les yeux fermés. C'trop tôt.

— Pas du tout. On va rater le petit déjeuner.

— M'en fous.

Jack tenta lentement de trouver le bon chemin sous les couvertures avec sa main.

— Le mariage commence dans deux heures, on doit se laver, vêtir ces beaux costumes gris et rejoindre l'hôtel de ville. On n'y arrivera jamais, à cette allure.

— *Tu* dois mettre un beau costume gris, marmonna le jeune homme en se recroquevillant vers Jack qui massait doucement le ventre de son amant.

— Toi aussi. Stacey vient de te ramener un costume, le taquina Jack en ramenant sa main du ventre de Lucas jusqu'à sa hanche, évitant soigneusement d'aller plus bas.

— Vraiment ? demanda Lucas, les yeux toujours fermés mais bougeant son corps pour suivre la main de Jack. Un de ces beaux costumes gris comme celui que tu as essayé hier ?

— Oui, murmura Jack en enfouissant son visage dans le cou de Lucas avant de mordre son épaule avec taquinerie.

Quand Lucas se recroquevilla un peu plus, clairement pas décidé à se lever, Jack commença à le chatouiller et bientôt, il éclata d'un rire hystérique.

Deux heures plus tard, ils se précipitaient pour être prêts à temps, comme Jack l'avait prédit.

Quelques crises de gloussements, un chatouillement violent, suivis d'une bataille de polochon, et Jack avait fini la tête appuyée contre la porte qui menait à la salle de bain. Lucas s'était excusé de sa violence, mi-figue mi-raisin.

— C'est toi qui le cherches, Jack, tu ne réalises n'est-ce pas ? demanda Lucas.

Pas perturbé pour un sou, Jack répondit simplement :

— Sois heureux que notre fille n'ait pas été là pour entendre ça.

Lucas ôta le peignoir blanc de l'hôtel qui pendait sur les épaules de Jack et pressa son corps contre son amant.

— Raison de plus pour te faire gémir avec une telle force que Stacey va venir frapper à la porte pour me demander ce que je suis en train de te faire.

— Merde, fut tout ce que Jack put murmurer.

— Tu crois ? demanda Lucas, taquin, avant d'offrir deux doigts à lécher à Jack. Tu ferais mieux de bien les lécher, parce que c'est tout le lubrifiant que j'ai par ici.

Jack prit son temps, savourant le goût un peu salé des doigts fins de Lucas. Il sentait que Lucas était de plus en plus impatient, il se frottait contre ses fesses, mais il ne le pressa pas. Le jeune Britannique était de plus en plus excité, mais sûrement pas autant que Jack. Quand Lucas plaça sa main gauche à plat sur le ventre de Jack, celui-ci réalisa qu'il était bien heureux d'avoir une porte pour se retenir. Il écarta un peu les jambes et ouvrit la bouche pour laisser échapper un profond gémissement quand l'un des doigts couverts de salive de Lucas s'enfonça brutalement en lui. Ils avaient l'habitude d'être silencieux, se souvenant toujours dans un coin de leur tête que quelques portes plus loin, leur fille était en train de dormir. Mais ils étaient désormais de l'autre côté du monde, et Jack se fichait que qui que ce soit les entende, car il sentait la brûlure du second doigt de Lucas et des frissons d'extase l'envahirent.

Lucas connaissait bien le corps de son amant, il savait jusqu'à quel point Jack pouvait supporter la brutalité. Il savait aussi qu'il pouvait faire jouir Jack juste avec ses doigts, mais ils n'osaient pas faire ça avec Ann-Elise dans la pièce d'à côté, puisqu'il obtenait toujours une réponse assez bruyante de son amant quand il ondulait et enfonçait ses doigts. Jack gémissait à chaque mouvement, et rien que ça eut tôt fait de faire migrer tout le sang de Lucas dans son sexe. Il plia légèrement les doigts et effleura le point le plus sensible du corps de son homme, le faisant trembler.

— Oh oui, Luke ! cria Jack alors que sa respiration se faisait erratique.

Lucas le poussa avec plus de force contre la porte et toucha à nouveau sa prostate, sachant que les genoux de Jack finiraient par lâcher. Lucas sentit les muscles du ventre de son amant se contracter et le cercle de muscle autour de ses doigts de serrer. Jack gémissait de manière presque constante et Lucas arrêta de bouger ses doigts pour laisser son amant suivre son propre rythme, s'enfoncer seul sur les doigts de Lucas et s'entraîner seul aux limites en quelques mouvements.

Lucas passa ses bras autour de Jack et l'aida à s'asseoir doucement au sol. Il rampa sur lui et l'embrassa passionnément tout en frottant son sexe luisant contre le ventre humide de Jack.

— Tu n'as pas encore fini, souffla Jack contre les lèvres de Lucas.

— Tu veux me voir jouir ? demanda le jeune homme d'un ton séducteur.

Jack hocha la tête.

— Toujours.

Il caressa les cuisses de Lucas pendant que ce dernier se redressait, puis regarda le visage provocant de Lucas pendant que le jeune homme se masturbait avec des gestes longs et déterminés. Jack aimait voir Lucas se faire du bien seul, il aimait le voir se mordre la lèvre pendant qu'il tentait de ne pas faire trop de bruit.

— Je veux t'entendre, Luke, je ne me suis pas retenu moi, le pressa Jack en levant une main pour toucher celle de Lucas.

— Non, répondit Lucas en repoussant la main de Jack. Regarde... juste... l'effet... que tu me fais.

Ses mouvements sur son sexe se firent moins coordonnés et son souffle devint irrégulier.

— Seigneur... Jack...

Le visage de Lucas se crispa et il laissa échapper un gémissement rauque et profond quand il jouit dans sa propre main et sur le ventre de Jack.

Ce dernier leva la main et prit en coupe le visage de Lucas quand il se laissa retomber sur le corps de son amant. Ils restèrent un moment enlacés, le temps que Lucas retrouve son souffle.

— On ferait mieux de prendre une douche si on veut être présentables pour le mariage de Stacey, mon cœur, dit finalement Jack.

— Hum.

Lucas acquiesça en frottant son visage contre le cou de Jack.

— MAIS QUE vous êtes beau dans ce costume, monsieur Christensen, mentionna Lucas pendant qu'il aidait Jack à attacher sa cravate.

— Les queues-de-pie vous vont également très bien, monsieur Carlton, répondit Jack en faisant reculer Lucas pour se pencher dans une révérence vieux jeu. C'est surprenant que tout t'aille si bien, vu que tu n'as rien pu essayer hier.

— En fait, c'est assez serré. Le futur beau-frère de Stacey doit être une vraie crevette.

— Allons, allons, se moqua Jack. Il faut souffrir pour être beau.

Jack passa derrière Lucas pour regarder leur reflet dans le long miroir du couloir. Ils étaient très élégants, dans leur queue-de-pie grise et leur cravate rayée. Stacey pouvait être fière de ses garçons d'honneur.

— Épouse-moi, demanda Lucas en souriant à Jack dans le miroir.

Jack posa ses mains sur les hanches de Lucas et embrassa son cou.

— Tu connais ma réponse, Luke.

— Je veux l'entendre encore. La version courte, taquina Lucas.

Jack leva le regard, sérieux.

— Oui, Lucas, je veux t'épouser. Un jour, je t'épouserai.

LE MARIAGE de Stacey fut amusant et informel, avec des filles et garçons d'honneur, de la famille et des amis, qui marchèrent tous ensemble depuis l'hôtel de ville, la cathédrale, la réception et la salle de banquet qui étaient tous proches les uns des autres. L'heureux couple et la plupart des invités furent un peu éméchés à la fin de la réception, et carrément saouls à la fin du

218

dîner. Cela venait principalement de l'atmosphère détendue, mais le fait que presque tous les invités demeuraient au Hilton Antwerp, là où la salle de dîner se trouvait également, était très probablement un autre facteur de cet état.

Jack et Lucas se réveillèrent le lendemain avec une belle gueule de bois et plus vraiment certains de savoir comment ils avaient réussi à rejoindre leur chambre. Ils furent néanmoins heureux d'avoir pensé à réserver pour passer plus de temps en Belgique avant de rentrer à la maison.

Après leur dernière nuit à la chambre d'hôtel, pendant que Lucas se brossait les dents devant le large miroir, Jack glissa un bras autour de son ventre tel un voleur dans la nuit. Lucas eut bien du mal à garder un visage sérieux devant l'air de rôdeur de Jack, pendant que l'homme faisait mine de mordre dans le cou de son amant. Ils étaient tous deux nus et Lucas se fit vraiment sérieux quand il sentit l'érection de Jack qui frottait contre ses fesses.

Jack fit tourner son visage à Lucas pour pouvoir l'embrasser, pendant que son autre main s'égarait plus bas sur le ventre du jeune homme, jusqu'à son entrejambe réactif.

— J'ai envie de te dévorer, grogna Jack contre les lèvres de Lucas. J'ai envie de te baiser là, devant le miroir.

— Oh oui, répondit Lucas, la respiration plus courte.

Pendant un instant, il se souvint que Jack avait refusé de faire ça avec lui, parce que ça lui rappelait Maria, mais cette pensée fut vite chassée quand Jack entoura son sexe de sa main ferme et le masturba rapidement jusqu'à ce qu'il soit complètement en érection. Il moula son corps contre celui de Jack, désireux d'avoir le plus de contact possible, et frotta lentement ses fesses contre l'excitation de son amant. Il y avait une urgence dans leurs mouvements, encouragée par leur désir l'un de l'autre et par cette image enivrante dans le miroir.

Lucas se pencha en avant, se retenant au lavabo d'une main pendant que la seconde farfouillait dans les huiles de bain et les lotions hydratantes pour trouver quelque chose qui pourrait servir de lubrifiant. Il ouvrit l'un des tubes et le fit tomber, répandant ainsi un liquide blanc et crémeux sur le rebord du lavabo. Rapidement, il réussit à en récupérer un peu sur sa main et chercha derrière lui pour en étaler sur la verge dure de Jack.

Ce dernier grimaça sous la fraîcheur du fluide puis gémit quand Lucas continua à le masturber. Lucas ne pouvait s'empêcher de fixer la manière dont leurs corps bougeaient ensemble et entraîna Jack pour qu'ils se tiennent entre les deux lavabos, pour avoir une vue d'ensemble.

— Vas-y maintenant, souffla Lucas en tournant sa tête vers son amant. Baise-moi maintenant.

— Je dois te préparer d'abord, répondit Jack d'une voix rauque en se basant sur sa vision dans le miroir pour guider ses mouvements.

— Laisse tomber, supplia presque Lucas, on a fait l'amour trois ou quatre fois par jour depuis qu'on est arrivés. Je peux le supporter.

Il savait qu'il le pouvait et il faisait confiance à Jack pour ne pas lui faire mal. Jack prit un peu plus de lotion tombée du flacon, en enduisit de nouveau son érection et frotta son sexe contre le muscle sensible entre les fesses de Lucas. Ce dernier poussa en arrière, plein de désir, ayant besoin d'être pénétré ; il écarta ses jambes pour donner à Jack un meilleur accès. Jack regarda en bas, la pression contre le muscle d'entrée de Lucas augmenta, et Lucas se retint contre le lavabo.

Jack poussa en avant, une de ses mains guidant sa verge dure et sombre et l'autre tirant son jeune amant contre lui. Lucas ne sentit pas la pénétration et fut un peu déçu quand Jack se déplaça pour s'asseoir sur les toilettes en tirant Lucas avec lui.

— Chevauche-moi, implora Jack, et regarde-toi pendant que tu le fais. Seigneur, tu es magnifique.

— *Nous* sommes magnifiques, corrigea Lucas en écartant les jambes et s'appuyant sur les genoux de Jack pour conserver son équilibre.

D'une main, il guida le sexe de son amant à son entrée et s'assit sur lui avec un soupir tout en regardant dans le miroir. Voir la verge dure et longue disparaître dans son corps était presque trop à supporter et seule la sensation de brûlure brutale l'empêcha de jouir. Mais il était encore dur, tellement que son sexe toucha son ventre quand il roula les hanches, et des traces humides étincelèrent dans la lumière. La brûlure commença à s'apaiser et il se pencha contre le torse de Jack tout en passant une main entre ses jambes pour tenir ses bourses. Avant qu'il ne puisse réagir, Jack lui attrapa les hanches et les souleva, exposant leur union. Lucas pouvait sentir ses muscles s'étirer autour de la verge turgescente de Jack et il frotta un doigt là où leurs corps se rejoignaient, pour voir. La sensation fut électrisante dans son entrejambe et, à en juger par la réaction de Jack, ce fut agréable pour son amant également. Lucas était prêt à exploser et il n'en faudrait pas beaucoup pour ça, mais il voulait plus.

— Bougeons, suggéra-t-il. Je veux que tu me baises avec force.

Il passa une main derrière lui pour toucher Jack et ensemble ils se soulevèrent, faisant attention à ne pas rompre le contact. Lucas se prépara, sachant la force que son amant pouvait y mettre.

Jack commença à bouger et Lucas gémit sous la sensation de ce gros sexe qui entrait et sortait de son corps. Il regarda devant lui et vit son propre sexe qui rebondissait un peu, créant une sensation familière qu'il n'avait jamais réellement vue jusqu'à maintenant. Il regarda Jack dans les yeux, dans ses yeux bleu sombres qui fixaient la synergie parfaite de leurs mouvements. C'était une vue incroyablement érotique, de voir la manière dont les claquements de leurs corps se convertissaient en images dans le miroir.

— Tu es tellement bon.

Jack expira ces mots plus qu'il ne les prononça, alors que ses mouvements se faisaient plus puissants et plus précis à chaque coup de rein.

— Si serré... si chaud.

— Oui, geignit presque Lucas, puis il inclina légèrement les hanches. J'y suis presque. Oh putain oui... ici, juste ici...

Il ne pouvait pas se toucher, craignant que s'il ne lâche les lavabos ils ne tombent contre le miroir, mais il pouvait voir son liquide séminal couler un peu plus de son sexe à chaque coup.

— Oh oui... n'arrête pas... fais-moi jouir, Jack... fais-moi jouir... et jouis avec moi !

Jack le frappait exactement là où il fallait, mais la force de ses coups de butoir et leur précision étaient en déclin, signalant à Lucas que son amant était proche, lui aussi. Il commença à pousser vers Jack, pour le rencontrer à chaque coup de rein. Et Jack s'approcha de lui pour lui chuchoter de viser le miroir et avant que Lucas ne puisse rire, il sentit son entrejambes le fourmiller et de longs jets de sperme jaillirent hors de son gland, éclaboussant la surface brillante et immaculée en face d'eux. Jack donna encore deux coups, forts et précis, contre la prostate de Lucas, prolongeant ainsi son orgasme, et Lucas sentit la chaleur se répandre dans tout son corps.

Ils restèrent accrochés l'un à l'autre, la respiration difficile pendant qu'ils fixaient le miroir.

— Putain, c'était intense, haleta Jack contre la nuque de Lucas.

— Tu crois qu'on pourrait en avoir un chez nous ? suggéra Lucas en désignant le miroir.

— Sûrement pas ! gloussa Jack. Je serais obligé de te bâillonner pour pouvoir te sauter devant. Ça serait impossible de rester silencieux.

Lucas posa ses mains sur celles de Jack et regarda ses yeux à travers le miroir.

— Alors je crois bien qu'on devra revenir ici au moins une fois par an.

XXVII

— GERTJE ! OH mon Dieu, c'est si bon de te revoir !

Jack tendit les bras et serra avec force son ancienne secrétaire.

— As-tu vu Lucas ?

Gertje était radieuse et Jack réalisa qu'elle n'avait pas vieillie, elle avait toujours l'air vibrante, toujours occupée et très maternelle, la même femme qui avait fait de sa vie professionnelle en Belgique un vrai plaisir.

— Oh, oui ! Enfin, il fait ce qu'il fait le mieux. Il salut tous vos invités, les fait se sentir les bienvenus. Je suis si heureuse d'avoir été invitée à passer le Nouvel An avec ta famille, Jack.

— Tu as l'air heureuse, Gertje.

— Je le suis.

Elle rougit.

— Mon Eddy me manque bien sûr, mais j'ai finalement un peu voyagé à travers le monde. J'ai passé beaucoup de temps avec ma sœur ici, aux États-Unis.

Jack hocha la tête.

— Stacey m'a dit pour Eddy. Pourquoi ne pas m'avoir appelé ?

Gertje lui sourit et pencha la tête sur le côté.

— Tu étais de l'autre côté du globe, Jack. Les funérailles ont été privées. Et de toute façon, nous sommes ici pour toi ce soir.

Jack soupira et leva les yeux au ciel.

— Tu sais que je déteste être le centre d'attention ces jours-ci.

Gertje lui fit un sourire compréhensif.

— Je ne pense pas que tu aies à t'inquiéter pour ça. Tu ne seras pas le centre d'attention, pas avec Lucas et Ann-Elise dans le coin.

— Je suis heureux que tu sois ici ce soir. J'ai l'impression que la famille est au complet, ajouta Jack.

Elle rougit.

— Je n'aurais pas manqué ça pour un empire.

Jack savait que cette femme était une véritable amie, même s'ils n'avaient pas parlé si souvent que ça, et il sentait le désir d'y remédier.

— Tu as toujours été ma plus grande supportrice, n'est-ce pas ? demanda-t-il, désormais sérieux.

— À cent pour cent, monsieur l'Ambassadeur.

Elle lui fit un clin d'œil.

— Pourquoi m'avoir couvert auprès de Maria quand tu as compris que je la trompais ?

— Oh, ce n'était pas uniquement toi que je couvrais, Jack. Je lui disais la même chose que je disais aux autre gens : *monsieur Christensen est à une réunion d'urgence. Non, je ne peux pas le déranger. Je peux cependant prendre un message.* Je dois admettre que d'une certaine façon, je savais que vous étiez faits l'un pour l'autre.

Jack trouva qu'elle ressemblait à une mère fière de ses enfants en disant ça.

— Et quand je vous vois tous les deux ce soir, je sais que j'avais raison.

À nouveau elle eut un sourire suffisant.

— Oui, je l'aime, Gertje, je l'aime vraiment.

— Oh, même un aveugle pourrait le voir. Je le sais. Je le savais déjà à l'époque. La manière dont ton visage s'illuminait quand je l'accompagnais dans ton bureau. Le fait qu'il passait bien plus de temps avec toi qu'il ne lui était professionnellement nécessaire. Et même le fait qu'il saisissait chaque opportunité pour transmettre des messages diplomatiques. Mais je l'ai aimé au moment même où il est entré dans le bureau. C'est un homme spécial, Jack. Comme toi, il est bon avec les gens, il aime les mettre à l'aise. Il se fiche qu'il s'agisse du Président ou du portier. Et vous avez une fille incroyable. Un mélange parfait de vous deux.

Jack haussa les épaules.

— C'est gentil de dire ça, Gertje, mais elle est uniquement de Lucas.

— N'y crois pas une seule seconde, Jack. Elle lui ressemble peut-être, mais je peux voir que tu as contribué à ce qu'elle est. Elle est plus timide que Lucas, un peu plus réfléchie. Une gamine intelligente également, elle sait de quoi elle parle. Elle m'a expliqué ta thèse de doctorat. Pas mal pour une enfant de huit ans, non ?

Jack lui sourit, ne croyant pas totalement à ce qu'elle venait de lui dire.

— Tu plaisantes, hein ?

— Oh, non, elle m'a dit que tu lui racontais toujours tout. Une véritable future ambassadrice, je dirais, et elle sera bonne pour ça.

— Oh, le Ciel nous en préserve.

Jack rit et la serra à nouveau.

À ce moment-là, Lucas entra et Gertje s'excusa.

— Écoute, je ferais mieux de vous laisser tous les deux et de retourner dans le salon.

Gertje embrassa Jack sur la joue, puis fit un clin d'œil à Lucas et l'embrassa aussi avant de sortir.

— C'est bon de la revoir, Luke, c'était une bonne surprise, dit Jack en passant son bras autour de son amant.

— Eh bien, tout le monde est là. Stacey a l'air d'être sur le point d'exploser. Et Sean est venu lui aussi ! Il a emmené sa future femme, la quatrième je crois. Elle est gentille, je lui ai parlé et elle est plus jeune que moi.

Lucas leva les yeux au ciel, faisant rire Jack.

— Oh, et Mark a emmené une petite rouquine nommée Zanna. Je ne pense pas l'avoir déjà rencontrée.

— Eh bien, ce n'est pas comme si on voyait Mark chaque semaine, répondit rapidement Jack, appréciant de voir à quel point Lucas était excité pour ce soir.

— Avant que j'oublie, Liz m'a demandé si on pouvait garder ses garçons la semaine prochaine. Je lui ai dit 'sans problème'. Je crois qu'elle doit s'enfuir avec Monsieur Brésil.

— C'est un homme bien plus sympathique que Monsieur Italie, qui l'a fait tourner en rond pendant des années, ajouta Jack.

— Oui, je lui avais bien dit qu'ils ne quittaient jamais leur femme.

— Moi je l'ai fait.

Lucas soupira de contentement. Il regarda Jack et l'embrassa fermement sur les lèvres.

— Je ne sais pas ce que serait devenue ma vie si tu ne l'avais pas fait.

— Tu aurais rencontré quelqu'un d'autre. Je suis sûr que tu aurais été heureux.

Lucas secoua la tête.

— Pas autant que je le suis maintenant, toi et moi étions faits l'un pour l'autre.

Jack sentit une douce chaleur l'envahir.

— Eh bien, je n'ai jamais regretté ma décision.

— Bien, lança malicieusement Lucas en souriant largement, parce que Maria aussi est ici !

Jack inspira profondément et haussa les sourcils.

— Et après ça, tu vas me dire que Lucy aussi est venue, puis que le Père Noël est passé par la cheminée.

Lucas se fit silencieux.

— Tu sais qu'elle ne serait pas venue.

— Tu voulais qu'elle vienne ? demanda Jack en tirant Lucas contre lui.

Lucas plissa les lèvres et secoua la tête.

— Parfois je me dis qu'Ann-Elise aimerait la rencontrer.

— Elle la rencontrera probablement un jour, mais elles ont toutes les deux besoin d'être prêtes pour ça. Il ne faut pas la forcer. Maintenant, allons-y avant que nos invités ne commencent à se demander ce qu'on fait. Sans compter que ce n'est pas juste pour Ann-Elise de devoir s'occuper d'eux toute seule.

Lucas ricana, ironique.

— Comme si elle ne faisait pas ça mieux que nous.

— POURRAIS-JE AVOIR votre attention, s'il vous plaît ?

Ann-Elise se tenait sur une chaise entre ses deux pères. Elle regarda vers Liz qui lui fit un signe encourageant de la tête.

Elle commença avec hésitation, clairement intimidée par la foule, même si elle les connaissait très bien pour la plupart.

— Papa et Jack savent que j'allais dire quelques mots, mais ils ne savent pas vraiment ce que je vais dire, alors écoutez.

Lucas entendit Jack s'éclaircir nerveusement la gorge et admit pour lui-même qu'il y avait probablement de quoi être nerveux. Leur fille était pleine de surprises et ils ne pouvaient pas lui faire confiance.

— D'abord, certains le savent déjà, mais pour ceux qui ne le savent pas : Jack a rendu sa thèse de doctorat il y a quelques temps, et il a appris la semaine dernière qu'on allait très rapidement devoir l'appeler Docteur Christensen. Je lui ai dit qu'il pouvait toujours courir.

Quelques personnes rirent et elle continua.

— S'il vous plaît, faites-le rougir en applaudissant.

Lucas vit Liz faire passer des verres de champagne aux invités et l'acclamer à voix haute, le faisant sourire avec gêne.

— Ensuite, le Président a demandé à Jack s'il voulait bien redevenir Ambassadeur.

Jack fut à nouveau acclamé à cette annonce et il dut lever la main pour qu'Ann-Elise puisse reprendre.

— Après quelques discussions houleuses au dîner...

Elle regarda ses pères et posa une main sur une épaule chacun. Les deux hommes rirent nerveusement et se regardèrent.

— Il a décidé de refuser, en disant qu'il faudrait lui redemander quand je serai à l'université, ce qui est très gentil parce que j'aime mon école ici.

Il y eut des 'aaaah' et des 'ooooh' dans la pièce, mais leurs amis souriaient toujours.

Ann-Elise s'éclaircit la gorge et Jack réalisa qu'il s'agissait là d'un de ses tics nerveux dont elle avait hérité.

— Et dernièrement... et je risque d'être envoyée au lit sans dîner en disant ça...

Ann-Elise regarda Liz, qui lui fit un clin d'œil.

— Avant que je naisse, Jack a demandé à papa de l'épouser et papa a dit oui, mais ils ne pouvaient pas vraiment parce que Jack était toujours marié.

Elle leva les yeux au ciel et Maria lui fit un sourire, sachant qu'on parlait d'elle.

— Puis à nouveau, quand j'avais six ans, au mariage de Stacey... pour ceux qui ne la connaissent pas, Stacey c'est la belle dame aux lèvres rouges et aux longs cheveux bruns qui a l'air d'être sur le point d'accoucher. Enfin bref, à son mariage, papa a demandé à Jack de l'épouser et Jack a dit oui, mais pas avant que ça ne soit autorisé dans leur pays. Et maintenant, finalement, dans l'état de New York, il est possible pour deux hommes de se marier.

Elle se tourna vers ses deux pères.

— Alors, vous allez enfin vous décider ou pas ?

Des acclamations bruyantes retentirent dans le salon. 'Obéissez !' ou encore 'il serait temps !'.

Jack rougit, regarda Lucas et le questionna du regard.

Lucas mordit sa lèvre inférieure et hocha la tête.

— J'imagine que plus rien ne nous en empêche, maintenant, chuchota-t-il avant de se pencher pour embrasser Jack.

Leurs amis se levèrent et, quand les deux hommes les regardèrent, les invités avaient levé leur verre et avaient tous un visage heureux, aucun ne semblait désapprouver. Même Maria était rayonnante, même si de toute évidence elle expliquait certaines choses à l'homme séduisant qui avait un bras autour de ses épaules.

Mark avait un sourire malicieux sur le visage.

— Vous allez avoir besoin de témoins, les gars !

Ce à quoi Liz répondit de l'autre côté de la pièce.

— Pas forcément un homme, hein ?

— Alors prépare-toi à chercher un costard assorti, Liz, taquina Lucas.

Jack et Lucas se serrèrent, Ann-Elise entre eux.

— Heureuse, maintenant ? demandèrent-ils à la petite dame.

Ann-Elise passa ses mains dans les cheveux des deux hommes.

— Oui ! cria-t-elle. Je ne serai plus l'enfant d'une famille éclatée ! Et maintenant, si on allait voir où en est le dîner ? Je meurs de faim !

ÉPILOGUE

— REVIENS AU lit, Luke, dit Jack avec paresse.

Il s'étirait sur le lit qu'ils partageaient depuis six ans et demi.

— Je ne peux pas, répondit Lucas d'un air déterminé depuis le petit balcon.

Il fixait la ville et sirotait une tasse de thé qu'il tenait en main.

— Qu'est-ce qui ne va pas ?

Jack n'arrivait pas à savoir si Lucas était sérieux ou non.

— Je me suis juré il y a neuf ans que plus jamais je ne coucherai avec un homme marié.

Jack gloussa.

— Imagine ce que je ressens. Je me suis juré pendant trente ans que jamais je ne coucherais avec un homme, et voilà que je suis amoureux d'un homme et même marié avec lui !

— Alors tu m'aimes toujours ? demanda Lucas tout en laissant son peignoir s'ouvrir l'air de rien, révélant ses longues jambes et ses cuisses fines.

Jack voulait plaisanter, dire qu'il avait été séduit sans pitié par un homme au corps magnifique, mais il changea d'avis. Pour le moment, il voulait Lucas dans ses bras, le plus vite possible. Il voulait que ses mains caressent le ventre plat de Lucas, descendent jusqu'à son chemin secret.

— Oui, je t'aime, répondit-il en soulevant les couvertures pour que Lucas vienne s'y coucher.

La peau de Lucas était froide contre la sienne et ils se collèrent l'un à l'autre, se serrant dans les bras jusqu'à ce qu'il soit l'heure de se lever.

ILS SE marièrent ce matin-là, dans la maison d'un ami à Hampton. Ça avait été une petite cérémonie privée, avec leurs amis proches, les pieds nus sur la plage.

Mark, désormais marié à Zanna et avec un bébé qui arrivait, fut le témoin de Jack.

Liz vint en costume, avec un chapeau flamboyant, l'air délicieusement androgyne si ce n'était son ventre arrondi, témoin du bonheur entre elle et Rodrigo, un interprète de brésilien et de portugais des Nations Unies, avec qui elle avait fui le week-end qui avait suivi la fête de nouvel an de Jack et Lucas.

Tous les six, accompagnés d'Ann-Elise et des deux fils de Liz, profitèrent d'un pique-nique sur la plage, rejoints par Sean et sa petite amie, et Maria et son petit ami des Médecins sans Frontières. L'atmosphère était détendue et joyeuse, avec peu d'alcool par respect pour les deux femmes enceintes, mais avec beaucoup de discours et de taquineries de la part de tous les amis qui avaient vécu des époques différentes de leur vie.

Et le lendemain matin, ils firent l'amour dans le lit qui avait depuis toujours été leur paradis.

Ils prirent leur temps, s'embrassèrent doucement, se touchèrent et se frottèrent l'un à l'autre. Ils se connaissaient parfaitement, ils savaient ce qu'ils aimaient et ce qui les menait au septième ciel, et cette familiarité était savoureuse et réconfortante.

Jack regarda Lucas avec ses yeux assombris de désir pendant que son amant s'empalait sur son érection. Il sentait la délicieuse étroitesse de Lucas autour de lui pendant que le jeune homme s'habituait à son intrusion bienvenue.

Quand Lucas commença à bouger, Jack devina que le jeune homme ne tiendrait pas longtemps.

— Jouis pour moi, Luke. Jouis pour moi, mon mari.

Lucas sourit au mot 'mari', incapable de répondre alors que ses mouvements se faisaient plus urgents. Il se pencha en avant, prit la tête de Jack entre ses mains et chuchota.

— Jouis avec moi, Jack. S'il te plaît.

Jack eut du mal à garder les yeux ouverts pendant qu'un frisson familier secouait son entrejambe, mais il ne voulait pas rater la beauté du visage de son mari pendant qu'ils convulsaient, abandonnés à leur orgasme.

Ils se réveillèrent quelques heures plus tard, avec le soleil levant qui brillait à travers les rideaux à moitié fermés.

— Je suis heureux que tu aies dit non au Président, admit paresseusement Lucas.

— Je me suis dit que notre vie était déjà parfaite comme elle est, chuchota Jack pendant qu'il embrassait les cheveux de Lucas. J'aime cet anonymat, j'aime l'idée qu'on ait pu se marier sans faire de vagues. J'aime l'idée qu'Ann-Elise puisse grandir avec les amis qu'elle connaît depuis la maternelle.

Lucas sourit simplement et se recroquevilla contre lui avant de s'abandonner à nouveau dans le sommeil. Oui, la vie était parfaite comme elle était.

ZAHRA OWENS est née en Europe juste avant Woodstock et le premier homme sur la lune. Ses parents, qui ne parlaient pas anglais, lui donnèrent un nom bien plus difficile à prononcer. Étant Verseau, elle n'a jamais été très conformiste et son entourage prit l'habitude de s'attendre à tout de sa part.

Elle commença à écrire des contes de fée au CP. Cette même année, elle rencontra son premier groupe d'amis anglophones, un groupe qui finira par inclure des gens du monde entier. Extérieurement, c'était une enfant unique comme bien d'autres, habituée à passer beaucoup de temps entourée d'adultes. Intérieurement, elle cherchait des moyens de canaliser son imagination débordante.

Pendant la journée, elle gagne sa vie en tant que spécialiste informatique, mais c'est son ancienne carrière d'infirmière aux soins intensifs qui a tendance à se glisser dans ses fictions. Peut-être est-ce en raison de son faible pour les personnages et les corps imparfaits, ou alors est-ce simplement son côté sadique qui ressort. Jugez-en par vous-même.

Visitez son site web sur http://www.zahraowens.com/ et son blog sur http://zahra-owens.livejournal.com/.

ZAHRA OWENS

Sous les nuages du ranch

http://www.dreamspinnerpress.com

Des westerns chez DREAMSPINNER PRESS

http://www.dreamspinnerpress.com